dtv

Dies ist ein weihnachtlicher Erzählkalender für 24 lange Winterabende: In den zwei mal Zwölfnächten, die vom Lucientag bis Heiligabend reichen und von Weihnachten bis Dreikönig, läßt sich Abend für Abend ein neues Kapitel aufschlagen. Da erfahren wir schöne und schaurige Dinge über Weihnachtsgespenster, über Schneestürme à la Puschkin, über ›Weihnachten und das liebe Geld‹ – schon Dostojewski hat das bekümmert –, über ein Weihnachtswunder aus dem Dreißigjährigen Krieg, über die Abenteuer auf dem Berliner Weihnachtsmarkt und über den unvergeßlichen ›Verpatzten Heiligen Abend‹ des Onkel Toni.
Aufgespannt zwischen Himmel und Hölle, Wundern und Wirklichkeit, macht gerade das Zwielichtige den Charme dieser originellen Anthologie aus – literarische Überraschungen inklusive.

Der Herausgeber *Ulf Diederichs,* geboren 1937 in Jena, stammt aus einer alten Verlegerfamilie und lebt in Niederbayern. Seit seinem Rückzug als Verleger widmet er sich mit großer Kenntnis und Leidenschaft der Herausgabe außergewöhnlicher Werke und Anthologien.

Weihnachts-Geister

Unter- und überirdische Geschichten für die Winternächte

Herausgegeben von
Ulf Diederichs

Mit Illustrationen von
Lucia Probst

Deutscher Taschenbuch Verlag

Vom Herausgeber Ulf Diederichs
sind im Deutschen Taschenbuch Verlag erschienen:
Das Ma'assebuch (13143)
I Ging. Das Buch der Wandlungen (34236)
Indische Märchen und Götterlegenden (13506)
Chinesische Märchen, Mythen und Legenden (13817)

Ausführliche Informationen über
unsere Autoren und Bücher
finden Sie auf unserer Website
www.dtv.de

MIX
Papier aus verantwortungsvollen Quellen
FSC® C019821

Neuausgabe 2013
Veröffentlicht 1992 im
Deutschen Taschenbuch Verlag GmbH & Co. KG,
München

Umschlagkonzept: Balk & Brumshagen
Umschlaggestaltung: Katharina Netolitzky
unter Verwendung eines Bildes von
bridgemanart.com/Private Collection
Gesamtherstellung: Druckerei C. H. Beck, Nördlingen
Gedruckt auf säurefreiem, chlorfrei gebleichtem Papier
Printed in Germany · ISBN 978-3-423-14259-5

INHALT

I Herr des Himmels, Herr der Hölle. Ein Vorspiel 7

II Winterfreuden 17

III Weihnachtsmarkt 29

IV In der Schlauraffenzeit 41

V Weihnachten und das liebe Geld 59

VI Weihnachten in Russland oder Warten auf Christus 77

VII Hochromantische Weihnachtsmärchen . 93

VIII Des Dichters Weihnachtsfest 103

IX Verkorkste Weihnacht 129

X Weihnachtszeit – Gespensterzeit 137

XI Weihnachtlicher Exorzismus 153

XII Provençalische Freuden 163

XIII Ein Überlebensfest in Eis und Schnee . . . 171

XIV Wie die Tiere dem Jesuskind halfen 187

XV Die Unterirdischen hüten den Hort . . . 195

XVI Ein Weihnachtswunder aus dem Dreissigjährigen Krieg 207

XVII Der lange russische Winter anno 1812 . . 219

XVIII Seltsame Geschichten aus dem hohen Norden 239

XIX Schweizer Weihnacht 1839 257

XX Weihnachten von unten 265

XXI Ofengeschichten 275
XXII Heitere Empfindungen auf dem Lande . . 285
XXIII Legenden vom erfüllten Leben 297
XXIV Auf ein gutes neues Jahr 309

Quellennachweis 313

I HERR DES HIMMELS, HERR DER HÖLLE

EIN VORSPIEL

»Fragte Adam: Sage mir, was habe ich dir getan und was ist meine Schuld dir gegenüber? Warum verfolgst du uns? Keiner von uns hat dich geschädigt oder verletzt. –
Antwortete ihm der Teufel: Sprich nicht so zu mir, Adam! Um deinetwillen bin ich aus dem Paradies verstoßen und aus der Schar der Engel verbannt worden.«

Aus der apokryphen Schrift ›Leben Adams und Evas‹, auch ›Apokalypse des Moses‹ genannt. In: L. F. C. Tischendorf, ›Apocalypses apokryphae‹ (1866)

In Sachen Gott und der Teufel
Bulgarische Schöpfungsgeschichte

Im Anfang gab es weder Erde noch Menschen; überall war nur Wasser, und es gab nur Gott und Satan, die zusammen lebten. Da sprach einmal Gott zu Satan: »Erschaffen wir Erde und Menschen!« – »Erschaffen wir sie«, versetzte Satan, »aber woher sollen wir uns Erde holen?« Gott antwortete: »Unter dem Wasser ist Erde. Steig hinab und hole etwas Erde herauf!« – »Gut!« antwortete der Satan. »Bevor du aber ins Wasser hinabtauchst«, sagte Gott, »mußt du sprechen: ›Mit Gottes Kraft und mit meiner‹, dann wirst du des Wassers Grund erreichen und Erde finden.« Der Satan ließ sich in das Wasser hinab, sagte aber nicht: »Mit Gottes Kraft und mit meiner«, sondern er sprach: »Mit meiner Kraft und mit der Gottes!« Deshalb konnte er nicht auf den Grund des Wassers gelangen. Er kehrte unverrichteter Dinge zu Gott zurück.

Zum zweiten Mal machte er es ebenso und konnte abermals den Grund des Wassers nicht erreichen.

Als er sich aber zum dritten Mal auf den Weg machen mußte, da sagte er schon: »Mit Gottes Kraft und mit meiner.« Und er erreichte den Grund, von dem er mit seinen Fingernägeln ein wenig Erde nahm. Diese Erde warf dann Gott auf das Wasser hin, und nun entstand die Erde.

Als nun Satan die große weite Erde sah, verfiel er auf den hinterlistigen Gedanken, Gott einzuschläfern, ihn dann ins Wasser zu stürzen, die ganze Erde allein in Besitz zu nehmen und sich als Erschaffer der Erde rühmen zu lassen. Gott wußte freilich den Plan des Satans und legte sich nieder, als ob er sich dem Schlaf anheimgeben wolle. Der Satan ergriff nun Gott und trug ihn zum großen Wasser, um ihn in die Tiefe zu werfen. Als er ans Ufer gelangte, begann das Land rasch zu wachsen, so daß er das Wasser auf keine Weise erreichen konnte; er wandte sich nun zu einem anderen Ufer, konnte aber auch dieses aus demselben Grund nicht erreichen. Und als er auch von einer dritten Seite her infolge des Wachsens der Erde das Wasser nicht erreichen konnte, so ließ er Gott auf die Erde gleiten und legte sich neben ihn hin. Nachdem er kurze Zeit lang geschlafen hatte, ergriff er abermals Gott und trug ihn in einer vierten Richtung zum Wasser; da aber auch hier das Land sofort zu wachsen begann, so konnte er auch in dieser Richtung das Wasser nicht erreichen. Er weckte nun Gott auf, indem er rief: »Steh auf, Gott, damit wir die Erde segnen! Siehe, wie sehr sie in der Zeit gewachsen ist, in der wir geschlafen haben!« Gott versetzte hierauf: »Als du mich nach vier Richtungen hin getragen hast, um mich ins Wasser zu werfen, und dabei mit meinem Körper ein Kreuz beschriebst, da habe ich die Erde dadurch schon gesegnet, damit sie wachse und gedeihe.« Dies ärgerte nun den Satan und er verließ Gott.

Als Gott allein blieb, und die Erde fortwährend wuchs, so daß sie von der Sonne schon nicht mehr bedeckt werden konnte, da erschuf Gott von seinem Geiste Engel und sandte den Kriegsengel zum Satan, um ihn zu befragen, was er tun solle, damit das Wachsen der Erde aufhöre. In der Zwischenzeit aber hatte sich der Teufel eine Ziege gemacht, und als er nun zu Gott ging, da ritt er auf dem Rücken dieser Ziege, der er aus Erde einen Bart gemacht hatte. Seit dieser Zeit haben die Ziegen bis auf den heutigen Tag Bärte.

Als die Engel den Teufel auf der Ziege einherreiten sahen, da lachten sie ihn aus; er ärgerte sich darüber und ritt zurück. In diesem Augenblick erschuf Gott eine Biene, zu der er also sprach: »Fliege sofort dem Satan auf die Schulter und behorche ihn bei seiner Rede; kehre dann zurück und verständige mich!« Die Biene flog nun dem Satan auf die Schulter, als dieser eben zu sich selber sprach: »Oh, dieser dumme Gott. Er weiß nicht, daß er einen Stock zu nehmen und damit nach allen vier Seiten hin die Erde bekreuzigend zu sagen hat: ›So viel Erde ist nun genug!‹ Er weiß eben nicht, was er zu machen hat!«

Als die Biene dies vernommen hatte, da flog sie von der Schulter des Satans hinweg. Dieser drehte sich um, bemerkte die Biene und sagte: »*Der* soll dich essen, der dich ausgesandt hat!«

Als die Biene zu Gott kam, erzählte sie genau alles, was der Satan gesprochen hatte. Gott tat nun also und die Erde hörte auf zu wachsen. Zur Biene aber sprach Gott: »Süßeres als dich soll es nicht geben.«

Hierauf machte Gott aus Kot Menschen; und als sich diese auf der Erde gar sehr vermehrt hatten und zu sterben begannen, da berief Gott den Satan zu sich, damit er mit ihm zusammen lebe. Der Satan kam und zwar unter der Bedingung, daß die lebenden Menschen Gott, die Toten aber dem Satan gehören sollen. Damit die Menschen nicht so rasch hinwegsterben, so ließ sie Gott zweihundert bis dreihundert Jahre lang leben. Als aber nach längerer Zeit Gott bemerkte, daß es mehr tote als lebende Menschen gab, da wollte er den mit Satan geschlossenen Vertrag abändern, wußte aber nicht, wie er dies anstellen solle. Er fragte in dieser Sache bei mehreren Menschen um Rat nach, so bei Abraham, Moses und Joseph, er fragte auch die Engel – aber niemand konnte es ihm sagen, wie er diesen Vertrag vernichten könne.

Die Menschen fragten nun den Satan über diese Angelegenheit aus. Dieser sagte: »Gott allein kann den Vertrag nicht brechen; wenn er aber von seinem Geiste einen Sohn erschafft, der aber nicht so ist wie die anderen Menschen, so wird der den Vertrag auflösen.« Als dies nun Gott mitgeteilt wurde, da dachte er nach, wie er denn von seinem Geiste einen Sohn machen könne. Er konnte sich aber dies nicht ausdenken; deshalb fragte er selber den Satan, wie er aus seinem Geiste einen Sohn machen könne. Der Satan versetzte: »Das geht ganz leicht. Nimm Basilienblumen und binde dir daraus einen Strauß; lege ihn unter dein Polster und schlafe darauf eine Nacht, indem du dir dabei denkst, daß dir ein Sohn vom Gottesgeiste geboren werden wird. Wann du dann aufstehst, so trage den Strauß zur unbefleckten, jungfräulichen, bescheidenen Maria, der Schwester des Jordan, damit sie ihn berieche; davon wird sie dann schwanger werden.«

Gott machte es so, wie es ihm der Satan gesagt hatte, und sandte dann den Engel Gabriel mit dem Basilienstrauß zur jungfräulichen, bescheidenen Maria. Der Engel sprach zu ihr: »Ich bringe dir von Gott ein Geschenk, aus schönen Blumen einen Strauß; rieche daran, und du wirst sehen, wie gut er riecht.« Sie nahm den Strauß, roch daran und ward in zwei, drei Tagen schwanger. Sofort ging Maria mit ihrem Bruder in die Kirche; aber Jordan fürchtete, daß ihn die Leute wegen seiner Schwester auslachen würden, weil sie als Mädchen schwanger ist; er sagte ihr daher, sie möge warten, bis er nach Hause gehe und von da zurückkehre. Er ging also nach Hause, nahm die Salzbüchse in die Hand, kehrte zur Schwester zurück und schleuderte ihr die Salzbüchse an die Brust. Maria fing sie mit der Hand auf und sprach: »Warte, Bruder, auf daß ich das Salz abwische, damit die Leute dich nicht verdächtigen, daß du mich etwa beworfen hast!« Und mit ihrem Unterrock wischte sie sich das Blut von der Wunde ab, die ihr der Bruder mit der Salzbüchse beigebracht hatte. Jordan flüchtete, und aus der Wunde, die ihr der Bruder mit der Salzbüchse geschlagen hatte, gebar Maria durch Gottes Geist Christum, blieb aber dennoch unbefleckt.

Als Gott hörte, daß Jesus Christus geboren sei, befahl er nach dreiunddreißig Jahren, daß er sich taufe. Jordan floh sehr weit weg; als er aber nach mehreren Jahren erfuhr, welches Wunder mit seiner Schwester geschehen, da kehrte er zu ihr zurück und bat sie um Verzeihung. Sie sprach zu ihm: »Wenn du einsiehst, daß du eine Sünde begangen hast, so schneide dir die Hand ab, mit der du mich verwundet hast; dann werde ich dir verzeihen.« Er schnitt sich die Hand ab und wurde deshalb auch heilig.

Jesus Christus vertrat nun die Stelle Gottes und sprach zum Satan: »Ich nehme dir die toten Menschen, damit alle mir gehören.« Satan versetzte: »Wie wirst du sie mir wegnehmen? Ich habe ja mit deinem Vater einen Vertrag abgeschlossen, demzufolge die Lebenden ihm und die Toten mir gehören«. – »Du hast diesen Vertrag mit meinem Vater und nicht mit mir abgeschlossen«, antwortete Jesus. Der Satan konnte nichts dagegen einwenden, denn er hatte sich ja selbst betrogen. Auf diese Weise hatte sich die Gemeinschaft zwischen Gott und Satan, die bis Christi Geburt achtmalhunderttausend Jahre lang gedauert hatte, schließlich ganz aufgelöst.

Gevattern unter sich
Sieben estnische Kurzgeschichten

Es lebte vorzeiten Gott, es lebte der Böse. Der Böse hatte eine große Herde, viele Kühe, doch waren die Kühe alle ohne Schwänze. Sie waren wie die Pferde, ohne Hörner und vierhufig. Gott hatte keine Kühe, doch baute er fleißig Ställe, einen Stall neben den anderen. Es kam der

Böse zu Gott zu Besuch – sie waren nämlich Gevattern, Gott hatte das Kind des Bösen aus der Taufe gehoben – und sieht eine ganze Reihe Ställe aufgebaut. »Was willst du mit den Ställen, Gevatter, du hast doch keine Kühe?« – »Das schadet nichts, ich baue die Ställe auf, Gott wird schon für Kühe sorgen!«

Der Böse hütet seine Kühe. Der Tag ist heiß, es brennt geradezu. Gott schickt Bremsen und Mücken, die Kühe zu quälen. Diese laufen alle davon, geradewegs in Gottes Ställe. Des Bösen Kühe waren alle schwarz, nicht ein weißes Haar hatten sie auf dem Körper. Gott tauft die Kühe und macht sie bunt, weiß, rot – wie es sich traf; setzt ihnen Hörner in den Kopf, steckt ihnen den Schwanz hinten an, spaltet ihnen die Hufe in der Mitte, dann schließt er den Stall.

Der Böse sucht und sucht seine Herde, schließlich kommt er zu Gott und klagt: »Ich hütete meine Tiere, mit einem Mal stoben sie in alle Welt auseinander und verschwanden, wie Zinn in der Asche; vielleicht, daß sie in deinen Stall kamen?« – »Kannst ja nachsehen. Was dein ist, nimm mit!« Der Böse sieht und prüft: die Kühe sind weiß, bunt, rot, Hörner haben sie auf dem Kopfe, Schwänze hinten. »Nun, sind es deine?« – »Nein, Gevatter, meine Kühe hatten weder im Kopf Pflöcke noch im Hintern.« Nun, was war da zu machen? Er schrie und schrie und jammerte über sein Unglück; dann zog er zurück auf seinen Morast. So hat der Böse keine Kühe, aber Gott hat welche und die Menschen haben.

*

Nun gut, sie lebten und lebten, da sagte der Böse zu Gott: »Ach, Gevatter, was sollen wir unternehmen?« – »Wollen wir mal einen Pelz nähen.« Der Böse prahlt: »Ich kann dir mit einem Faden meinetwegen hundert Klafter nähen.« Gott fädelt immer nur wenig ein. Der Böse wirrt und wickelt seinen langen Faden; kaum daß er zwei Mal ihn durchgezogen hat, da ist Gott schon mit seinem Pelz fertig. »Ach, Gevatter, es ist vergeblich mit dir zu konkurrieren, du hast den Pelz schon fertig. Für dieses Mal genug!«

*

Schön, sie lebten und lebten, da sagte der Böse zu Gott: »Hör, Gevatter, wir wollen Rüben säen. Du bekommst das Untere, ich das Obere!« Sie säten, die Rüben wuchsen gut. Gott sagte: »Nun, verzehre du deinen Teil von oben, ich werde den meinigen von unten schon bekommen.« Der Böse nahm Blätter, verschlang diese gierig, einige schichtete er auch in Haufen. Gott brachte seine Rüben weg und hatte Vorrat für den ganzen Winter.

*

»Was sollen wir noch unternehmen? Wir müßten Gerste säen.« Sie säten Gerste, diese kam gut auf und war bald reif. »Nun Gevatter«, sagte der Böse, »ich aß damals das Obere, jetzt nimm du mal von oben.« Gott schneidet die Gerste, legte sie hübsch in Haufen zusammen und bringt sie weg; der Böse reißt Wurzeln, zieht Stoppeln heraus, frißt, verschlingt sie: durchaus nicht schmackhaft. »Nun, Gevatter, dieses Mal hast du mich wieder betrogen!«

*

»Säe du nun Kartoffeln, aber dann will ich das Obere essen, du erhältst von unten.« – »Genau so, wie du es willst, Gevatter!« Sie säten Kartoffeln. Als diese reif waren, sagte Gott: »Nun Gevatter, jetzt nimm du von oben das Bessere weg.« Der Böse nahm von oben die Stauden, schichtete sie in Haufen, aß – bitter, sehr bitter. »Oh, Gevatter, immer betrügst du mich!« Gott sammelte seine Kartoffeln und brachte sie weg.

*

Der Böse stob fort auf seinen großen Sumpf. Dort stellt er viele, viele Kübel auf, alle voll Branntwein. Dann kommt er zu Gott und ladet ihn zu Gast. »Komm, Gevatter und sieh, was ich Gutes habe.«

Gott ging zum Bösen zu Gast, was erblickt er: der Sumpf ist voll Kübel! Gott geht zu einem Kübel, nimmt mit einem Fingerhut vom Branntwein und macht ein Kreuzeszeichen darauf; ebenso tut er es beim zweiten, beim dritten; so viele Kübel da waren, überall schlug er ein Kreuz drüber. Dann ging er nach Hause.

Der Böse geht und geht auf seinem Sumpf, doch kann er nicht zu den Kübeln; alle sind mit einem Kreuzeszeichen versehen. Da sammelte er alle Teufel zusammen – es waren ihrer wie eine schwarze Wolke –, dann schrien sie neun Nächte, neun Tage, weshalb Gott den Branntwein bekreuzigt habe.

Gott öffnet die Pforte des Himmels und sagt: »Schrei nicht, Gevatter! Du sollst auch deinen Vorteil haben; wer von diesem Branntwein trinkt, wie recht und billig, dem soll es nicht schaden, der gehört mir; wer aber zuviel trinkt, wer in dem Branntwein verbrennt, der soll dein sein.«

Der Böse ergreift in großer Wut seinen eigenen Sohn, den Gott aus der Taufe gehoben, und zerreißt ihn in neun Stücke; die Stücke zerstreut er. Gott sammelte die Stücke seines Taufsohnes. Aus diesen neun Stücken wurden neun Brüder. Einer dieser Brüder ist der Blitz. Der neunte ist der größte, der gewaltigste. Er liegt in Eisen. Wird er aber befreit, so ist das Ende der Welt da.

*

Aber Gott gab dem Blitz den Befehl: »Du schlage, wo du den alten Bösen siehst!« Der Böse sagte: »Ich flüchte unter einen Steinhaufen.« – »Ich werde dich dort erreichen«, sagte Gott. »Ich flüchte zum Menschen.« – »Auch da werde ich dich finden, und die Seele des Menschen wird mein sein.« Wenn nun der Böse in ein Haus flüchtet oder zum Menschen, so schlägt der Blitz dahin, flüchtet aber der Böse ins Meer, so kann ihm der Blitz nichts anhaben.

II WINTERFREUDEN

»Im Winter war außer den gewöhnlichen Kindervergnügungen, wie Schlittenfahren, Schneebällen, Glandern und Schlittschuhlaufen, der Vogelfang eine angenehme Unterhaltung. Wir machten uns Sprenkel, worin wir Rotkehlchen, und Kasten von Fliederstäben, worin wir Meisen fingen.

Sobald Schnee lag, spannten wir Fallnetze auf oder legten einen mit Bindfäden überzogenen Tonnenreif voll Schlingen auf den Schnee und bestreuten die Stelle mit Kaff. Die Rotkehlchen und Meisen setzten wir in die Stube, nach einiger Zeit waren sie ziemlich zahm und wurden dann unsere Wintergesellschaft.«

August Heinrich Hoffmann von Fallersleben, ›Mein Leben‹. Erster Band (1868)

Bogumil Goltz
Wintermummerei

Ich hatte noch keine größere Reise zu Schlitten gemacht, und auch das sollte mir zuteil werden. Ich erfror unterwegs die Nase, das war eben der abenteuerliche Anteil an einer Geschichte von Eis und von Schnee. Im ersten Augenblick war ich bis zum Tode erschrocken, denn ich dachte nicht anders, als so ein abgefrorenes Glied könne nicht weiter mitspielen und müsse in kürzester Frist aus der Gesellschaft des Antlitzes sich verabschieden, falls es etwa dazu gehört. Nachdem aber meine weißgesteifte Nase durch Schnee wiederum ihrer naseweißen Lebensart in Rot zurückgegeben war, kam ich mir um kein Geringes mündiger und merkwürdiger vor. Der Winterpracht und Reiseherrlichkeit tat aber die ausgestandene Fatalität vollends keinen Abbruch in meiner Phantasie.

Heute noch ist mir so ein Wintertag fast unter allen Umständen das erbaulichste Naturspektakel und ein unergründlicher Gotteshumor. Als eine solche halbkuriose und halbschauerliche Mystik und Maskerei empfand ich aber die winterliche Jahreszeit schon dazumal.

Die Natur hat dann in der frischen Luft, wie auf der unermeßlichen Schneefläche, so etwas Reinliches und Aufgeräumtes, zugleich so etwas Vereinfachtes, Entschiedenes und Determiniertes, als wolle sie mal alle Umstände mit Menschenkindern gleichwie mit den Kreaturen des Feldes beiseite, sich selbst aber in Positur und Respekt gesetzt sehen. Die beschneiten Berghöhen und Wälder kommen mir dann wie eine dickgepuderte Allongeperücke, die blanken Eisflächen wie die stieren Glasaugen und der schneidende Frost wie die strenge Amtsmiene und Grandezza seiner gestrengen Herrlichkeit des Winters vor. So ist es mir einen Augenblick, und im nächsten Moment ist alle diese Unerbittlichkeit und Grausamkeit eben nur eine Mummerei, all der Schnee nur ein gemütlicher Pudermantel, und die gefrorenen Seen und Flüsse, die erstarrten Baumriesen, die überglasten Zweige und Pflanzenreste, all der bittere Frost und Reif nur eine vorgenommene Maske, hinter welcher der Sommer mit den undankbaren Erdenkindern seinen Jokus treibt, um sie als Frühlingsgott zu überraschen, nachdem sie in der Wintertyrannei ihre sommerliche Schläfrigkeit und ihre Herbstesmüdigkeit gebüßt. Todesgedanken kann ich nun einmal dem frischen, rührigen, raschen, gestrengen, knurrenden, humoristischen, unter der Decke arbeitenden, Frühling träumenden und neues Leben vorbereitenden Winter nicht abverstehen.

Der Tod schleicht matt und müde, melancholisch, ungetreu, Leben ausläutend, Scheideblicke werfend, wie der Herbst mit seinem matten Sonnenspiegel, seinem Lichtgeflimmer und seiner Verklärung aus schwindsüchtigen Augen es tut. Ein Bild der Kraft und Rüstigkeit, des ehrlichen Ernstes, der gutgemeinten Kurzweil, der offenen Fehde, des Metamorphosenspiels und der lebendigen Wiedergeburt der konzentrierten nordischen Lebensarten unter rauher Rinde, die vom Sonnenstrahl zerfließt – das ist der Winter und seine poetisch symbolische Natur.

Dylan Thomas

Walisische Weihnacht

Ein Weihnachten war dem anderen so gleich in jenen Jahren, die nun um die Meerecke der Stadt entschwunden und außer aller Hörweite sind, bloß daß ich manchmal einen Augenblick lang vor dem Einschlafen noch das ferne Gespräch ihrer Stimmen höre, daß ich jetzt nie mehr sagen kann, ob es sechs Tage und sechs Nächte lang geschneit hat, als ich zwölf war, oder ob es zwölf

Tage und zwölf Nächte lang geschneit hat, als ich sechs war. Oder damals, als das Eis brach und der Schlittschuh laufende Schnittwarenhändler verschwand wie ein Schneemann durch eine weiße Falltüre, ob das derselbe Weihnachtstag war, an dem die Rosinenkuchen Onkel Arnold fertigmachten und wir den seeseitigen Hügel hinunterrodelten, den ganzen Nachmittag lang, auf dem besten Teetablett; und Mrs. Griffith beschwerte sich, und wir warfen einen Schneeball nach ihrer Nichte, und als ich die Hände vors Feuer hielt, da brannten sie vor Kälte und Hitze so sehr, daß ich zwanzig Minuten lang weinte; und dann aß ich Wackelpudding.

Alle Weihnachten rollen den Hügel hinunter zum walisischsprechenden Meer, wie ein Schneeball, der immer weißer und größer und runder wird, wie ein kalter kopfüber kollernder Mond, der den Himmel hinunterbollert, der unsere Straße war; und alle Weihnachten machen halt am Ufer der eisgeränderten, fischefrierenden Wellen, und ich fahre mit den Händen tief in den Schnee und hole alles heraus, was ich finden kann: Tannenzweige und Weihnachtssingvögel, oder Pudding, Gezänk und Gesänge, und Orangen und blecherne Pfeifchen, und das Kaminfeuer in der guten Stube, und Bums die Knallbonbons, und Heilig, Heilig, Heilig läuten die Glocken und die Glasglocken beben am Baum, und Mutter Graugans aus der Weihnachtspantomime, und der Struwwelpeter – ach, die paulinchen-verbrennenden Flammen und der klappernde Scherenmann. Und Billy Bunter aus dem bunten Groschenheft und die Schwarze Schönheit, und Goldelse, und die kleine Frau; und Jungen, die drei Portionen essen, und Alice im Wunderland, und Mrs. Potters Dachse, und Federmesser und Teddybären – benannt nach einem Mr. Theodor Bär, ihrem Erfinder oder Vater, der vor kurzem in den Vereinigten Staaten starb –, Mundharmonikas, Bleisoldaten und Milchpudding und Tante Bessy, die auf dem ungestimmten Piano in der Guten Stube »Ein Männlein steht im Walde« und »Orangen und Lemonen« spielt, den ganzen Pfänder und Blindekuh spielenden Abend lang am Ende des unvergeßlichen Tages am Ende des nicht mehr erinnerten Jahres.

Tief taucht meine Hand in jenen watteweißen glokkenklingenden Ball von Festtagen, der am Rande des lobliedersingenden Meeres ruht, und heraus kommen Mrs. Prothero und die Feuerwehrmänner.

Es war am Nachmittag des Weihnachtsabends, und ich war in Mrs. Protheros Garten und wartete mit ihrem Sohn Jim auf Katzen. Es schneite. Zu Weihnachten schneite es immer. Der Dezember ist in meinen Erinnerungen weiß wie Lappland, nur Rentiere waren keine da. Aber dafür waren Katzen da. Geduldig, mit eiskalten Fingern und eiskaltem Herzen, unsere Hände in Socken gehüllt, warteten wir, um Schneebälle nach den Katzen zu werfen. Geschmeidig und lang wie Jaguare und mit furchtbaren Schnurrbärten, spuckend und fauchend würden sie über die weißen Mauern am unteren Ende der Gärten huschen und jagen, und die luchsäugigen Jäger, Jim und ich, Trapper von der Hudson Bay gleich hinter der Gasthausstraße, in Pelzmützen und Mokassins, würden unsere tödlichen Schneebälle gerade ins Grüne ihrer Augen schleudern. Die klugen Katzen ließen sich niemals blicken. Wir waren so still – eskimofüßige arktische Scharfschützen im alles erstickenden Schweigen des ewigen Schnees, der schon seit Mittwoch lag –, daß wir Mrs. Protheros ersten Schrei aus ihrem Schneehaus am unteren Ende des Gartens nicht einmal hörten. Oder wenn wir ihn hörten, so war er für uns nur wie der weitentfernte Kriegsruf unseres Feindes

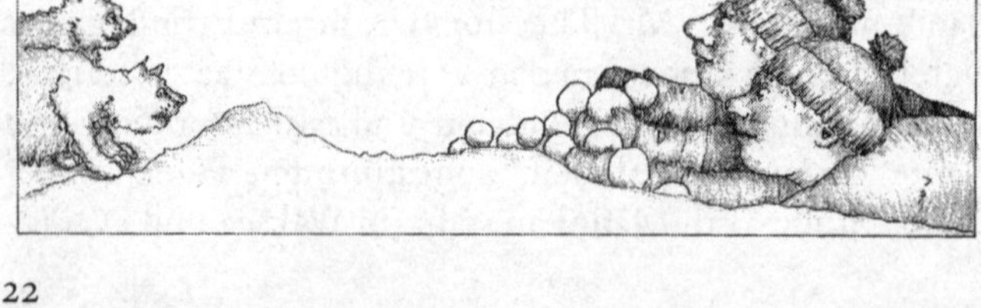

und unserer Beute, des Nachbars Polarkatze. Aber bald wurde die Stimme lauter. »Feuer!« schrie Mrs. Prothero, und sie schlug den Gong, der sonst zum Essen rief. Und wir liefen den Garten hinunter, den Arm voller Schneebälle, auf das Haus zu, und, heißa, da kam wirklich Rauch aus dem Speisezimmer, und der Gong bummerte und Mrs. Prothero rief die Katastrophe aus, wie ein Stadtschreier in Pompeji. Das war besser als alle Katzen in ganz Wales, auch wenn sie in einer Reihe auf der Mauer gestanden hätten. Wir stürzten ins Haus, beladen mit Schneebällen, und machten an der offenen Tür des raucherfüllten Zimmers halt. Ja, etwas brannte ganz tüchtig. Vielleicht war es Mr. Prothero, der nach dem Mittagessen immer in diesem Zimmer schlief, mit einer Zeitung auf dem Gesicht. Aber nein, der stand mitten im Zimmer und sagte: »Feine Weihnachten, das!« und schlug mit einem Hausschuh auf den Rauch los.

»Ruft die Feuerwehr!« schrie Mrs. Prothero und schlug weiter den Gong. »Die werden nicht da sein«, sagte Mr. Prothero, »es ist doch Weihnachten.« Es war kein Feuer zu sehen, nur dichte Rauchwolken, und mittendrin Mr. Prothero, der mit seinem Hausschuh dem Rauch winkte, als dirigiere er ein Konzert.

»Tut doch was!« sagte er. Und wir warfen alle unsere Schneebälle in den Rauch – ich glaube aber, wir verfehlten Mr. Prothero – und liefen hinaus aus dem Haus zur Telephonzelle. »Rufen wir doch auch die Polizei an«, sagte Jim. »Und die Erste Hilfe.« – »Und Ernie Jenkins, der mag Feuer so gern.«

Aber wir riefen nur die Feuerwehr an, und bald kam auch das Feuerwehrauto, und drei große Männer mit Helmen brachten einen Schlauch ins Haus, und Mr. Prothero ging gerade noch rechtzeitig aus dem Weg, ehe sie den Wasserstrahl andrehten. Kein Mensch hätte einen Weihnachtsabend mit mehr Krach haben können, und als die Feuerwehrmänner den Wasserstrahl wieder abstellten und im nassen, rauchigen Zimmer herumstanden, da kam Jims Tante, Miß Prothero, die Treppe herunter, steckte den Kopf herein und sah sie an. Jim und ich warteten, ganz still, um zu hören, was sie zu ihnen sagen würde. Denn sie wußte immer das richtige Wort. Sie sah die drei großen Feuerwehrmänner mit ihren glitzernden Helmen an, wie sie dastanden, umgeben von Rauch und verbranntem Holz und halbgeschmolzenen Schneebällen, und dann sagte sie: »Möchten Sie vielleicht etwas zu lesen haben?«

Und nun kommt aus diesem gleißendweißen Schneeball der verflossenen Weihnachten der Strumpf hervor, der Strumpf aller Strümpfe, der am Fußende des Bettes hing, so daß der Arm einer wuschellockigen Negerpuppe oben hervorbaumelte und unten in den Zehen kleine Glocken läuteten. Da war auch eine ganze Kompanie Soldaten drin, tapfer und scharlachrot, nur daß sie niemals gut schmeckte, obwohl ich sie immer zu kosten versuchte, als ich noch ganz klein war: Bleisoldaten mit Gurt und Bärenfellmützen und Musketen, Schulter an Schulter, die nur allzubald ihre Köpfe und Beine verlieren sollten, in den Kriegen auf dem Küchentisch, wenn das Teegeschirr, die Kekse und die Rosinenkuchen weggeräumt waren, die ich immer backen half, indem ich die Rosinen entkernte und aufaß. Und da war ein Säckchen mit feuchten, vielfarbigen Geleebonbons, die wie kleine Kinder aussahen, und eine eingerollte Flagge, und eine falsche Nase, und eine Straßenbahnschaffnermütze, und eine Maschine, die Fahrscheine lochte und dabei klingelte ... Aber niemals eine richtige Schleuder; einmal, durch einen Irrtum, den niemand erklären konnte, eine kleine Axt und ein Gummibüffel, oder vielleicht war es auch ein Pferd, mit gelbem Kopf und aufs Geratewohl herumschlenkernden Beinen; und eine Zelluloidente, die, wenn man sie drückte, einen ganz unentenhaften Ton von sich gab, ein miauendes Muhen, wie es vielleicht eine ehrgeizige Katze fertiggekriegt hätte, die als

Kuh gelten will; und ein Malbuch, in dem ich das Gras, die Bäume, das Meer und die Tiere in jeder Farbe malen konnte, die mir recht war; und bis zum heutigen Tage grasen die blendendhimmelblauen Schafe auf der roten Weide unter einer Schar von regenbogenschnäbeligen und erbsengrünen Vögeln.

Der Weihnachtsmorgen war immer vorüber, noch ehe man Zeit hatte, Hans Schneemann zu sagen. Und, sieh da, auf einmal brannte der Pudding. Soll man nicht wieder den Gong schlagen und die Feuerwehr anrufen, und die bücherliebenden Feuerwehrmänner? Jemand fand im Kuchen das eingebackene silberne Dreipennystück mit einer Korinthe dran; und dieser Jemand war immer Onkel Arnold. Das Sprüchlein, das aus seinem Knallbonbon fiel, lautete:

Lasset uns alle jubeln, denn Weihnacht ist da,
Laßt uns spielen und singen und rufen hurra!

Und die Erwachsenen blickten dann immer zur Zimmerdecke hinauf, und Tante Bessy, die schon zweimal von einer automatischen Maus mit einem Uhrwerk erschreckt worden war, wimmerte am Büfett und trank ein wenig Holunderwein.

Und jemand stellte eine Glasschüssel voller Nüsse auf den überhäuften Tisch, und mein Onkel sagte ganz genau wie jedes Jahr: »Ich habe da eine Schuhnuß erwischt, hol mir einen Schuhlöffel, Junge, daß sie öffnen kann!« Und dann war das Essen vorüber.

Und ich erinnere mich, am Nachmittag des Weihnachtstages, wenn die anderen ums Feuer saßen und einander erzählten, daß dies gar nichts sei, nein, rein gar nichts, verglichen mit den großen, schneeverwehten, bratgans- und truthahnstolzen, julscheitknisternden, tannenreisigen und unter dem Mistelzweig küssenden Weihnachtsfesten, als *sie* noch Kinder waren, daß ich hinausging in Schulmütze und Schal und Handschuhen, mit meinen funkelnagelneuen, knarrenden Stiefeln; in die weiße Welt hinaus, auf den seeseitigen Hügel, um Jim und Dan und Jack zu besuchen und mit ihnen durch die schweigende Schneelandschaft unseres Städtchens zu wandern.

Wir gingen stapfenden Schrittes durch die Straßen und hinterließen gewaltige, tiefe Fußstapfen im Schnee, auf den verborgenen Gehsteigen.

»Ich wette, die Leute werden glauben, da sind Nilpferde gegangen.« – »Was würdest du tun, wenn du ein Nilpferd die Krönungsstraße herunterkommen sähst?« – »Ich? Ich würde so machen, bums! Ich würde das Nilpferd übers Geländer schmeißen und den Hügel hinunterrollen. Und dann würde ich es unter dem Ohr kitzeln, bis es mit dem Schweif wedelt.« – »Aber was würdest du tun, wenn du *zwei* Nilpferde sehen würdest?«

Eisengepanzerte brüllende Nilpferdhengste klapperten, polterten und dröhnten durch den aufspritzenden Schnee auf uns zu, als wir an Mr. Daniels Haus vorbeikamen. »Werfen wir Mr. Daniel einen Schneeball als Brief in den Briefkasten.« – »Schreiben wir etwas in den Schnee.« – »Schreiben wir: ›Mr. Daniel sieht aus wie ein Spaniel‹ groß über seinen ganzen Rasen.« – »Seht her«, sagte Jack, »ich esse Schneekuchen.« – »Wie schmeckts denn.« – »Wie Schneekuchen.«

Oder wir gingen die weiße Küste entlang. »Können die Fische sehen, daß es schneit?« – »Natürlich, die glauben, der Himmel fällt runter.« Die schweigenden Himmel, die aus einer einzigen Wolke bestanden, trieben hinaus aufs Meer.

»Alle Hunde sind weg.«

Im Sommer jappten am Ufer Hunde von hundert vermengten Rassen und verbellten die zudringlichen Wogenkämme. »Ich wette, für Bernhardiner wäre dieses Wetter jetzt aber gerade recht.«

Und wir waren schneeblinde Reisende, verloren auf den Bergen des Nordens, und die großen Hunde mit ihren Schwartenhälsen und Kognakflaschen sprangen auf uns zu und scharrten uns aus und bellten laut: »Branntwein! Marke Excelsior!«

Wir gingen heim, durch die verlassenen, armen Gassen, die zum Meer hinunterführten, wo nur wenige Kinder mit bloßen roten Fingern im tiefen, karrengleiszerfurchten Schnee herumscharrten und hinter uns eine Katzenmusik erhoben, mit Stimmen, die verhallten, als wir hügelan stapften und die Schreie der Hafenvögel laut wurden, und die Sirenen der Schiffe draußen in der weißen flockenwirbelnden Bucht.

Holt die großen alten Geschichten hervor, die wir am Feuer erzählten, als wir Kastanien rösteten und die kleingestellten Gaslichter rundum summten! Gespenster mit dem Kopf unter dem Arm schleppten ihre Ketten nach und sagten: »Huhhh«, wie Eulen in den langen Nächten, wenn ich es nicht wagte, über die Schulter zu sehen; wilde Tiere lauerten im Verschlag unter der Treppe, wo die Gasuhr tickte. »Vor vielen Jahren einmal«, sagte Jim, »waren drei Jungen, genau wie wir, die bei Nacht im Schnee ihren Weg verloren, hinter dem Bethaus auf dem Friedhof von Bethesda, und hört, was ihnen geschah ...«

Es war die schauderhafteste Geschichte, die ich je gehört habe.

Und ich erinnere mich auch, wie wir einmal von Haus zu Haus Weihnachtslieder singen gingen, ein, zwei Nächte vor dem Heiligen Abend, als auch nicht der leiseste Schimmer von Mondschein die geheimnisvollen, weiß durchwehten Gassen erhellte. Am Ende einer langen Straße war ein Weg, der zu einem großen Haus führte, und wir stolperten in jener Nacht durch die Finsternis hinaus, jeder einzelne von uns voll Angst, jeder für alle Fälle mit einem Stein in der Hand, aber wir alle zu tapfer, um auch nur ein Wort davon zu sagen. Durch die Alleebäume des Weges blies der Wind mit Stimmen wie von alten unheimlichen Männern, die vielleicht Schwimmhäute an den Füßen hatten und in Höhlen ächzten und keuchten. Wir erreichten den schwarzen gewaltigen Klotz des Hauses.

»Was sollen wir ihnen singen?« flüsterte Dan. »Hört, die Engel singen schon? Weihnachten kommt nur einmal im Jahr?« – »Nein«, sagte Jack, »wir singen ›Der gute König Wenzeslaus‹. Ich zähle bis drei.« – »Eins, zwei, drei«, und wir begannen zu singen, mit Stimmen, die hoch und weit entfernt klangen in der schneegetünchten Finsternis rund um das Haus, in dem niemand wohnte, den wir kannten. Wir standen eng nebeneinander, dicht vor der dunklen Tür.

Der gute König Wenzeslaus
sah am St.-Stephans-Feste ...

Und dann kam eine kleine trockene Stimme, wie die Stimme von jemand, der schon lange nicht gesprochen hat, und stimmte plötzlich in unseren Gesang ein: eine kleine trockene Stimme von der anderen Seite der Türe: eine kleine trockene Stimme durch das Schlüsselloch. Und als wir wieder aufhörten zu rennen, da waren wir vor unserem eigenen Haus. Die große Vorderstube war einladend und hell. Das Grammophon spielte. Wir sahen die roten und weißen Ballons am Arm der Gaslampe hängen. Onkel und Tante saßen ums Feuer. Es war mir, als könne ich unser Abendessen riechen, das in der Küche gebraten wurde. Alles war wieder gut, und Weihnachten leuchtete durch die ganze vertraute Stadt.

»Vielleicht war das ein Geist«, sagte Jim. »Vielleicht waren es Trolle«, sagte Dan, der immer Bücher las. »Gehen wir hinein, und sehen wir, ob noch Wackelpudding übrig ist«, sagte Jack. Und das taten wir.

III WEIHNACHTSMARKT

»Anstatt der warmen Sonne scheint
Das Rauschgold durch die Wipfel;
Hier backt man Kuchen, dort brät man Wurst,
Das Räuchlein zieht um die Gipfel.«

Gottfried Keller, ›Weihnachtsmarkt‹.
Aus den Gedichten
›Aus Berlin‹. Teil V (1852)

Ludwig Tieck
Weihnacht-Abend

Als die Mutter zurückkam, fand sie die kleine Tochter schon in der Stube, und sie rief ihr entgegen: »Jetzt, Mütterchen, gehn wir wohl, denn sonst wird es zu spät.«

»Ja, wohl kann es zu spät werden«, sagte die Mutter nachdenklich. »Aber freust du dich denn nicht auch ein bißchen?« fragte die Kleine, indem Mutter und Tochter ihre wärmenden Mäntel umnahmen. »In deiner Freude«, antwortete die Mutter.

»Liebste Mutter«, sprach die Kleine lebhaft, »zeige mir noch einmal den Taler persönlich und leibhaftig her, für den wir alle die schönen Sachen einkaufen wollen.« Die Mutter lächelte wehmütig, nahm die Münze aus der Tasche und legte sie in die Hand ihres Kindes.

»Was das Ding schwer ist!« rief Wilhelmine, »ja, das nennen nun die Leute Courant oder einen harten Taler. Ja, man hat auch einen ganz anderen Respekt vor diesem großen harten Stück Silber, als wenn so die einzelnen grauen vierundzwanzig Groschen, oder gar achtundvierzig Sechser vor uns liegen. Und doch! was kann sich ein armes Kind, wie ich eins bin, schon für einen einzigen Sechser für Freude machen! Und das nun achtundvierzig Mal! Ist ganz nahe an fünfzig! Fünfzig ist ein halbes Hundert. Ungeheuer! Es ist aber recht vernünftig, mein Mütterchen, daß wir beide in Gesellschaft einkaufen. Und warum nicht? Nun sehe ich alles vorher, kann denken: das kriegst du vielleicht, das nicht! So gehört mir fast alles. Freilich werde ich nicht überrascht. Das ist aber auch nicht gar so viel wert. Wenn der Taler doch, liebste Mutter, ein Hecketaler wäre, von dem ich mir habe erzählen lassen, daß er immer wieder kommt, wenn man ihn ausgegeben hat, oder der sich vermehrt und immer wieder verdoppelt, wenn man ihn in der Tasche oder im Kasten hat.«

»Jetzt hältst du nur auf, Minchen«, sagte die Mutter, und das Kind gab schnell den Taler zurück. »Drin«, sagte die Kleine, indem sie hinausging, »steht nun schon der Kuchen und die kleine Pyramide für die paar Wachslichterchen, und nachher machen wir alles recht schön.«

Unten erwartete sie schon die große starke Dienstmagd, die das kleine Kind im Getümmel der Menschen tragen sollte, damit es sehen könne, und auch nicht verletzt oder beschädigt würde. Diese Person wurde nur bei besonderen Veranlassungen gemietet, weil die Mutter sonst alles in ihrer kleinen Wirtschaft allein besorgte.

Als sie aus der Haustür traten, gerieten sie sogleich in das Gedränge der Menschen, und die kleine Tochter mußte sich auf die Arme der Magd flüchten, um nicht überrannt zu werden. Die Mutter glaubte, ihre Freundin Gerstner zu sehn, die mit dem Bruder sprach, oder wohl gar zankte. Es war, als wenn noch ein dritter Mann sich in das Gespräch mische, aber sie konnte nichts unterscheiden, denn die Flut der Menschen hatte sie in wenigen Augenblicken weit von jener Gruppe weggedrängt. Die Mutter glaubte, der Bruder der Freundin habe sie doch noch besuchen und mahnen wollen, und die redselige Frau wolle ihn durch Bitten oder Zank zurückhalten. So stürzte sie sich also gern und mit Freude in das lärmende Getümmel, welches sie, wenigstens auf kurze Zeit, von diesen trüben und drückenden Verhältnissen befreien solle.

Minchen jauchzte schon auf den Armen ihrer Trägerin, bevor sie noch den Schauplatz des Festes, die ›breite Straße‹ selbst erreicht hatten. Die Mutter gab nur acht, daß sie nicht von ihrem Kind weggedrängt wurde, da sie wußte, wie sehr die Magd ebenfalls nur für die Lichter, das Spielzeug, den ausgelegten Konfekt und alle die reizenden Seltsamkeiten ein Auge haben würde.

So war es denn auch wirklich schwer, einander nicht zu verlieren, um sich vielleicht in einer Stunde nicht wiederzufinden. Dieser letzte Abend vor dem Fest, der wichtigste, und gerade diese Stunden zogen alle jene Menschen herbei, die bis jetzt noch nicht eingekauft oder die ausgelegten Trefflichkeiten in Augenschein genommen hatten. So waren denn auch die Verkäufer gerade jetzt am meisten beschäftigt, und bei vielen Buden mußten die Andringenden lange warten, bevor sie nur zugelassen werden konnten. Daher war eine allgemeine Ungeduld fühlbar, und an manchen Stellen wurden die Käufer so übereilt, daß mancher mit Mißvergnügen die zu teuer erkauften Herrlichkeiten nach Hause trug. So waren auch die übermütigen, oft ungezogenen Jungens in diesen letzten Stunden der Lebendigkeit des Marktes lärmender und schreiender als sonst, und der Ausruf: »Pyramiden, Waldteufel, kauft!« betäubte das Ohr, indem andre noch zum Überfluß auf Dreier- und Groschen-Trompetchen oder schrillenden Pfeifchen die widerwärtigsten Töne hervorbrachten. Einige andere liefen mit Trommeln und schlugen Wirbel, andre schrien nur, und noch einige machten sich ein Vergnügen daraus, wo das Gedränge am wildesten, wo das Klagen oder Schelten der Gestoßenen am lautesten war, von hinten noch mit aller Macht einzuschieben und den verflochtenen Menschenknäul noch mehr zu verwickeln.

Die kleine Wilhelmine hatte nicht Zeit, dies zu bemerken, oder wie die Mutter sich vor dieser übertriebenen Lebhaftigkeit zu fürchten, denn Auge, Ohr und Seele war ganz in Bewunderung der tausend Lichter, der bunten Spielsachen, der gefärbten Kuchen und Zuckersachen, der täuschenden Früchte aus Wachs, vorzüglich aber der schönen Knaben und Mädchen mit den niedlich geformten Wachsgesichtern und Händen, die ihr weit schöner als die wirklichen Menschen vorkamen.

Die Mutter hatte nur immer acht auf ihren Liebling, um den sie sich ängstigte, sich aber auch der Freude nicht erwehren konnte, wenn hie und da ein Wandelnder die Schönheit des Kindes und den feinen Ausdruck seines Gesichtes bemerkte und zum Lobe des Kindes mit einem

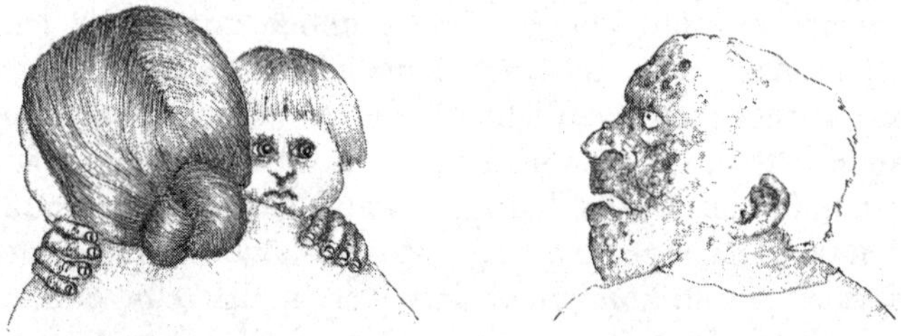

andern sprach. Nur war sie verdrießlich, daß sich im Weitergehn schon zwei- bis dreimal ein großer Mann zu ihr gedrängt hatte, der sie und das Kind mit einem anstarrenden, unerlaubt neugierigen Blick zu prüfen schien. Die Kleine hatte einmal, wie im Schreck, den Kopf umgewandt, als ihr sein Gesicht nahe gekommen war, das auf eine unangenehme Art mit großen Blatternarben entstellt war. Als er sich, nachdem man weitergegangen war, wieder herbeidrängte, benutzte die Mutter geschickt eine Ausbeugung, um in der Nähe des Schlosses eine andere Richtung einzuschlagen.

So war man denn zweimal die ganze Ausdehnung des Marktes durchwandelt, und Wilhelmine schien in der Tat müde zu werden, so daß sich nun die Mutter entschloß, schnell einzukaufen und dann nach Hause zu kehren. Noch einmal kam ihnen das Gesicht mit den Blatternarben nahe, der Mann schien sie aber diesmal nicht zu bemerken. Eilig machte sich die Mutter an eine Bude, die mit mancherlei Spielzeug versehen war, und wo die Verkäuferin, eine alte starke Frau, sie schon einige Mal freundlich angerufen und eingeladen hatte. Ein Wachspüppchen, eine Figur, die sich schaukelte, eine kleine Jagd, die sich beim Herumfahren drehte, und ein springendes Vögelchen, welches hüpfte, wenn man unten den klimpernden Leierkasten in Bewegung setzte, verschlangen das Kapital, welches der fröhlichen Nacht geopfert werden sollte. Minchen schlug vor Freuden bei jedem eroberten Stück in die Hände, und die dicke Verkäuferin, so sehr sie dergleichen gewohnt sein mußte, konnte sich nicht enthalten, über den lebhaften Ausdruck des Kindes zu lachen.

Die Sachen sollten eingepackt werden, und die Mutter suchte den Taler hervor, suchte wieder und konnte nichts finden. Sie trat näher, erforschte ihre Taschen, ihr Tuch, aber die Münze war nicht anzutreffen. »Liebe Frau«, stammelte sie endlich, »ich habe das Geld verloren oder es ist mir gestohlen worden.« Sie war bleich und zitterte, und aus dem ruhigen Angesicht des Kindes fielen zwei große Tränen nieder. »Ich muß die Sachen also hierlassen«, sagte die Mutter, »komm Minchen, du armes Kind.« – »So hätten Sie mir auch nicht so lange Zeit die Mühe machen sollen«, rief die Verkäuferin mit einem widerwärtigen Ton, »die andern ehrbaren Kunden sind durch Ihr Mäkeln und Markten abgehalten worden. Wenn man einkaufen will, muß man auch Geld mitbringen. Verloren? Gestohlen? Das kann ich nicht so leicht glauben.«

Der sonderbare Mann, vor dem das Kind sich gefürchtet hatte, war wieder sichtbar und schien bei dem lauten Geschrei herandrängen zu wollen, aber die beschämte, traurige und ganz zerknirschte Mutter benutzte geschickt eine Öffnung des Haufens und zog sich sogleich in die finstre Einsamkeit hinter den Buden zurück. Hier nahm sie das Kind selbst auf ihren Arm und sagte der Magd, daß sie gehn könne. So ging sie trauernd nach Hause.

»Du bist betrübt«, sagte die Kleine und schmiegte sich an den Hals der Mutter, »sei es nicht! Sie sagen immer, das Christkind zöge ein und bescherte in den Häusern, nun so ist es an unsrer Tür vorübergegangen. Es besinnt sich wohl übers Jahr besser, wenn ich die ganze Zeit recht gut und artig bin. Der böse garstige Mensch mit seinem blattrigen Gesicht hat dir gewiß den Taler aus der Tasche genommen. Habe ich doch alles gesehn, so viel Herrliches, daß ich es Zeit meines Lebens nicht wieder vergessen werde, und habe ich doch auch zu morgen noch die süßen Pfefferkuchen. Vielleicht, daß manches Kind die nicht einmal hat. Nicht wahr, mein Mütterchen?«

Die Mutter drückte das Kind mit den schmerzlichsten Gefühlen näher an ihre Brust und verschluckte ihre bitteren Tränen. So kamen sie vor ihre stille finstere Haustür. Das Kind stieg vom Arm gelassen, wohlgemut die vielen Stufen zum Dachstübchen hinan und hielt der Mutter, als diese das Licht angezündet hatte, ein heitres, fast lachendes Angesicht entgegen. »Ich bin nun recht müde«, sagte sie, »ich werde mich gleich zu Bett legen.« Die Mutter half ihr beim Auskleiden, indem sie mit Betrübnis wohl sah, wie das kluge Kind sie durch verstellten Frohsinn trösten und beruhigen wollte.

Sie ging dann, weil sie zu unruhig war, um schlafen zu können, in die Stube und sagte zu sich selber: ›Warum hat mich dieser Vorfall, der gegen alles, was ich schon gelitten, nur eine Kleinigkeit zu nennen ist, fast mehr erschüttert als manches wahrhaft große Unglück? Ja, es kündigt sich als ein Unterpfand an, daß mir in diesem Leben nichts mehr gelingen soll, daß ich in Elend, Hunger, Frost und Krankheit kümmerlich und verächtlich verschmachten werde. Ich hätte mit dem aufgesparten Geldstück einen Teil meiner Schuld abtragen sollen, und nicht auf unnützes Spielzeug denken. Der Elende, der Bettler soll sich gar nicht mehr erheitern, an nichts zerstreuen wollen; diese Absicht schon ist Sünde, und so ist mir Recht geschehen, daß ich für mein letztes Geld Beschimpfung eingekauft habe. Dies ist mein Weihnachten, Trostlosigkeit mein Fest.«

Bei diesen bitteren Vorstellungen brach sie in Tränen aus, die ihren Busen wieder etwas erleichterten.

Wilhelm Raabe
Gang über den Weihnachtsmarkt

Welch ein Gang war das, den ich mit dem tollen Karikaturenzeichner in der Dämmerung des Abends machte! In wieviel Keller- und andere Fenster mußte der Mensch gucken; in wieviel kleine frostgerötete Hände, die sich an den Ecken und aus den Torwegen uns entgegenstreckten, ließ er seine Viergroschenstücke gleiten! Welch ein Gang war das! Die Geister, die den alten Scrooge des Meisters Boz über die Weihnachtswelt führten, hätten mich nicht besser leiten können als Herr Ulrich Strobel. Jetzt betrachteten wir die phantastische Ausstellung eines Ladens, jetzt die staunenden, verlangenden Gesichter davor; jetzt entdeckte Strobel eine neue Idee in der Anfertigung eines Spielzeugs, jetzt ich; es war wundervoll!

An der Ecke des Weihnachtsmarktes blieben wir stehen, in das fröhliche Getümmel, welches sich dort umhertrieb, hineinblickend. Im ununterbrochenen Zuge strömte das Volk an uns vorbei: Väter, auf jedem Arm und an jedem Rockschoß ein Kind; Handwerksgesellen mit dem Schatz, den sie aus der Küche der ›Gnädigen‹ weggestohlen hatten; ehrliche, unbeschreiblich gutmütig und dumm lächelnde Infanteristen, feine, schmucke Garde-Schützen, schwere Dragoner und ›klobige‹ Artillerie. Hier und da wandten sich junge Mädchen zierlich durch das Getümmel; jedes Alter, jeder Stand war vertreten, ja sogar die vornehmste Welt überschritt einmal ihre närrischen Grenzen und zeigte ihren Kindern die – Freude des Volks.

Der Zeichner war auf einmal sehr ernst geworden. »Sehen Sie«, sagte er, »da strömt die Quelle, aus welcher die Kinderwelt ihr erstes Christentum schöpft. Nicht dadurch, daß man ihnen von Gott und so weiter Unverständliches vorräsoniert, sie Bibel- oder Gesangbuchverse auswendig lernen läßt; nicht dadurch, daß man sie

– womöglich in den Windeln – in die Kirche schleppt, legt man den Keim der wunderbaren Religion in ihre Herzen. An das Gewühl vor den Buden, an den grünen funkelnden Tannenbaum knüpft das junge Gemüt seine ersten, wahren – und was mehr sagen will, wahrhaft kindlichen Begriffe davon!«

Ich wollte eben darauf etwas erwidern, als plötzlich eine Gestalt, in einen dunkeln Mantel gehüllt, ein Kind auf dem Arme tragend, an uns vorbeischlüpfen wollte. Ein Strahl der nächsten Gaslaterne fiel auf ihr Gesicht, es war die kleine Tänzerin aus der Sperlingsgasse. Ich freute mich über die Begegnung und rief sie an: »Das ist prächtig, Fräulein Rosalie, daß wir Sie treffen. Vielleicht werden Sie uns erlauben, daß wir Sie begleiten; denn um die Mysterien eines Weihnachtsmarktes zu durchdringen, ist es jedenfalls nötig, ein Kind bei sich zu haben.« Die Tänzerin knixte und sagte: »O, Sie sind zu gütig, meine Herren; Alfred hat mir den ganzen Tag keine Ruhe gelassen, und da kein Theater ist, so mußte ich ihm doch die Herrlichkeit zeigen.« – »Ja Mann«, – sagte Alfred unter einer dicken Pudelmütze gar verwegen hervorschauend, »mitgehen!«

Ich stellte der Tänzerin den Nachbar Zeichner vor, und das vierblättrige Kleeblatt war bald in der Stimmung, die ein Weihnachtsmarkt erfordert. Was für ein Talent, Kinder vor Entzücken außer sich zu bringen, entwickelte jetzt der Karikaturenzeichner. Er hatte der Mutter den dicken Bengel sogleich abgenommen, ließ ihn nun gar nicht aus dem Aufkreischen herauskommen und schleppte ihn hoch auf der Schulter durch das Gewühl voran. »O ich bin Ihnen so dankbar, so dankbar, Herr Wachholder«, flüsterte die kleine Tänzerin, zu deren Beschützer ich mich sehr gravitätisch aufwarf.

»Liebes Kind«, sagte ich, »ein paar solcher Junggesellen wie ich und mein Freund würden solche Abende wie diesen sehr übel zubringen, wenn nicht dann ausdrücklich eine Vorsehung über sie wachte. Sie sollen einmal sehen, wie prächtig wir heute abend noch Weihnachten feiern werden – hören Sie nur, wie Alfred jubelt; sehen Sie, wie stolz und glücklich er unter der Pickelhaube vorguckt, die ihm eben der Herr Strobel übergestülpt hat!«

Der Karikaturenzeichner hätte sich in diesem Augenblick sehr gut selbst abkonterfeien können – er tat es auch, aber später. Wundervoll sah er aus. Im Knopfloch baumelte ein gewaltiger Hampelmann, in der rechten Hand hatte er eine große Knarre, die er energisch schwenkte, während auf seinem linken Arm Alfred mit aller Macht auf eine Trommel paukte.

»Kleine Dame«, sagte der Zeichner jetzt zu unserer Begleiterin, »stecken Sie mir doch einmal jene Tüte in die Rocktasche, ich komme nicht dazu. Heda, alter Wachholder«, schrie er dann mich an, »gleiche ich nicht aufs Haar einer Kammerverhandlung? Rechts Geknarre, links Getrommel, und für das Fassen und Einsacken der begehrten Süßigkeiten weder Kraft noch Platz!«

»Mama, der Onkel aber mal rechter Onkel!« rief der Kleine entzückt von seiner Höhe herab, als Rosalie der Anforderung Strobels nachkam und ich ebenfalls die Tasche mit allerlei füllte.

So ging es weiter, bis uns endlich die Kälte zu heftig wurde. Der Zeichner löste sich auf – wie er's nannte – und überlieferte mir die spielzeugbehangene Linke, behielt jedoch die Knarre in der Rechten, und nun ging's durch die menschen- und lichterfüllten Straßen nach Hause. Wie glänzte heute abend die alte dunkle Sperlingsgasse! Von den Kellern bis zum sechsten Stock, bis in die kleinste Dachstube war die Weihnachtszeit eingekehrt; freilich nicht allenthalben auf gleich ›fröhliche, selige, gnadenbringende‹ Weise. Welch einen Abend feierten wir nun! Wir ließen unsere kleine Begleiterin natürlich nicht zu ihrem kaltgewordenen Stübchen hinaufsteigen. War ich nicht schon auf der Universität meines famosen Punschmachens wegen berühmt gewesen? (Eine

Kunst, die mir mein Vater mit auf den Lebensweg gegeben hatte). Der Karikaturenzeichner holte einen Tannenzweig, den er auf der Straße gefunden hatte, hervor und hielt ihn ins Licht.

»Das ist der wahre Weihnachtsduft«, sagte er, »und in Ermangelung eines Bessern muß man sich zu helfen wissen.«

IV IN DER SCHLAURAFFENZEIT

»In der Schlauraffenzeit da ging ich und sah, an einem kleinen Seidenfaden hing Rom und der Lateran, und ein fußloser Mann der überlief ein schnelles Pferd, und ein bitterscharfes Schwert das durchhieb eine Brücke; da sah ich einen jungen Esel mit einer silbernen Nase der jagte hinter zwei schnellen Hasen her, und eine Linde, die war breit, auf der wuchsen heiße Fladen, da sah ich eine alte dürre Geiß, trug wohl hundert Fuder Schmalzes an ihrem Leibe und sechzig Fuder Salzes.«

Brüder Grimm, ›Das Märchen vom Schlauraffenland‹. In: Kinder- und Hausmärchen. Zweiter Band (1815)

Ernst Moritz Arndt
Klas im Pfannkuchenberg

Klas Avenstaken war zwölf Jahre alt geworden, war für sein Alter ungewöhnlich groß und stark, stand sehr grad und fest auf den Beinen, hatte einen großen Kopf und breite Stirn mit langen hangenden Flachshaaren, unter welchen er aus ein paar trotzigen blauen Augen guckte. Viele Leute sagten, er wäre ein schöner Junge. Peter, sein Vater, sagte, er ist der schönste Junge im Dorf, aber Greth meinte, er sei zu plump und dick und seine Brüder seien viel schöner. Da kam der dreizehnte Herbst seines Lebens, und mit dem November jenes Herbstes verschwand Klas durch eine der wunderbarsten Begebenheiten, die ich jetzt erzählen will, plötzlich aus dem elterlichen Hause.

Peter hatte einen neuen Knecht gemietet, der mit dem ersten November zuzog. Dieser hieß Hans Valentin und war schon ein ältlicher Mann von fünfzig Jahren. Der Knecht war nicht lange im Haus, so schloß er mit den Knaben eine sonderliche Freundschaft, am meisten aber mit Klas. Valentin wußte nämlich viele Fabeln, Geschichten und Märchen und allerlei alte längst verschollene Leuschen (Schnurren), und erzählte sie abendlich nach der Arbeit den Kindern; und er ward durch seine schönen Geschichten bald so berühmt, daß auch die Kinder der Nachbarschaft häufig in Peters Haus kamen, damit sie ihn hörten. Dies geschah meistens des Samstags und Sonntags abends, wo Valentin Zeit hatte zum Erzählen. Die Buben brachten dem Valentin Äpfel und Nüsse mit und andere schöne Sachen, und so setzte die Genossenschaft sich in einer Ecke hin und schmauste und erzählte. Das war aber das Besondere, daß von allen Kindern keiner die Geschichten besser behielt und lebendiger wiedererzählte als Klas; so daß Peter ihm oft mit Wohlgefallen zuhorchte und schmunzelnd der Greth zurief: »Hörst du's, Greth? hörst du's, wie der Klas der Blitzjunge erzählen kann?« Sie aber ließ es kalt abgleiten und sagte wohl: »Ja, ein Klas ist er und ein Klas bleibt er, ein rechter Märchenklas, aber Schulze wird er nie werden, denn er kann ja nicht schreiben.« So sprachen die Eltern über Klas jeder auf seine Weise; sie merkten aber nicht, daß mit Klas eine große Veränderung vorging und daß Valentin ihn viel lebendiger und im Herzen viel lustiger machte. Denn die Geschichten ergriffen den Jungen so, daß er nichts anderes sah und hörte, dichtete und träumte als Hexen und Hexenmeister, Drachen und Riesen, bezauberte Prinzessinnen und verwünschte Schlösser. Ja, es ging so weit, daß der Knabe manche liebe Nacht davor gar nicht schlafen konnte, sondern oft die Augen noch offen hatte, wann der Hahn durch seinen fünften Kräh schon verkündigte, der Himmel wolle seine geschlossenen Augen wieder auftun.

So war Valentin mit seinen Buben bis gegen das heilige Christfest hingekommen, wo die langen Abende und die vielen Festtage zu Spielen und Märchen Gelegenheit gaben und wo alle Welt wegen der Geburt des süßen Jesuskindleins sich mancherlei Festen und Freuden überließ und wo Freunde mit Freunden und Nachbarn mit Nachbarn lustig lebten. Valentin hatte bis auf diese fröhliche Zeit seine besten Geschichten aufgespart, er hatte den Kindern, welche nebst den Alten ihn reichlich mit Gaben bedacht hatten, wie man zu sagen pflegt, seine Mäusekiste aufgetan. Von allen Geschichten aber, die er ihnen auftischte, wurden sie am meisten erfreut durch die von dem Pfannkuchenberg und von dem gläsernen Berg, zu welchen er mit heller Stimme folgende feinklingende Reime zu singen pflegte:

Wer sagt mir an, wo der Pfannkuchenberg liegt,
Gespickt mit Ochsenbraten,
Mit Zucker und Marzipan gefüllt
Und Scheffeln voll Dukaten?

Gläserner Berg, gläserner Berg,
Wann springst du auf?
Spielender Zwerg, künstlicher Zwerg,
Wann wachst du auf?
Wann die Glock Zwölfe schlägt,
Wann der Dieb Säcke trägt,
Dann spring ich auf;

Wann der Hahn zum zweiten kräht
Und der Mond am höchsten steht,
Dann wach ich auf.

Diese Geschichten gefielen so sehr, daß sie wenigstens vier Tage hintereinander immer mit neuen Ausschmükkungen erzählt werden mußten, zumal da, wie Valentin wußte, die beiden Berge in der Nachbarschaft in dem hohen Forst lagen, in welchem er den Knaben, die dort oft das Vieh gehütet hatten, die Eiche und Buche ganz deutlich beschrieb und bezeichnete, die auf ihrem Gipfel ständen. »Bei Tage«, setzte er hinzu, »kann man diesen Bergen freilich nicht ansehen, was sie eigentlich sind, dann sehen sie aus wie alle anderen Berge; aber um die Mitternacht sind sie, was sie sind, der eine von dem allerklarsten und allerdurchsichtigsten Glas, wo Mond und alle Sterne durchscheinen bis auf den Grund, und der andere der prächtigste Pfannkuchen, so prächtig, als er nie in einer Pfanne gebacken ist. Die Sage geht«, winkte er dann freundlich und mit leiserer Stimme, »daß, wer in den Pfannkuchenberg steigt, ein großer König wird, und wer in den gläsernen Berg springt, ganze Säcke mit Dukaten und goldenen Bechern und silbernen Schalen mit nach Hause trägt; aber wer hat dazu den Mut? Solche Leute werden nicht alle Tage geboren.«

Das Wörtlein *Aber wer hat dazu den Mut?* gab nun, wie es unter Knaben zu geschehen pflegt, Gelegenheit zu vielem Necken, und sie wetzten, drillten und foppten einander damit, und einige Wochen hörte man am Schluß jeder Geschichte immer durchklingen: *Aber wer hat dazu den Mut?* und einige Schälke sagten auch wohl *Klas Grad dör hat den Mut.* Und Klas zuckte es dann immer in den Fingern, und er hätte sie gewiß gebraucht, wenn der Vater nicht dabeigewesen wäre; denn Peter strafte es hart, wenn die Buben sich in seiner Gegenwart rauften. Indessen ging das Wort und die Neckerei immer fort und auch das Wort *Klas Grad dör hat den Mut;* so daß es dem Knaben endlich zu toll ward und er bei sich selbst dachte: ›Es ist doch auch schlecht, daß ich den Mut nicht haben soll.‹ Und eines Abends, als sie wieder so stichelten und stachelten, entfiel ihm im Zorn das Wort: »Ja, Klas Grad dör hat den Mut, wenn ihr den Mut habt mit dabeizusein; und ihr könnt nun wählen, was ihr wollt, ich nehme mir den Pfannkuchenberg, worin der König sitzt, wo die große Buche steht, und will voransteigen als der erste, wenn ihr mitsteigt.« Und sie schämten sich und schrien alle: »Ja! Ja! wir wollen mit«, denn es war eben der helle Mittag und sie deuchten sich alle des Mutes überflüssig zu haben, und hatten ihn damals auch. Und so neckten sie sich den ganzen Tag und Abend fort und fort, und Valentin und Peter und Greth und die Knechte und Mägde, die es hörten, zogen sie auf; denn sie glaubten nicht, daß es ihr Ernst sei. Die Knaben aber wurden dadurch nur noch vergritzter auf ihren Vorsatz und der steife Klas hielt die andern fest, indem er ihnen alles auf das herrlichste vormalte, wie lustig sie dort leben und mit welchen Schätzen und Herrlichkeiten sie nach Hause kommen würden.

So war es Abend geworden, und es schlug zehn Uhr vom Kirchturm, da rief Klas: »Frisch, Gesellen, heraus! Es ist Zeit, wir haben über eine halbe Meile bis zum Wald.« Und die Gesellen gingen hinaus mit ihm, seine drei Brüder und noch fünf andere Knaben, alle in Sonntagskleidern und mit weißen Stöcken in der Hand; denn mit weißen Haselstöcken soll man Geistern und Abenteuern entgegengehen. Und die Alten riefen und lachten hinter ihnen her, und der Valentin lachte am lautesten, und sie dachten: ›Die werden keine Berge sprengen, sondern bald wieder hier sein.‹

Und die Knaben strichen geschwind über das Feld hin, und Klas lief allen voran, so brannte die Lust ihn, und sie krächzten und kakelten und jauchzten, wie Krähen krächzen, wenn man sie von den Bäumen aufjagt, und Hühner kakeln, wenn man ihnen den Flug auftut. Und alle blieben bei dem Vorsatz und waren voll Mutes, bis sie die Bäume des Waldes sehen konnten; da wurden sie fast alle still. Als sie aber an den Wald kamen und die hohen Bäume rauschen und die Wasser der Gießbäche aus der Ferne brausen hörten, da standen sie still, einzig Klas lief hinein. Und als er die andern nicht folgen sah, schalt er sie; sie aber achteten des nicht, sondern sagten der eine dies der andere das, und keiner wollte mit. Da nannte er sie feige Memmen und rief ihnen spöttisch zu: *»Klas Grad dör hat den Mut«*, und dann rauschte er spornstreichs durch die Sträucher fort, immer bergan. Sie aber rauschten über das Feld zurück nach Hause und machten so geschwinde Schritte, als hätte ein jeder ein Gespenst an den Fersen gehabt.

Und Klas lief eilends seines Weges auf manchen krummen Pfaden, die er kannte, bergauf bergab, bis er auf der höchsten Höhe des Forsts die Buche nicken sah. Da mußte auch er still stehen und ihm wollte der Mut auch fast klein werden, zumal da er wohl vier Kirchenglocken aus der Ferne eben zwölf schlagen hörte. Aber weil er ein wackerer Bub war, so sprach er sich das Wort zu, das sein Vater ihm so oft gesagt hatte: ein Kerl müsse nie vor einem Entschlusse umkehren, den er in lustiger Stunde gefaßt habe, und, wenn es zur Tat komme, sich wie ein Hase auf die Hinterfüße setzen; und Klas rief *»Grad dör!«*, daß der Wald widerhallte, und so sauste er den Berg hinan. Und er kam hin, wo er eben die Buche noch gesehen hatte, aber sie stand nicht mehr da, wohl aber duftete und schimmerte der schönste Pfannkuchenberg im Mondschein. Und Klas bedachte sich nicht lange, tat beherzt seine beiden Augen zu, richtete sich mit beiden

Füßen auf die Zehenspitzen, wagte den Sprung und rief: »*Grad dör, sagt Klas Avenstaken.*«

Und der Sprung mißriet ihm nicht, und er glitt sanft in den Berg hinein und sank leise und langsam hinab, als wäre er gefahren, wie man Eier im Hopfensack zu fahren pflegt. Und es deuchte ihm, er ward lieblich hinabgeschaukelt und hinabgewiegt und daß er entschlief und wundersame Träume hatte, worin ihm sein alter Hans Valentin erschien und ihm gar wohlgefällig und freundlich zulächelte.

Und als er erwachte, da war es dämmerig um ihn her, er fühlte aber, daß er in einem weichen Bett lag, auf so weichen und feinen Kissen, als Greth, seine Mutter, ihm nie untergelegt hatte. Und das gefiel ihm sehr. Aber ihn hungerte, und das gefiel ihm nicht. Da fing es an hell zu werden, und er bedachte und besann sich über gestern und über die vorigen Tage und sprach: »Hier soll ich ja im Pfannkuchenberg sein, will sehen, ob Valentin mir auch was vorgelogen hat.« Und er rieb sich die Augen auf und es ward lichter um ihn; es fiel aber nur ein dämmerndes Licht von oben herab. Und seine Augen freuten sich, und sein Herz freute sich noch mehr; denn was ward er gewahr? Daß er nun wirklich mitten in dem Pfannkuchenberg war und daß der alte Valentin nicht gelogen hatte. Denn er war nun in einem Zimmer, worin ein Bett und ein Tisch und eine Bank war, fast wie in seines Vaters Haus, nur alles netter und zierlicher. Und das Zimmer war ringsumher gar herrlich geschmückt und verhangen. Da waren die Wände mit gebratenen Gänsen und Enten und Hühnern und Schnepfen und Rebhühnern und Wachteln und Krammetsvögeln wie mit den schönsten Tapeten in der buntesten Mannigfaltigkeit verziert und mit Hasen und Hirschen und Rehen in Menge, und die schönsten Schüsseln und Teller und Messer und Gabeln hingen dabei. Das war die eine Seite. Und die andere Seite war mit Kuchen ausgeschmückt und mit Zuckerwerk und Marzipan und mit köstlichen Früchten, Pfirsichen, Aprikosen, Apfelsinen, Weintrauben, Äpfeln, Birnen, Pflaumen,

Nüssen und was Zunge und Zahn sich in ihrer Lüsternheit nur wünschen mögen zu schlürfen und zu beißen. Und an den beiden schmaleren Enden des Zimmers standen blühende Bäume und Bäume voll Früchte, und unter den Bäumen liefen je zwei Quellen heraus: an dem einen Ende war eine Wasserquelle und eine Milchquelle, und an dem andern Ende war eine Bierquelle und eine Weinquelle. Klas kümmerte sich um zwei Quellen gar wenig, nämlich um die Wasserquelle und die Bierquelle, sondern gebrauchte allein die Milchquelle und die Weinquelle. Dieses ganze Zimmer war ein Wunder, aber das größte Wunder daran war, daß jeder verzehrte Braten und jede verschlungene Birne oder Traube gleich wieder an derselben Stelle wuchs, wo er sie weggerissen hatte, und daß die Milchquelle und Weinquelle nie versiegten. Ja, ich glaube, ein ganzes Heer Reiter und Fußvolk hätte in dem Pfannkuchenberg ein Jahrtausend essen und trinken können, und es wäre nicht all geworden.

Und unser Klas aß und trank wie ein Kerl, ja er aß und trank übermäßig, und es bekam ihm doch nicht übel. Das geschah ihm aber immer, daß er sogleich nach dem Essen und Trinken einschlief, so daß man fast sagen mag, er tat nichts anderes als essen, trinken und schlafen. Er wachte aber etwa fünfmal des Tages auf, und dann aß und trank er jedesmal tüchtig; die Nächte durch aber schlief er immer in einem fort vom Abend bis zum Morgen, ohne daß er je erwachte. Weil dies nun sein Leben war und sein dämmerndes Zimmer ihn an nichts erinnerte, was er dort oben auf der Erde erlebt und gesehen hatte, so verschwand ihm das Vergangene fast ganz aus dem Gedächtnis. Nur seines Vaters Peter gedachte er zuweilen und des treuen Valentins und des freundlichen alten Schulmeisters; aber das war ihm auch nur wie ein Traum. Das aber hielt er von göttlichen und heiligen Dingen und Gewohnheiten fest, daß er jedesmal, ehe er aß, sich kreuzte und die Hände faltete und betete. Er konnte aber nur ein Gebet, das nicht sehr lang war und hieß:

Fürchte Gott,
Liebes Kind,
Gott der Herr
Sieht und weiß
Alle Dinge.

Dies Gebet betete er immer sehr andächtig. Seine Schlafstunden bei Tage und auch die Nacht, wo er im Bette lag, waren ein ewiger Traum, und zwar ein sehr bunter und lustiger Traum, wo alle Valentinischen Geschichten und Märchen wunderbar aufblühten und wieder tausend andere Geschichten und Märchen gebaren, wo er immer mitten drinnen war und ungeheure Taten vollbrachte, Drachen und Riesen erschlug, eiserne und diamantene Tore zersprengte, Prinzessinnen befreite und endlich König ward.

Klas verlebte auf diese Weise, ohne daß er wußte, wie ihm geschah, in seinem Pfannkuchenberg ein ganz vergnügtes und lustiges Leben. Es war aber in dem Traum jemand da, der ihm die Geschichten erzählte oder vormachte. Dies war nicht Valentin, sondern seine verstorbene Großmutter, die er in seinen frühesten Kinderjahren noch in seines Vaters Hause gesehen hatte. Sie schien dann zu seinen Häupten zu stehen oder auf den Knien vor ihm zu liegen und über ihm zu beten, und erzählte ihm zuletzt immer Geschichten. So hat er es in späteren Jahren oft mit tiefer Bewegung erzählt und gemeint, wenn etwas Gutes aus ihm geworden, so verdanke er es den stillen Gebeten dieses frommen und von Gott erlösten Geistes, der seinen Irrtum, womit er in den Berg hinabgesprungen, zum Guten gewendet habe.

So waren ihm fünf Jahre vergangen wie ein Tag, und essend und trinkend war er immer tiefer hinabgesunken, und das Zimmer hatte sich mit ihm gesenkt. Und er hatte sich glücklich durch den zauberischen Berg gefressen; denn durchfressen mußte sich, wer hineinsprang, hatte Valentin gesagt, anders konnte er nimmer aus dem

Berg erlöst werden. Wie viel er aber in dieser langen Zeit gegessen und getrunken hat, wer will das wohl ausrechnen? Gewiß ist es aber nicht weniger gewesen, als zehn der unverdrossensten Esser und Trinker nur hätten bezwingen können. Auch war es nicht verloren an ihm, sondern er war ein gar starker und reisiger (hochgewachsener) Jüngling geworden. Davon wußte er aber nichts, denn er hatte niemand, an dem er's hätte versuchen können, auch war kein Spiegel in seinem Zimmer, der es ihm hätte verraten können.

Als nun die fünf Jahre um waren und Klas sich unten bis an den Rand durchgefressen hatte und nun wieder herausfallen sollte auf die Erde, damit sein Schicksal erfüllt würde, fiel er in einen tiefen Schlaf, und ihm träumte ein sonderbarerer Traum, als er je gehabt hatte. Die alte weise Frau nämlich, die immer bei ihm saß und ihm Geschichten erzählte und aussah wie seine selige Großmutter, schien ihm sehr traurig und gebärdete sich, als wenn sie Abschied von ihm nehmen wollte, ja, sie sagte es ihm. Und es deuchte ihm, als wenn sie sehr inbrünstig und mit vielen Tränen über ihm betete und ihn dann aus dem Bett nahm und ihn wusch, wie man ein kleines Kind wäscht, bis er weiß ward wie ein Schwan, und als wenn sie ihm dann ein weißes Hemd anzog und einen sehr zierlichen neuen Rock und neue Schuhe und Strümpfe, und dann verschwand. Und auch ihm schien sehr traurig zu sein in seinem Herzen. Und dies war wirklich kein Traum gewesen, sondern er war drinnen rein gewaschen worden und neu gekleidet vom Haupt bis zu den Füßen, und so war er im Traum aus dem Berg herausgefallen. Er hatte es aber nicht gemerkt, sondern diese Wundergeschichte verschlafen.

Weil Klas Avenstaken nun wieder auf der Erde erscheinen soll, so muß ich erzählen, wie es die fünf Jahre, wo er im Pfannkuchenberg lebte, in seines Vaters Hause gegangen war. Es hatte sich dort seit seinem Verschwinden nichts Ungewöhnliches begeben, sie lebten gottlob noch alle, die Eltern und die Geschwister, und seine mitternächtliche Pfannkuchenbergfahrt war wirklich das einzige Außerordentliche gewesen, was das Haus in so langer Zeit erlitten hatte. Es war lange Trauer um ihn gewesen, besonders in dem Herzen seines Vaters, der es sich aber nicht merken ließ, auch in dem alten ehrlichen Valentin, den die Mutter überdies wegen seiner Geschichten noch viel ausgescholten hatte. Es war aber seit jener Zeit alle Freude von ihm gewichen und kein Märchen mehr über seine Lippen geklungen, und der alte Mann, der sonst so munter und scherzhaft war, war fast stumm und grämlich geworden. Auch hatte er aus dem Hause und dem Dienst weggewollt, Peter aber in seiner Gutmütigkeit hatte es nicht zugelassen, und gesprochen: »Hat der Valentin so großes Leid mit uns erfahren, so soll er nun auch das bißchen Brot mit uns essen bis an sein Lebensende.« Von Klas ward übrigens fast nicht mehr gesprochen oder doch nur leise geflüstert; die meisten Leute und auch seine Mutter meinten, die bösen Geister seien mit ihm abgefahren und das Knäblein werde in diesem Leben nicht wiederkommen. Nur Valentin und Peter sprachen zuweilen unter sich noch von dem Knaben, den sie beide so lieb gehabt hatten, und hegten verschwiegen die Hoffnung, er könne doch noch wohl mal wiederkommen. Die beiden glaubten auch an die Geschichten, die sie so gern erzählten oder erzählen hörten. Und siehe! ihre Hoffnung betrog sie nicht; denn Klas kam wirklich wieder. Nun muß ich erzählen, wie dies geschehen ist.

Weil Wunder immer auf das wunderbarste geschehen, so begab es sich, daß Klas gerade auf derselben Stelle, wo er einst versunken, aus dem Pfannkuchenberg wieder in diese Welt hineingefallen war. Das konnte nun doch nicht anders geschehen, als daß der Pfannkuchenberg sich umgekehrt hat, und daß die ganze Welt sich mit ihm umgekehrt hat. Eines von beiden mußte geschehen sein, und weil es so war, deswegen heißt es ein Wunder; denn ein Wunder ist, was jeder Mensch wohl wissen, aber doch kein Mensch begreifen kann. Kurz und gut, als Klas erwachte, lag er nicht in seinen weichen Betten, sondern im grünen Gras, und sah seine wohlbekannte Buche wieder und den hohen Berg, worauf er so oft die Rinder getrieben hatte, und den ganzen Wald und das Feld drunten, und die Dörfer und ihre Kirchtürme kamen ihm wieder wie alte Bekannte vor, jene fünf im Pfannkuchenberg verlebten Jahre aber waren ihm wie ein Traum, und es war ihm nicht anders, als sei nur eine Nacht vergangen zwischen dem Abend, wo seine Brüder und Gesellen von ihm liefen, und diesem Morgen, wo die Lerchen der Erde ihn wieder wach sangen. Es war aber ein sehr schöner Frühlingstag, als er sich durchgefressen hatte und wieder aus dem Berg fiel.

Klas lag nicht lange im Grase und gaffte, sondern er machte sich bald auf und lief geschwind durch den Wald und über das Feld grad auf seines Vaters Haus zu. Und er fand, als er in die Stube trat, seine Eltern und Geschwister und den Valentin alle um den Tisch stehend, die eben die Hände zum Gebet gefaltet hatten; denn sie wollten frühstücken. So trat er unter sie. Er war aber sehr groß und schön, beinah einen halben Kopf höher als Peter, der auch kein kleiner Mann war, und er hatte schöne neue Kleider an. Und deswegen sahen sie alle auf und verneigten sich vor ihm, denn sie meinten, er sei ein Fremder. Er aber fiel Vater und Mutter und Schwestern und Brüdern um den Hals und herzte und küßte sie, und sagte: »Ich bin Klas und bin wieder aus dem Pfannkuchenberg gekommen«; und auch den alten Valentin, seinen sehr lieben Freund, küßte er recht herzlich. Und sie erkannten ihn nun wieder an manchen Zeichen und erstaunten sehr und freuten sich, daß er so groß und hübsch geworden.

Als nun aber das erste Erstaunen vorbei war, da wollten alle wissen, wie es ihm gegangen war in den fünf Jahren und drei Monaten, die er weg gewesen; und das ganze Dorf war herbeigelaufen, daß sie Klas Avenstaken sähen, und das erste Wort war immer: »Nun, lieber Klas, erzähl uns, wie ist es ergangen? und wie sieht es in dem Pfannkuchenberg aus?« Er wußte ihnen aber nicht viel zu sagen, sondern es kam alles dunkel heraus wie Träume und Gespenstergeschichten; so daß einige ihn mit erschrockenen Augen anguckten, als sei es nicht geheuer mit ihm und als treiben schlimme Geister in ihm ihr Spiel, andere wohl hie und da flüsterten: »Der Klas lügt, er ist nicht in dem Pfannkuchenberg gewesen, er ist von seinen Eltern gelaufen und ist nun wiedergekommen, und der schlaue Schulze hat die ganze Geschichte erfunden, daß er seine Schlappe bemäntele.« Die meisten indessen hatten Glauben zu dem Abenteuer und fanden recht großen Gefallen an der Erzählung, wie sein Zimmer mit Braten, Kuchen und Früchten tapeziert gewesen, und wie der Milchborn und Weinborn immer im Flusse gewesen: und das glaubten sie wohl, denn sie sahen seinen starken und schönen Gliedern und seinen rosenroten Wangen und funkelnden Augen wohl an, daß er die Zeit nicht gehungert hatte. Seine Mutter aber war die erste, die ihn voll Ungeduld nach den Säcken mit goldenen Dukaten fragte, und ob er keine mitgebracht habe? Als er nun antwortete, da müsse der Valentin sich in der Geschichte versprochen haben, denn von Gold und Silber habe er in dem Pfannkuchenberg auch kein Pröbchen gesehen, da kopfschüttelte sie und meinte, er habe die fünf Jahre ebensogut zu Hause bleiben und die Wirtschaft mehren und an ihrem Tische essen können: denn was helfe es ihm nun, daß er Fasanen und Waldschnepfen gegessen und den köstlichsten Wein geschlürft habe? ohne Geld, möge er sich nur nicht einbilden, daß ein Mensch König werden könne, was der einfältige Valentin ihm vorgefabelt habe. Denn Valentin bekam bei Gelegenheit immer sein Seitenhiebchen mit ab. Und soll ich nun die Wahrheit sagen, so lautet sie so: Die ersten Tage waren die Leute im Dorf außer sich über Klas und stürmten Peters Haus fast, die ersten Wochen verwunderten sie sich sehr, die ersten Monate sprachen sie viel davon, und nach einem Jahr war die Geschichte von den meisten schon wieder vergessen. Die aber immer noch viel von der Geschichte sprachen, das waren die jungen Mädchen, denn ihnen gefiel Klas über alle Maßen, und wo sie es sagen durften, riefen sie fast einstimmig: »Klas Avenstaken ist doch der schönste Junge im Dorf.«

Heinrich Seidel

Ne, wie isses einmal möglich ...

Der Weihnachtsmann, der hinter dem großen Wald zwischen den Bergen in dem wunderbaren Lande wohnt, das noch schöner ist als das Schlaraffenland, der ist der wirkliche Weihnachtsmann; nur alle hundert Jahre bekommt ihn einer zu sehen

Da muß man sich denn sehr wundern, daß in der Welt noch so ungemein viele andere Weihnachtsmänner umherlaufen, die alle so tun, als wenn sie der einzig richtige wären. Aber das ist so: Der richtige Weihnachtsmann hinter dem großen Wald zwischen den Bergen, der hat keine Zeit. Denkt euch nur, was der um Weihnachten alles zu tun hat – alle Kinder der Welt soll er versorgen, und für alle soll was da sein. Na, und was haben manche für einen Wunschzettel. Ich kannte einen, der hatte fünfundvierzig Wünsche darauf stehen, und was für welche. Natürlich bekam er das nicht alles, aber was macht das Aussuchen schon allein für eine Arbeit.

Darum hat der Weihnachtsmann eine Menge Vertreter auf Erden, sozusagen Weihnachtsdienstmänner, aber das ›Dienst‹ lassen sie weg, weil sich das nicht gut macht. Ich kenne viele Familien, wo der Weihnachtsmann sich vorher einstellt und nachfragt, ob die Kinder auch artig gewesen sind. Manche fürchten sich vor ihm, und das sind die, die kein gutes Gewissen haben oder ihr Sprüchlein nicht wissen, manche aber fürchten sich nicht, denn ihr Gewissen ist sehr gut, und sie haben ihr Sprüchlein gelernt, manche aber, obwohl ihnen das Herz doch ein wenig bibbert, lächeln überlegen, denn man geht doch schon in die zweite Vorschulklasse, und Kurt Meyer, der alles weiß, hat doch erst kürzlich gesagt, es gäbe gar keinen Weihnachtsmann, daran glaubten nur noch die Dreiklepper, das heißt die, die in die dritte Vorschulklasse gehen. Und nachher wird er pietätlos und sagt, der Weihnachtsmann habe Vaters Reisepelz angehabt, und sein Sack, das wäre Mutters Wäschebeutel gewesen, und er habe geradesolchen Bierbaß gehabt wie Onkel Eduard, oder er hätte geradeso gelispelt wie Tante Lieschen. Und wenn Tante Lieschen das nachher hört, so sagt sie: »Der Knabe hat ein ruchloses Gemüt!«

Als meine Kinder noch klein waren, da ist der Weihnachtsmann auch zu uns gekommen, und ich erinnere mich eines Abends, wo das geschah, noch sehr gut. Wir hatten in unserem Wohnzimmer eine gemütliche Ecke, wo es bei Tag ziemlich dunkel war, aber in der Dämmerung oder bei der Lampe saß es sich dort sehr behaglich. Lydia, das Kindermädchen, genannt Lydia mit der Bombenbluse, hatte eben die Lampe gebracht, weil es ganz finster geworden war. Nebenbei gesagt, unsere Köchin Lotte war aus Mecklenburg, und für diese war der Name Lydia eine unerschöpfliche Quelle der Erheiterung. »Ich glaub«, sagte sie, »in ganz Mäkelburg gibt es kein Kindermädchen, was Lydia heißt. Da muß ich mir ümmer furchbar über lachen. Aber hier in Berlin, da haben sie jawoll all sonne unklugen Nams. Geheimrats ihre Köchin, die ich ümmer bei'n Kaufmann treff, die hab ich neulich mal gefragt: ›Wie heißen Sie denn eigentlich?‹ Un da sagt sie zu mich: ›Aurora!‹ Un da hab ich ihr laut ins Gesicht geprust't.« Man sieht, die gute Lotte verwechselte, ›mir‹ und ›mich‹, wie das in Mecklenburg vorkommt. Der Berliner tut das nie, der sagt immer ›mir‹, auch wenn's richtig ist.

Nun gut, Lydia mit der Bombenbluse hatte die Lampe gebracht, und wir saßen alle vier in unserem behaglichen Winkel. Ich hielt noch ein wenig Nachlese in der Zeitung, und meine Frau erzählte dem kleinen Heini und der kleinen Helene Märchen, die sie sich selbst ausgedacht hatte. Die Geschichten von dem Wauwau und dem Mählamm und von dem Zwerg, der seine rote Mütze verloren hatte, waren schon beendet, und nun kam die Geschichte von dem kleinen Heini, der mittags zwischen zwölf und eins auf dem großen Teppich eingeschlafen war. »Mit einem Mal knisperte und wisperte es ganz leise, und alle Blumen auf dem Teppich steckten die Köpfe hervor. Das sah der kleine Heini ganz deutlich, obwohl er die Augen zu hatte und schlief. Und nun sprangen sie alle auf ihre spinnefeinen Füße und reichten sich die Händchen und wandelten auf und ab. Und dann tanzten sie Ringelreihen und gegeneinander und durcheinander, und dazu sangen sie. Das klang aber gar nicht lustig, sondern ganz wehmütig und traurig, und immer wieder hieß es in dem Gesang: ›Wenn's bing schlägt, wenn's bing schlägt, müssen wir sterben und verderben!‹ So ging es eine ganze Weile, aber mit einem Mal schnurrte der große Regulator im Nebenzimmer, und – bing – schlug es eins.«

Nun konnte die Mutter aber gar nicht weiter erzählen, denn in diesem Augenblick riß es draußen ganz gewaltig an der Glocke, und als Lydia hinging, um zu öffnen, hörte man auf dem Flur Schritte wie von schweren Stiefeln und ein Rasseln wie von Nüssen in einem Sack, und plötzlich klopfte es kräftig an die Tür, und herein trat der Weihnachtsmann. Er hatte einen Pelzmantel an, der offenbar nach dem Muster von Mutters Abendausgehmantel gemacht war, und eine Pelzmütze auf dem Kopf, die man im Notfall auch wohl als Fußtasche hätte benutzen können, und sein Bart war schön lang und breit und schneeweiß wie Watte. Im Gürtel steckte ihm eine Rute, mit kleinen bunten Fähnchen verziert, wie sie die Kinder

auf den Straßen verkaufen, denn zu Weihnachten muß alles schön sein, auch die Rute. Er rasselte zuweilen verheißungsvoll mit dem Sack, den er in der Hand trug und fragte: »Sind die Kinder auch artig?« Das konnten wir Eltern ja nun freudig bejahen; ich hatte mich schon oft genug gewundert, wie ich zu solchen Kindern käme – von mir hatten sie es gewiß nicht. Und sie bestanden die Prüfung so gut und sagten ihre Verschen so tapfer her, daß der Weihnachtsmann fast gerührt wurde und den ganzen Sack mit Nüssen, Äpfeln und Pfefferkuchen vor ihnen ausschüttete. Im übrigen aber zeigte es sich, daß er eine höchst merkwürdige Aussprache hatte und ›mir‹ und ›mich‹ verwechselte, was auf seinen Bildungsgrad ein sonderbares Licht warf. Als er fort war, kam nach einer Weile Lotte ganz wie zufällig ins Zimmer, und die Kinder teilten ihr jauchzend die große Neuigkeit mit: »Der Weihnachtsmann ist hier gewesen!«

»Ne, wie isses einmal möglich?« sagte Lotte. Der kleine Heini aber fragte sehr ernsthaft: »Lotte, du bist doch aus Mecklenburg?« – »Jawoll bün ich aus Mäkelburg!« sagte Lotte, »aus Pampow.« – »Du, ich glaube«, sagte der kleine Heini, »der Weihnachtsmann ist auch aus Mecklenburg!«

»Ne, was is das einmal für'n Jung!« sagte Lotte und lachte und verschluckte sich dabei so, daß sie sich fast die Seele aus dem Leibe husten mußte.

V WEIHNACHTEN UND DAS LIEBE GELD

»Es gibt einen Aberglauben, daß es möglich sei, mittels übernatürlicher Kräfte einen Heckrubel zu erhalten, das heißt einen Rubel, der, wie oft man ihn ausgäbe, immer wieder heil in die Tasche zurückkehrt. Allein um einen solchen Rubel zu erhalten, muß man zuvor große Ängste ausstehen; so unter anderem müsse man eine schwarze Katze nehmen und diese in der Weihnachtsnacht an der Kreuzung von vier Straßen, von denen die eine unbedingt zum Friedhof zu führen habe, feilbieten.«

Nikolai Leskow, ›Der Heckrubel‹
(1883)

Poverello
Korsisches Märchen

Vor Zeiten lebten einmal zwei Brüder, der eine überaus reich und der andere sehr arm. Letzterer, Poverello genannt, trug die Bürde einer großen Familie, so daß es ihm trotz all seiner Anstrengungen unmöglich war, seine Kinder richtig großzuziehen. Eines Tages nun sprach seine Frau zu ihm: »Ach, mein armer Mann, uns bleibt schier gar nichts mehr. Das bißchen, was wir zum Leben hatten, ist verbraucht, und unsere Kinder werden bald Hungers sterben.« – »Je nun, liebe Frau, was soll ich tun?« – »Du sollst zu deinem Bruder gehen und ihn um etwas Mehl bitten und um ein wenig Brot.« – »Sicher hast du recht.«

Und Poverello ging und suchte seinen Bruder auf. ›Poch, poch!‹ – »Wer da?« – »Ich bin's, Poverello, ich möchte mit meinem Bruder sprechen.« – »Laßt ihn herein!« rief dieser, der ihn gehört hatte. »Na schön, was willst du von mir? Wünschst du etwas zu essen?« – »Ja, leider, meine Kinder plagt der Hunger, und ich habe nichts, was ich ihnen geben könnte. Wenn du mir ein Brot borgen könntest, nur ein einziges Brot und etwas Mehl; sobald ich Arbeit habe, gebe ich dir alles zurück.« – »Ha ha, deine Arbeit kenne ich! Aber gut, ein Brot will ich dir noch borgen, das macht im ganzen neun, die du mir schuldest.« – »Gib mir noch einen Scheffel Gerstenmehl dazu, du bekommst alles zurück, ganz sicher.« – »Da hast du's, aber komm mir nicht wieder vor die Augen, bevor du deine Schulden bezahlen kommst.«

Als Poverello heimkam, sagte seine Frau zu ihm: »Kaum warst du zur Tür hinaus, da kam einer, dich zur Feldarbeit zu rufen. Wenn du die Arbeit machen willst, könnte uns das sehr helfen, über die Weihnachtstage zu kommen.« – »Wollen schon, doch woher die Ochsen nehmen? Und dann arbeitet doch morgen keiner; weißt du nicht, daß ich exkommuniziert werde, wenn ich zu so feierlicher Stunde arbeite?« – »Du hast schon recht, aber dein Bruder hat die Feldarbeit schon beendet, er kann dir seine Ochsen für den übermorgigen Tag nicht verweigern. Geh und bitte ihn darum.«

Poverello ging von neuem und klopfte an. ›Poch, poch!‹ – »Wie, du schon wieder? Was willst du?« – »Ach, lieber Bruder, wenn du mir zwei von deinen Ochsen leihen wolltest, ich habe übermorgen Arbeit und könnte dir so gleich deine zehn Brote und deinen Scheffel Gerste zurückgeben.« – »Nein, meine Ochsen leihe ich nicht an dich aus.« – »Aber lieber Bruder, du hast doch die Feldarbeit beendet und brauchst sie nicht mehr.« – »Das tut nichts zur Sache, außer, du arbeitest morgen.« – »Morgen? Aber da ist doch Weihnachten!« – »Weiß ich, aber bist du einverstanden? Wenn du meine Ochsen willst, bekommst du sie nur unter der Bedingung.« Poverello willigte ein, weil er es so dringend brauchte, und am nächsten Tag machte er sich an die Arbeit.

Er arbeitete seit dem frühen Morgen, ungeachtet der scheelen Blicke der Bauern und des Pfarrers, doch plötzlich, beim letzten Schlag der Glocke, die den Mittag einläutete, tat sich die Erde auf und verschlang den Pflug und die Ochsen dazu. Poverello rettete sich nur dadurch, daß er sich an den Ast eines Baumes klammerte, der über dem Abgrund hing. Völlig aufgelöst ging der Unglückliche aufs neue zu seinem Bruder.

»Ach, armer Bruder, ich war gerade bei der Arbeit, als ...« – »Als was?« – »... als sich plötzlich die Erde auftat und die Ochsen und den Pflug verschlang.« – »Meine beiden Ochsen? Höre ich richtig?« – »Ja, deine Ochsen sind verschwunden.« – »Halt den Mund, du Dieb! Glaubst du etwa, daß du mich so täuschen kannst? Aber nein doch! Ich weiß nur zu gut, du hast sie verkauft und willst mir jetzt irgend etwas weismachen; doch das wird dir nicht gelingen.« – »Ich schwöre dir, beim eben geborenen Jesuskind, ich schwöre dir, daß ich die Wahrheit sage.« – »Du wirst vor das Gericht in Bastia bestellt, da kannst du all dein dummes Zeug loswerden, mal sehen, ob man auf dich hört.« – »Ich flehe dich an, mein Bruder, hab Erbarmen mit mir, mach meine Kinder nicht noch unglücklicher als sie schon sind!« – »Du wirst verurteilt und ins Gefängnis geworfen, bis du mir auf den Heller genau und mit Zinsen dazu den Preis für die Ochsen, für meine zehn Brote und für meinen Scheffel Gerste gezahlt hast.« – »Aber wenn ich im Gefängnis bin, kann ich doch nichts zurückzahlen; gib mir Zeit.« – »Das Gericht wird dir ganz was anderes geben.«

Einige Zeit darauf wurde Poverello nach Bastia vorgeladen. Er steckte einige Pisticcine (Brötchen aus Kastanienmehl, in Öl gewälzt) in seine Tasche und zog los. Den ganzen Tag und die ganze Nacht war er schon gelaufen, da kam er an ein Wirtshaus. »Bitte, gewährt mir Gastfreundschaft.« – »Habt Ihr Geld?« – »Nein.« – »Dann geht Eures Weges.« – »Ich will weiter nichts als mich in eine Ecke setzen und eine Weile ausruhen.« Die Frau des Wirtes war schwanger; sie sagte zu ihrem Mann: »Laß ihn nur rein, er stört uns nicht.«

Poverello wurde also ins Haus gelassen. Er setzte sich auf die Erde, nahm zwei oder drei Pisticcine heraus und fing an zu essen. Die Frau des Wirtes sah ihn kauen und hätte auch gern eine Pisticcina gegessen, aber sie mochte nicht darum bitten, und so erlitt sie eine Fehlgeburt. Stellt euch bloß den Zorn des Ehemanns vor!

»Ich erwarte dich in Bastia, und dort lasse ich dich zum Tode verurteilen. Ha! Dringst in die Häuser ein, damit die Frauen eine Fehlgeburt erleiden, na fein! Das wirst du nie wieder tun, das versprech ich dir.« Der unglückselige Poverello wurde schleunigst hinausgejagt und mußte weiterziehen.

Als er einige Zeit gelaufen war, traf er einen Mann, dessen Maultier in ein Sumpfgebiet geraten war, aus dem es nicht mehr herausfand. »He, Ihr da! Helft mir doch, mein Reittier herauszuziehen, sonst geht es zugrunde.«

Poverello kam dicht heran; er zog und zog das Maultier am Schwanz, und da riß er ihn ab.

»Zum Teufel, das wirst du mir bezahlen! Mein Maultier kostet mindestens zweihundert Francs, und ich denke nicht daran, dir dies zum Geschenk zu machen. Wie heißt du?« – »Poverello.« – »Na schön. Wir werden uns in Bastia wiedersehen, und du wirst mir sehr schnell meine zweihundert Francs zurückzahlen, sonst laß ich dich unbarmherzig einsperren.« Poverello war verzweifelt.

›O Jammer!‹ dachte er, ›mein Bruder verklagt mich, daß ich seine Ochsen verkauft hätte, der Wirt, daß ich der Grund für die Fehlgeburt seiner Frau sei, und dieser Mensch, dem ich doch helfen wollte, daß ich beabsichtigt hätte, seinem Maultier den Schwanz auszureißen. Alle sind sie gegen mich. Es muß so kommen, daß ich verurteilt werde, wer weiß, vielleicht zu lebenslänglicher Haft. Ach nein! Lieber will ich sterben.« Und der tieftraurige Poverello stieg auf einen hohen Felsen und stürzte sich in die Tiefe.

Unglücklicherweise gingen unten Mönche spazieren, und der herabstürzende Poverello zerschlug einem den Arm, ohne daß er selbst eine Schramme davontrug. Man stelle sich die Wut der anderen Mönche vor! Denn es war ausgerechnet der ehrwürdige Vater, der verletzt worden war. Dennoch beruhigten sie sich irgendwann und kündigten an, sie würden nach Bastia gehen und den leidigen Reisenden seiner gerechten Strafe zuführen.

Zu guter Letzt erschienen alle vor dem Richter. Es fehlte keiner: weder Poverellos Bruder noch der Wirt samt seiner Frau, weder der Gebieter des Maultiers noch die Mönche und ihr Verletzter. »Poverello«, so begann der Präsident des Gerichts, »Euer Bruder gibt an, Ihr hättet seine Ochsen zur Arbeit ausgeliehen und, statt sie ihm zurückzubringen, auf der Fiera (auf dem Markt) verkauft. Stimmt das?« – »Nein, Herr Präsident. Ich habe meinem Bruder gesagt: ›Leih mir deine Ochsen.‹ Doch zunächst hat er sie mir verweigert und erst später eingewilligt, sie mir zu geben, unter der ausdrücklichen Bedingung, daß ich am Weihnachtstag arbeite. Nun, Herr Richter, meine Kinder litten Hunger, und ich hatte nichts zu essen für sie – ach, was wollt Ihr? Ich habe eben gearbeitet. Unglückseligerweise tat sich, so um die Mittagsstunde, die Erde unter mir auf, und alles versank, Ochsen und Pflug. Ich selbst schwebte in Todesgefahr.« – »Das ist soweit klar. Ich verurteile Euren Bruder zu zweitausend Francs Buße; des weiteren muß er Euch jährlich fünfhundert Francs zahlen, solange, bis Ochsen und Pflug wieder aus der Erde hervorkommen.

Und Ihr, Gastwirt, was habt Ihr zu beanspruchen?« – »Poverello kam an unserem Haus vorbei. Er sah so kreuzunglücklich aus, daß wir ihm Gastfreundschaft gewährt haben. Nun, er vergalt uns dies, indem er meine Frau zu einer Fehlgeburt veranlaßte.« – »Das ist sehr schlimm. Poverello, was habt Ihr zu sagen?« – »Zunächst dies, der Gastwirt hatte kein gar so gutes Herz, wie er Euch glauben machen will. Im Gegenteil, er wollte mich nicht einmal einlassen, weil er wußte, ich hatte kein Geld. Und dann bin nicht ich, wie immer es auch geschehen ist, der Grund für die Fehlgeburt seiner Frau. Die Sache ist vielmehr so abgelaufen: Ich betrat das Gasthaus, wo man ein ganzes Zicklein briet und zwei dicke, fette Hühner. Weil ich Hunger verspürte und der Hausherr mir nichts anbot, habe ich mich in eine Ecke gesetzt und zwei Pisticcine verzehrt, die ich in meiner Tasche hatte. Nun, das scheint hinreichend gewesen zu sein, um bei meiner Wirtin eine Fehlgeburt zu verursachen.« – »Hat sich das genau so abgespielt, Madame?« – »Ja, Herr Präsident.« – »Ich verurteile den Gastwirt, an Poverello viertausend Francs zu zahlen. Er kann jedoch davon entbunden werden, auch nur einen Liard zu bezahlen, wenn er dem zustimmt, daß Poverello den begangenen Fehler wettmacht. Was bevorzugt Ihr?« – »Lieber zahl ich die viertausend Francs.«

»Und Ihr, Herr über das Maultier, was fordert Ihr?« – »Ich will, daß Poverello mir für das Tier aufkommt, das er so grausam verstümmelt hat, indem er ihm den Schwanz ausriß.« – »Angeklagter, habt Ihr etwas dazu zu sagen?« – »Ich war auf dem Weg nach Bastia, als dieser Mann mir zurief: ›Holla! Helft mir doch mein Maultier herauszuziehen, es ist im Morast steckengeblieben.‹ Ich habe mich seinem Hilferuf nicht verschlossen. Unglücklicherweise war der Schwanz so schlecht befestigt, daß ich ihn beim Ziehen abgerissen habe.« – »Bei all dem, was Ihr tatet, wolltet Ihr nur Gutes tun, daher seid Ihr nicht schuldig. Ich verurteile den Maultierbesitzer, Euch hundert Francs jährlich zu zahlen, solange, bis der fragliche Schwanz vollständig nachgewachsen ist.

Was Euch nun betrifft, über Euren Fall bin ich im Bilde. Poverello, warum habt Ihr den Arm dieses guten ehrwürdigen Vaters, der Euch nichts zuleide getan hat, dermaßen zerschmettert?« – »In meiner Verzweiflung, daß ich die Ochsen meines Bruders verloren, die Frau des Gastwirts zur Fehlgeburt gebracht und schließlich, eben erst, den Schwanz des Maultiers ausgerissen hatte, hab ich mich oben vom Felsen herabgestürzt, um meinem Leben ein Ende zu machen. Unten gingen gerade Mönche spazieren, und ich habe diesen hier verletzt. Doch ich glaube, ich bin dessen nicht schuldig.« – »Ganz recht. Mein Vater, ich stelle Euch vor die Wahl, entweder an Poverello zehntausend Francs zu zahlen oder euch oben vom Felsen zu stürzen, wenn der Angeklagte unten spazierengeht. Was ist Euch lieber?« – »Lieber zahle ich.«

Und Poverello, reich und zufrieden, schritt wieder heimwärts, wo ihn seine Kinder und seine Frau voller Ungeduld erwarteten. Von nun an lebte er glücklich, und weder er noch die Seinen brauchten um Almosen zu betteln oder gar am Weihnachtstag zu arbeiten.

Fjodor M. Dostojewskij
Der Christbaum und die Hochzeit
Aus den Aufzeichnungen eines Unbekannten

Kürzlich sah ich eine Hochzeit ... aber nein! Ich will lieber von einem Christbaum erzählen. Die Hochzeit war schön; sie hat mir sehr gefallen, aber die andere Begebenheit ist schöner. Ich weiß nicht, wieso mir bei der Erinnerung an diese Hochzeit der Christbaum einfällt. Es trug sich so zu.

Vor genau fünf Jahren wurde ich am Vorabend des Neuen Jahres zu einem Kinderball eingeladen. Der Gastgeber war eine bekannte Persönlichkeit mit Beziehungen, Bekanntschaften und Intrigen, so daß man annehmen konnte, daß dieser Kinderball nur ein Vorwand für die Eltern sei, um zusammenzukommen und gewisse interessante Dinge in harmloser, scheinbar unbeabsichtigter Weise zu besprechen. Ich war ein Außenstehender; Gesprächsstoff hatte ich keinen, und so verbrachte ich den Abend ziemlich ungestört. Es war noch ein Herr da, der scheint's weder Namen noch Rang hatte und gleich mir nur zufällig in dieses allgemeine Familienglück geraten war ... Er stach mir vor allen anderen in die Augen. Er war ein großer hagerer Mann, sehr ernst, sehr gut gekleidet. Aber man sah ihm an, daß ihm wenig an dem Vergnügen und Familienglück gelegen war; wenn er in eine Ecke ging, hörte er sofort auf zu lächeln und runzelte die dichten, schwarzen Brauen. Bekannte hatte er außer dem Hausherrn keine lebende Seele auf dem Ball. Man sah ihm an, daß er sich schrecklich langweilte, aber daß er tapfer bis zum Schluß die Rolle eines animierten und glücklichen Menschen spielte. Ich erfuhr später, daß dieser Herr aus der Provinz sei, der irgendeine entscheidende, halsbrecherische Angelegenheit in der Hauptstadt zu erledigen habe, unserem Gastgeber einen Empfehlungsbrief gebracht, dieser ihn keineswegs gerne unterstützt und ihn nur aus Höflichkeit zu einem Kinderball eingeladen habe. Karten wurden nicht gespielt, Zigarren wurden ihm nicht angeboten, ins Gespräch ließ sich niemand ein mit ihm, da man den Vogel vielleicht schon von weitem an den Federn erkannte, und so blieb dem Herrn nichts weiter übrig, als den ganzen Abend, um die Hände irgendwie zu beschäftigen, seinen Backenbart zu streichen. Backenbart hatte er tatsächlich einen sehr schönen. Aber er strich ihn mit einer Sorgfalt, daß man, wenn man ihn beobachtete, tatsächlich annehmen konnte, es sei zunächst nur dieser Backenbart dagewesen und erst später ein Herr dazugeschaffen worden, um ihn zu streichen.

Außer dieser Gestalt, die in der oben beschriebenen Weise an dem Familienglück des Hausherrn teilnahm, der fünf dicke muntere Knaben hatte, gefiel mir noch ein anderer Herr. Dieser war jedoch von ganz anderem Typus. Er war eine Persönlichkeit. Er hieß Julian Mastakowitsch. Vom ersten Augenblick an konnte man sehen, daß er ein geachteter Gast war und zum Hausherrn in demselben Verhältnis stand wie dieser zu dem Herrn, der sich den Backenbart strich. Der Hausherr und dessen Frau sagten ihm eine Menge Liebenswürdigkeiten, bemühten sich um ihn, nötigten ihn zum Essen und Trinken, stellten ihm zur Empfehlung ihre Gäste vor, während sie ihn selber niemandem vorstellten. Ich bemerkte, wie im Auge des Gastgebers eine Träne erglänzte, als Julian Mastakowitsch sagte, er habe seine Zeit selten auf so angenehme Weise verbracht wie heute. Mir wurde die Gegenwart einer so hochgestellten Persönlichkeit nachgerade unheimlich, und daher ging ich, nachdem ich mich eine Weile über die Kinder gefreut hatte, in den kleinen Salon, der völlig menschenleer war, und setzte mich in den Efeuwinkel der Hausfrau, der fast die Hälfte des Zimmers einnahm.

Die Kinder waren lieb bis zur Unwahrscheinlichkeit und wollten entschieden nicht den ›Großen‹ ähnlich sein, ungeachtet aller Vorstellungen der Gouvernanten und Muhmen. Sie hatten im Nu den Christbaum bis zum letzten Konfekt geplündert und bereits Zeit gefunden, die Hälfte der Spielsachen zu zerbrechen, ehe sie überhaupt wußten, welches ihnen gehörte. Besonders hübsch war ein schwarzäugiger Knabe mit einem Lockenkopf, der mich fortwährend mit seinem Holzgewehr zu erschießen drohte. Doch am meisten fiel mir seine Schwester auf, ein Mädchen von etwa elf Jahren, lieblich wie ein Amor, ein stilles, nachdenkliches, blasses Kind mit großen träumerischen, etwas vorstehenden Augen. Die Kinder hatten es irgendwie gekränkt, und deshalb zog es sich in denselben kleinen Salon zurück, in dem ich saß, und machte sich in einem Winkel mit seiner Puppe zu schaffen. Die Gäste zeigten respektvoll auf einen reichen Branntweinpächter, ihren Vater, und jemand bemerkte flüsternd, daß schon dreihunderttausend Rubel Mitgift für sie zurückgelegt seien. Ich sah mich um und konnte feststellen, wer sich so für diese Angelegenheit interessierte. Mein Blick fiel auf Julian Mastakowitsch, der, die Hände auf dem Rücken verschränkt und den Kopf ein wenig zur Seite geneigt, dem Geschwätz dieser Herrschaften mit gespannter Aufmerksamkeit zuhörte. Dann konnte ich nicht umhin, die Weisheit der Gastgeber zu bewundern, die in der Verteilung der Geschenke unter die Kinder zum Ausdruck kam. Dies Mädchen, das schon eine Mitgift von dreihunderttausend Rubel hatte, bekam eine äußerst kostbare Puppe. Dann folgten wertmindere Geschenke – genau im Verhältnis zum verminderten Rang der Eltern aller dieser glücklichen Kinder. Schließlich bekam das letzte Kind, ein etwa zehnjähriger, magerer, kleiner, sommersprossiger, rothaariger Junge, nichts als ein Buch mit Geschichten, in denen von der Größe der Natur, von Tränen der Rührung und ähnlichen Dingen die Rede war, ohne Bilder, ja sogar ohne Titelvignette.

Es war der Sohn der Gouvernante der Kinder unseres

Gastgebers, einer sehr armen Witwe, ein äußerst verschüchterter und ängstlicher Knabe. Bekleidet war er mit einer Jacke aus armseligem Nankingstoff. Als er sein Buch erhalten hatte, ging er lange um die anderen Geschenke herum; er hätte schrecklich gerne mit den anderen Kindern gespielt, getraute sich aber nicht; man sah ihm an, daß er seine Lage schon fühlte und verstand. Ich beobachte Kinder gerne. Sehr interessant ist ihre erste selbständige Betätigung im Leben. Ich bemerkte, daß der rothaarige Junge so sehr von den reichen Geschenken der anderen Kinder bezaubert war, vor allem vom Theater, bei dem er durchaus irgendeine Rolle spielen wollte, daß er sogar zu kriechen beschloß. Er lächelte und spielte mit den anderen Kindern, er schenkte seinen Apfel einem dicken Knaben, der einen ganzen Sack voll Naschwerk hatte, und ließ sogar einen auf seinem Rücken reiten, nur damit man ihn nicht vom Theater wegtreibe. Aber eine Minute später wurde er von einem unartigen Schlingel gründlich verprügelt. Das arme Kind wagte nicht zu weinen. Da erschien die Gouvernante, seine Mutter, und befahl ihm, die anderen Kinder beim Spielen nicht zu stören. Das Kind begab sich in denselben Salon, in welchem das Mädchen war. Es ließ ihn zu sich heran, und beide begannen mit Eifer, die kostbare Puppe zu putzen.

Ich saß schon seit einer halben Stunde in dem Efeuwinkel und war über dem Geschwätz des rothaarigen Jungen und der Schönen mit den dreihunderttausend Rubel Mitgift fast eingeschlafen, als Julian Mastakowitsch ins Zimmer trat. Er hatte sich die skandalöse Zankerei der Kinder zunutze gemacht und war leise aus dem Saal geschlichen. Ich hatte bemerkt, daß er eine Minute vorher mit dem Vater der künftigen glänzenden Partie sehr lebhaft gesprochen hatte. Er hatte den Herrn eben erst kennengelernt und unterhielt sich mit ihm sehr eingehend über den Vorzug des Dienstes in einem Ressort gegenüber dem in einem anderen. Jetzt stand er sinnend da und schien etwas an den Fingern abzuzählen.

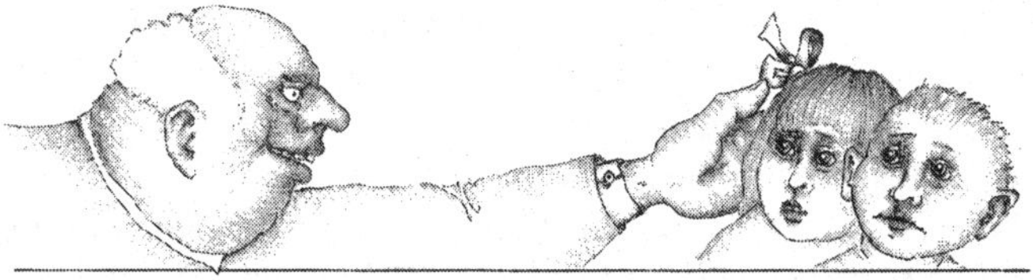

»Dreihundert ... dreihundert ...«, flüsterte er. »Elf ... zwölf ... dreizehn ... sechzehn! Noch fünf Jahre! Nehmen wir vier Prozent an – zwölf mal fünf ist sechzig; zu diesen sechzig kommen also ... sagen wir in fünf Jahren – vierhundert. Also ... aber er rechnet ja nicht mit vier Prozent, der Schuft! Er nimmt vielleicht acht, wo nicht gar zehn Prozent. Nun, also fünfhunderttausend werden es sicher; dazu kommt dann ein kleiner Überschuß als Nadelgeld ... Hm ...«

Er brach seine Betrachtung ab, schneuzte sich und wollte schon aus dem Zimmer gehen, als er plötzlich das kleine Mädchen erblickte und stehenblieb. Mich sah er hinter den Pflanzenkübeln nicht. Er schien mir sehr erregt zu sein. Ob nun die Ergebnisse seiner Berechnungen so auf ihn wirkten oder etwas anderes – er rieb sich die Hände und konnte nicht ruhig stehen. Diese Erregung stieg bis zum non plus ultra, als er stehenblieb und einen zweiten entschiedenen Blick auf die künftige Partie warf. Dann wollte er einen Schritt vorwärts machen, sah sich aber erst im Zimmer um. Dann ging er auf den Zehenspitzen, wie wenn er sich schuldig fühlte, auf das Kind zu. Er lächelte die Kleine an, beugte sich über sie und küßte sie auf den Scheitel. Sie war auf den Überfall nicht gefaßt gewesen und schrie erschreckt auf.

»Was machen Sie denn hier, mein liebes Kind?« fragte er flüsternd, sich umschauend und der Kleinen die Wange tätschelnd. »Wir spielen ...« – »Ah! Mit dem da?« Julian Mastakowitsch warf einen schrägen Blick auf den Knaben. »Du solltest doch in den Saal gehen, mein Lieber«, sagte er zu ihm.

Der Knabe schwieg und sah ihn mit weitgeöffneten Augen an. Julian Mastakowitsch sah sich wieder im Kreis um und beugte sich zu dem kleinen Mädchen. »Was haben Sie denn da, mein liebes Kind? Wohl eine Puppe?« fragte er. »Eine Puppe«, sagte die Kleine und runzelte etwas verlegen die Stirn. »Eine Puppe ... Und wissen Sie, liebes Kind, woraus diese Puppe gemacht ist?« – »Ich weiß nicht«, sagte das Mädchen leise und mit traurig gesenktem Köpfchen.

»Aus Lappen, mein Herzchen. Du solltest doch in den Saal zu deinen Kameraden gehen, mein Junge«, sagte Julian Mastakowitsch und sah das Kind streng an. Das Mädchen und der Knabe machten erschrockene Gesichter und faßten sich an den Händen. Sie wollten sich nicht trennen.

»Und wissen Sie, warum man Ihnen die Puppe geschenkt hat?« fragte Julian Mastakowitsch, die Stimme immer mehr senkend. »Ich weiß nicht.« – »Deshalb, weil Sie die ganze Woche ein liebes und artiges Kind gewesen sind.«

Hier sah sich Julian Mastakowitsch in höchster Aufregung wieder um und fragte, die Stimme noch mehr senkend, ganz leise, kaum hörbar, zitternd vor Erregung und Ungeduld: »Und werden Sie mich auch liebhaben, gutes Kind, wenn ich später zu Ihren Eltern auf Besuch komme?«

Nachdem Julian Mastakowitsch das gesagt hatte, wollte er das liebe Mädchen noch einmal küssen, aber der rothaarige Knabe, der sah, daß es anfangen wollte zu weinen, faßte es an der Hand und fing aus reiner Teilnahme für sie auch zu weinen an. Julian Mastakowitsch wurde ernsthaft böse.

»Geh fort, geh fort von hier, geh fort!« rief er dem Knaben zu. »Geh in den Saal! Geh hin zu deinen Kameraden!« – »Nein, nicht nötig, nicht nötig! Gehen Sie fort!« sagte das Mädchen. »Lassen Sie ihn in Ruhe! Lassen Sie ihn in Ruhe!« sagte sie, nun schon fast weinend.

Jemand erschien in der Tür. Julian Mastakowitsch richtete sofort seinen majestätischen Korpus auf und erschrak. Aber der rothaarige Knabe erschrak noch mehr als Julian Mastakowitsch. Er ließ das Mädchen stehen und schlich leise an der Wand entlang aus dem Salon ins Speisezimmer. Um keinen Verdacht zu wecken, begab sich Julian Mastakowitsch ebenfalls ins Speisezimmer. Er war rot wie ein Krebs, und als er einen Blick in den Spiegel warf, schien er sich vor sich selbst zu schämen. Es war ihm vielleicht peinlich, daß er so hitzig und so ungeduldig war. Vielleicht hatte ihn beim Abzählen an den Fingern das Ergebnis so verblüfft, so bezaubert und begeistert, daß er bei all seiner Würde und Solidität beschloß, wie ein Bube zu handeln und seine Beute ohne weiteres zu apportieren, obgleich diese Beute ihm frühestens in fünf Jahren wirklich zufallen konnte. Ich folgte dem ehrenwerten Mann ins Speisezimmer und gewahrte ein seltsames Schauspiel. Julian Mastakowitsch, ganz rot vor Wut und Ärger, drang auf den armen Knaben ein, der vor Angst nicht wußte, wo er hin sollte, und sich immer weiter zurückzog.

»Geh weg! Was machst du hier? Geh weg, du Taugenichts! Du willst wohl Obst stehlen, wie? Hinaus mit dir, du Taugenichts, hinaus, du Rotznase! Geh zu deinen Kameraden!«

Der entsetzte Knabe entschloß sich in seiner Angst zu einem verzweifelten Mittel und versuchte unter den Tisch zu kriechen. Da zog sein Verfolger in äußerster Wut sein langes Batisttuch aus der Tasche und trieb den Jungen damit unter dem Tisch hervor. Es muß gesagt werden, daß Julian Mastakowitsch etwas dick war. Er war ein satter, rotbackiger, rundlicher Mann mit einem netten Bäuchlein und dicken Oberschenkeln, festgefügt wie eine kräftige Walnuß. Er war in Schweiß geraten, ganz rot im Gesicht und schnaufte. Schließlich geriet er fast in Raserei, so groß war in ihm das Gefühl der Empörung und vielleicht auch (wer weiß es?) seiner Eifersucht!

Ich fing aus vollem Hals zu lachen an. Julian Mastakowitsch drehte sich um und geriet, ungeachtet seiner ganzen Würde, in Verlegenheit. In diesem Augenblick kam aus der gegenüberliegenden Tür der Hausherr. Der Knabe kroch unter dem Tisch hervor und wischte sich Knie und Ellenbogen. Julian Mastakowitsch beeilte sich, sein Taschentuch an die Nase zu halten, das er an einem Zipfel in der Hand hielt.

Der Hausherr sah uns drei etwas befremdet an; doch als Mann von Welt, der das Leben kennt und es von einem ernsten Standpunkt aus betrachtet, nutzte er sofort die Gelegenheit aus, daß er seinen Gast allein antraf. »Das ist jener Knabe«, fing er an, auf den kleinen Rotkopf zeigend, »für den Sie zu bitten ich die Ehre hatte ...« – »Ah!« sagte Julian Mastakowitsch, der noch nicht ganz zu sich gekommen war.

»Der Sohn der Erzieherin meiner Kinder«, fuhr der Hausherr in bittendem Ton fort, »eine arme Frau, Witwe, Gattin eines ehrenwerten Beamten; und daher ... wenn es irgend möglich ist, Julian Mastakowitsch ...« – »Ach nein, nein«, schrie Julian Mastakowitsch hastig, »nein, entschuldigen Sie, Filipp Alexejewitsch, aber das geht wirklich nicht. Ich habe mich erkundigt, es sind keine Vakanzen vorhanden, und wenn es auch eine gäbe, so sind doch schon ein Dutzend Kandidaten da, die viel mehr Rechte darauf haben als er ... Bedaure sehr, aber ...«

»Schade«, sagte der Hausherr, »es ist ein so stiller, bescheidener Knabe ...«

»Ein ziemlicher Schlingel, wie ich bemerkt zu haben glaube«, sagte Julian Mastakowitsch, und sein Mund verzog sich hysterisch. »Geh zu deinen Altersgenossen, Knabe, was stehst du da!« sagte er, sich an das Kind wendend.

Hier konnte er sich anscheinend nicht mehr beherrschen und schielte mit einem Auge zu mir herüber. Ich konnte mich auch nicht beherrschen und lachte ihm schallend ins Gesicht. Julian Mastakowitsch drehte sich sofort weg und fragte den Hausherrn ziemlich laut, so daß ich es hören konnte, wer dieser sonderbare junge Mensch sei. Sie fingen an zu flüstern und gingen zusammen aus dem Zimmer. Ich sah dann, wie Julian Mastakowitsch dem Hausherrn mit ungläubiger Miene zuhörte und den Kopf schüttelte.

Nachdem ich mich sattgelacht hatte, ging ich in den Saal zurück. Da stand der große Mann, umringt von Vätern und Müttern, dem Hausherrn und seiner Gattin, und redete eifrig auf eine Dame ein, der man ihn eben vorgestellt hatte. Die Dame hielt das kleine Mädchen an der Hand, mit dem Julian Mastakowitsch vor zehn Minuten die Szene im Salon gehabt hatte. Jetzt erging er sich in entzückten Lobpreisungen der Schönheit, der Talente, der Grazie und der Wohlerzogenheit des lieben Kindes. Er bewarb sich ganz offenkundig um die Gunst der Mama. Die Mutter hörte ihm fast mit Tränen der Rührung zu. Die Lippen des Vaters lächelten. Der Hausherr freute sich über die allgemeine Freude. Sogar alle Gäste bekundeten ihre Teilnahme, selbst die Spiele der Kinder stockten, um die Unterhaltung nicht zu stören. Die ganze Luft war mit Ehrerbietung durchtränkt. Ich hörte nach geraumer Zeit, wie die bis ins tiefste Herz gerührte Mama des interessanten Mädchens Julian Mastakowitsch in den gewähltesten Ausdrücken aufforderte, ihrem Haus die Ehre seines hochgeschätzten Besuches zu erweisen; ich hörte, mit welcher unverhohlenen Freude Julian Mastakowitsch die Einladung annahm und wie dann die Gäste, dem Anstand gehorchend, nach verschiedenen Seiten auseinandergingen, sich in ergreifenden Lobreden auf den Branntweinpächter, seine Frau, das kleine Mädchen und besonders Julian Mastakowitsch überschlugen.

»Ist dieser Herr verheiratet?« fragte ich beinahe laut einen meiner Bekannten, der ganz nahe bei Julian Mastakowitsch stand. Julian Mastakowitsch warf mir einen prüfenden, zornigen Blick zu. »Nein!« erwiderte mein

Bekannter, tief betrübt über die Ungeschicklichkeit, die ich mit voller Absicht begangen hatte.
Kürzlich ging ich an der Kirche zu *** vorüber; die Menge und die Wagen setzten mich in Erstaunen. Ringsum wurde von einer Hochzeit gesprochen. Es war ein trüber Tag, es begann schon zu frieren; ich drängte mich mit der Menge in die Kirche hinein und erblickte den Bräutigam. Es war ein kleiner, rundlicher, satter Mann mit einem Bäuchlein und ordenbehangen. Er lief umher, tat geschäftig und gab Weisungen. Endlich erhob sich ein Gemurmel: die Braut kam angefahren. Ich drängte mich durch die Menge und erblickte eine zauberhafte Schönheit, für die kaum der erste Frühling angebrochen war. Aber die Schöne war bleich und traurig. Sie blickte zerstreut um sich; es schien mir sogar, als wären ihre Augen noch feucht von den soeben vergossenen Tränen. Die antike Strenge jeder Linie ihres Gesichts verlieh ihrer Schönheit eine ganz besondere Würde und Feierlichkeit. Aber durch diese Würde und Feierlichkeit, durch diese Wehmut schimmerte noch die ursprüngliche kindliche, unschuldige Wesensart; es sprach daraus etwas unsagbar Naives, Ungefestigtes, Junges, das durch sich selbst, ohne Worte, um Erbarmen zu flehen schien.

Es hieß, sie sei erst sechzehn Jahre alt. Ich sah den Bräutigam genauer an und erkannte plötzlich Julian Mastakowitsch, den ich seit fünf Jahren nicht mehr gesehen hatte. Ich warf einen Blick auf die Braut ... Mein Gott! Ich beeilte mich, aus der Kirche hinauszukommen. In der Menge wurde davon geredet, daß die Braut sehr reich sei, daß sie eine Mitgift von fünfhunderttausend Rubel erhalte ... dazu noch ein beträchtliches Nadelgeld ...

›Die Rechnung hat also glänzend gestimmt!‹ dachte ich, als ich mich auf die Straße gedrängt hatte ...

VI WEIHNACHTEN IN RUSSLAND ODER WARTEN AUF CHRISTUS

Wie stark der russische Volksglaube im heutigen Alltag fortlebt, zeigt die Geschichte von der Zauberkraft des heiligen Nikolai, die sich als stärker erwies als der allmächtige KGB. Der Heilige hatte ein junges Mädchen, das den Frevel begangen, mit seiner Ikone zu tanzen, reglos erstarren lassen. Auch Mitarbeiter des KGB, die herbeieilten, konnten ihr die Ikone nicht entreißen. Schließlich wurden die Beteiligten ins Ministerium für Staatssicherheit bestellt und mußten unterschreiben, daß sie über das Geschehene Stillschweigen bewahren würden.

Nach Andrej Sinjawskij, ›Iwan der Dumme‹ (1990)

Leo N. Tolstoj

Wo Liebe ist, da ist auch Gott

In einer Stadt wohnte ein Schuster, der hieß Martyn Awdejitsch. Er wohnte im Keller in einem einfenstrigen Stübchen. Das Fenster ging nach der Straße. Durch das Fenster konnte man sehen, wie die Leute vorübergingen. Obgleich nur die Füße zu sehen waren, erkannte Martyn Awdejitsch die Menschen an den Stiefeln. Martyn Awdejitsch wohnte schon lange an derselben Stelle und kannte viele Menschen. Es gab wenige Stiefel im Stadtteil, die er nicht ein- oder zweimal in seinen Händen gehabt hätte. Die einen besohlte er, auf andere setzte er Kappen, andere wurden gesteppt, noch andere vorgeschuht. Und oft sah er durchs Fenster seiner Hände Werk. Awdejitsch hatte viel zu tun, weil er solide arbeitete, gutes Leder verwandte, nicht zu teuer war und sein Wort hielt. Konnte er zur rechten Zeit liefern, so nahm er den Auftrag an; konnte er das nicht, so täuschte er die Leute nicht, sondern sagte im voraus Bescheid. Und alle kannten Awdejitsch, und er hatte reichlich zu tun.

Awdejitsch war stets ein guter Mensch gewesen, als er aber älter wurde, begann er mehr an sein Seelenheil zu denken und sich Gott zuzuwenden. Als Martyn noch beim Meister wohnte, war seine Frau gestorben. Seine Frau hatte ihm einen Knaben von drei Jahren hinterlassen. Kinder hatten sie weiter nicht. Die älteren waren alle früher gestorben. Martyn wollte das Söhnchen zuerst zu seiner Schwester aufs Land geben, dann tat es ihm leid – er dachte: ›Es wird meinem Kapitoschka schwerfallen, bei fremden Leuten groß zu werden, ich laß ihn bei mir.‹

Und Awdejitsch ging von dem Meister fort und wohnte mit seinem Söhnchen zur Miete. Aber Gott gab Awdejitsch in seinen Kindern kein Glück. Der Knabe war kaum herangewachsen und begann dem Vater zu helfen, so daß dieser Freude daran hatte, da befiel Kapitoschka eine Krankheit, der Knabe legte sich zu Bett, fieberte eine kleine Woche und starb. Martyn begrub den Sohn und geriet in Verzweiflung. Und seine Verzweiflung war so heftig, daß er gegen Gott zu murren begann. Ihn überkam ein solcher Trübsinn, daß er mehr als einmal Gott um den Tod bat, und Gott vorwarf, daß er nicht ihn, den alten Mann, sondern den geliebten einzigen Sohn zu sich genommen hätte. Awdejitsch ging auch nicht mehr zur Kirche.

Einst kam vom Troitzki-Kloster ein Landsmann, ein Greis, der schon im achten Jahr pilgerte, zu Awdejitsch. Mit dem unterhielt sich Awdejitsch und klagte ihm seinen Kummer: »Nicht mal zum Leben«, sagte er, »hat ein Christenmensch mehr Lust. Möchte sterben. Das ist das einzige, um was ich Gott bitte. Hab jetzt alle Hoffnung verloren.« Der Landsmann sprach zu ihm:

»Du redest nicht gut, Martyn. Wir dürfen über Gottes Werke nicht urteilen. Nicht unser Verstand, sondern Gottes Hand! Gott hat bestimmt, daß dein Sohn sterben soll, du aber – leben. Also ist es besser so. Daß du verzweifelst, kommt daher, weil du zu deiner Freude leben willst.« – »Wozu soll ich sonst leben?« fragte Martyn. Und der Alte sagte: »Für Gott, Martyn, muß man leben. Er gibt dir das Leben, für Ihn muß man leben. Wenn du für Ihn lebst, wirst du dich um nichts grämen und alles wird dir leicht vorkommen.«

Martyn schwieg einen Augenblick und sagte dann: »Aber wie kann man für Gott leben?« Und der Alte sagte: »Wie man für Gott lebt, das hat Christus uns gezeigt. Kannst du lesen? Kauf dir das Evangelium und lies, da wirst du erfahren, wie man für Gott lebt. Da wird dir alles gezeigt.«

Und diese Worte fielen in Awdejitschs Herz, und er ging am selben Tag in die Stadt und kaufte sich das Neue Testament in großem Druck und begann zu lesen.

Awdejitsch wollte nur an Feiertagen lesen, als er aber anfing zu lesen, wurde ihm so wohl ums Herz, daß er jeden Tag las. Bisweilen vertiefte er sich so ins Lesen, daß er sich von dem Buch gar nicht losreißen konnte, obwohl in der Lampe alles Petroleum verbrannt war. Und so las Awdejitsch jeden Abend. Und je mehr er las, um so klarer wurde ihm, was Gott von ihm wollte, und wie man für Gott leben müsse; und es wurde ihm immer leichter und leichter ums Herz. Wenn er sich früher zum Schlafen niederlegte, stöhnte und jammerte er oft und dachte immer an Kapitoschka, jetzt aber sagte er nur: »Preis sei dir, Preis dir, Herr! Dein Wille geschehe!«

Von der Zeit an veränderte sich Awdejitschs ganzes Leben. Früher kehrte er an Feiertagen öfter im Wirtshaus ein, um Tee zu trinken, und wies auch ein Schnäpschen nicht zurück. Er trank bisweilen mit Bekannten, und wenn er auch nicht betrunken war, so kam er doch angeheitert aus dem Wirtshaus und redete dummes Zeug: er redete über seine Mitmenschen und beurteilte sie hart. Jetzt hatte er alle diese Eigenschaften abgelegt. Sein Leben floß gleichmäßig und heiter dahin. Frühmorgens geht er an die Arbeit, schafft sein Tagewerk, nimmt die kleine Lampe vom Haken, stellt sie auf den Tisch, nimmt das Buch vom Bord, schlägt es auf und setzt sich zum Lesen nieder. Und je mehr er liest, um so mehr begreift er, und um so klarer und heiterer wird es in ihm.

Martyn hatte sich wieder einmal bis spät in die Nacht in sein Buch vertieft. Er las das Evangelium des Lukas. Las das sechste Kapitel und zwar die Verse: »Und wer dich schlägt auf einen Backen, dem biete den andern auch dar; und wer dir den Mantel nimmt, dem wehre nicht auch den Rock. Wer dich bittet, dem gib, und wer dir das Deine nimmt, da fordere es nicht wieder. Und wie ihr wollt, daß euch die Leute tun sollen, also tut ihnen gleich auch ihr.« Er las weiter die Verse, wo der Herr spricht: »Was heißt ihr mich aber Herr, Herr, und tut nicht, was ich euch sage? Wer zu mir kommt und höret meine Rede, und tut sie, den will ich euch zeigen, wem er gleich ist. Er ist gleich einem Menschen, der ein

Haus baute und grub tief, und legte den Grund auf den Fels. Da aber Gewässer kam, da riß der Strom zum Hause zu, und mochte es nicht bewegen; denn es war auf den Fels gegründet. Wer aber hört und nicht tut, der ist gleich einem Menschen, der ein Haus baute auf die Erde ohne Grund; und der Strom riß zu ihm zu, und es fiel alsbald und das Haus gewann einen großen Riß.«

Awdejitsch las diese Worte, und es wurde ihm fröhlich ums Herz. Er nahm die Brille ab, legte sie auf das Buch, stützte die Ellbogen auf den Tisch und dachte nach. Und er begann sein Leben mit diesen Worten zu vergleichen. Und dachte bei sich: ›Wie steht es mit meinem Hause – ist es auf Fels oder Sand gebaut? Gut, wenn es auf Fels steht. Es ist so leicht, wenn man allein ist, es scheint einem, als hätte man alles getan, was Gott befohlen; zerstreut man sich aber, so sündigt man wieder. Ich will mich stets zum Besten bemühen. Das ist sehr schön. Hilf mir, Herr!‹

Mit diesem Gedanken wollte er sich hinlegen, aber es tat ihm leid, sich von dem Buch loszureißen, und er begann noch das siebente Kapitel zu lesen. Er las von dem Knecht des Hauptmanns, vom Sohn der Witwe, las die Antwort, die den Jüngern des Johannes erteilt wurde, und kam bis zu der Stelle, wo der reiche Pharisäer den Herrn bei sich zu Gaste bat; und las weiter, wie ein sündiges Weib seine Füße salbte und sie mit Tränen benetzte, und wie er sie rechtfertigte; und er kam bis zum 44. Vers und las:

»Und er wandte sich zu dem Weib und sprach zu Simon: Siehst du dies Weib? Ich bin gekommen in dein Haus, du hast mir nicht Wasser gegeben zu meinen Füßen; diese aber hat meine Füße mit Tränen genetzt und mit den Haaren ihres Haupts getrocknet. Du hast mir keinen Kuß gegeben; diese aber, nachdem sie hereingekommen ist, hat nicht abgelassen, meine Füße zu küssen. Du hast mein Haupt nicht mit Öl gesalbt; sie aber hat meine Füße mit Salbe gesalbt.«

Er las diese Verse und dachte: ›Der hat kein Wasser für die Füße gegeben, hat keinen Kuß gegeben, das Haupt nicht mit Öl gesalbt.‹

Wieder nahm Awdejitsch die Brille ab, legte sie aufs Buch und dachte wieder nach: ›Der Pharisäer war offenbar so einer wie ich. Auch ich habe nur an mich gedacht. Daß ich meinen Tee trinken kann, daß ich im Warmen sitze und es sauber habe; an einen Gast aber denke ich nicht. An mich denke ich wohl, aber um den Gast kümmere ich mich nicht. Wer ist aber der Gast? Der Herr selbst. Kehrte er bei mir ein, würde ich wohl so handeln?‹

Awdejitsch stützte den Kopf auf beide Hände und bemerkte nicht, wie er einschlief.

»Martyn!« klang es plötzlich wie ein Hauch an sein Ohr. Martyn fuhr aus dem Schlummer auf und fragte: »Wer ist da?« Er wandte sich um, blickte nach der Tür – da war niemand. Dann schlummerte er wieder ein. Plötzlich hört er deutlich: »Martyn! Aber Martyn! Sieh morgen auf die Straße, ich werde kommen.«

Martyn erwachte, stand vom Stuhl auf und fing an, sich die Augen zu reiben. Er wußte selbst nicht – hatte er die Worte im Traum oder im Wachen gehört. Dann drehte er die Lampe aus und legte sich schlafen.

Am andern Morgen vor Tagesanbruch erhob sich Awdejitsch, betete zu Gott, heizte den Ofen an, setzte Kohlsuppe und Buchweizengrütze ans Feuer, brachte die Teemaschine in Ordnung, band seine Schürze um und setzte sich zur Arbeit ans Fenster. Als Awdejitsch so dasitzt und arbeitet, fällt ihm plötzlich ein, was gestern geschehen ist: bald glaubt er, er hätte geträumt, bald, er hätte wirklich die Stimme gehört. ›Ach was‹, denkt er, ›das ist schon vorgekommen.‹

Martyn sitzt am Fenster und blickt mehr durchs Fenster als er arbeitet, und wenn jemand in Stiefeln vorüberkommt, die er nicht kennt, biegt er sich vor, um nicht nur die Füße, sondern auch das Gesicht zu sehen. Da ging der Hausknecht in Filzstiefeln vorüber, dann der Wasserträger, dann erschien der alte Soldat, der unter Nikolas dem Ersten gedient, in alten geflickten Filzstiefeln, mit einer Schaufel in der Hand, vor dem Fenster. An den Filzstiefeln erkannte Awdejitsch ihn. Der Alte hieß Stjepanytsch und wohnte bei einem Kaufmann in der Nachbarschaft, der ihm aus Barmherzigkeit Obdach gewährte. Seine Arbeit bestand darin, daß er dem Hausknecht half. Stjepanytsch begann vor Awdejitschs Fenster den Schnee wegzuschaffen. Awdejitsch sah ihn an und machte sich wieder an seine Arbeit.

»Bin vor Alter närrisch geworden«, lachte Awdejitsch über sich selbst. »Stjepanytsch schafft den Schnee weg, und ich denke: Christus kommt zu mir. Bist wirklich närrisch geworden, alter Kerl!« Höchstens ein Dutzend Stiche hatte Awdejitsch gemacht, da drängte es ihn, wieder durchs Fenster zu sehen. Er sah wieder durchs Fenster und schau! – Stjepanytsch hatte die Schaufel gegen die Wand gelehnt und wärmte sich, oder ruhte aus.

Ein alter, gebrochener Mann! Hatte offenbar nicht einmal Kraft, Schnee zu schaufeln. Awdejitsch dachte: ›Soll ich ihm nicht Tee zu trinken geben? Der Samowar kocht so schon über.‹ Awdejitsch steckte die Ahle ein, stand auf, stellte den Samowar auf den Tisch, goß Tee ein und klopfte an die Fensterscheibe. Stjepanytsch wandte sich um und trat ans Fenster. Awdejitsch winkte ihm und ging die Tür öffnen. »Komm herein, wärm dich etwas«, sagt er, »bist wohl durchgefroren, was?« – »Gott steh mir bei; wirklich, als wenn einem die Knochen zerbrächen«, sagte Stjepanytsch. Dann trat er ein, schüttelte den Schnee ab und reinigte die Füße, um keine Spuren auf dem Fußboden zu hinterlassen. Er schwankte hin und her.

»Mach dir keine Mühe. Ich werde schon aufwischen, das ist meine Sache. Komm, setz dich!« sagte Awdejitsch. »Da, trink Tee.« Awdejitsch goß zwei Glas ein, schob eins dem Gast hin, goß sein Glas in die Untertasse und begann zu pusten.

Stjepanytsch trank sein Glas aus, stellte es mit dem Boden nach oben hin, legte das Stück, von dem er abgebissen, darauf und bedankte sich. Man sah aber deutlich, daß er gern noch mehr gehabt hätte.

»Trink noch eins«, sagte Awdejitsch und goß sich und dem Gast noch ein Glas ein. Awdejitsch trinkt seinen Tee und blickt dabei heimlich auf die Straße. »Du erwartest wohl jemand?« fragte der Gast. »Ob ich jemanden erwarte! ich mag nicht einmal sagen, auf wen ich warte. Ich warte und wart auch nicht, mir ist da ein Wort ins Herz gedrungen. Ist es Einbildung oder nicht, ich weiß selbst nicht. Siehst du, Bruder: ich hab gestern das Evangelium vom Väterchen Christus gelesen, wie er gelitten hat, wie er auf Erden wandelte. Du hast wohl davon gehört?« – »Gehört wohl«, erwiderte Stjepanytsch, »aber unsereins ist ungebildet, wir können nicht lesen.« – »Nun, ich habe gerade gelesen, wie er auf Erden wandelte. Ich lese da, weißt du, wie er zum Pharisäer kam und der ihm keinen richtigen Empfang bereitet. Als ich gestern so las, da denke ich so bei mir: wie wenig feierlich hat der unseren Herrn Christus empfangen! Passierte das zum Beispiel mir, oder wem sonst, ich glaube, ich wüßte gar nicht, was ich alles täte, um ihn zu empfangen. Jener aber hat ihm gar keinen Empfang bereitet! So dachte ich und schlief ein. Und wie ich so schlafe, höre ich mich beim Namen rufen: ich erhebe mich und höre eine Stimme, als wenn jemand flüstert: Wart nur, ich komme morgen. Und das war zweimal. Willst du wohl glauben: mir hat sich das in den Kopf gesetzt, ich mache mir selbst darüber Vorwürfe, aber ich kann nicht anders, ich warte immer auf den Herrn!«

Stjepanytsch schüttelte den Kopf, sagte nichts, trank aber das Glas leer und stürzte es um; Awdejitsch aber stellte es wieder aufrecht hin und goß noch einmal ein. »Trink zur Gesundheit! Ich glaube doch, als der Herr noch auf Erden wandelte, hat er keinen verachtet und ist meistens mit einfachen Leuten umgegangen. Stets wandelte er unter dem Volk einher und wählte seine Jünger meistens unter Leuten, wie wir Sündigen, unter Arbeitern. Wer sich selbst erhöht, sagt er, der soll erniedrigt werden, wer sich aber erniedrigt, der soll erhöht werden. Ihr nennt mich, sagt er, Herr; und ich, sagt er, will euch die Füße waschen. Wer der erste sein will, sagt er, soll allen ein Diener sein. Deswegen, sagt er: Gesegnet sind die Armen, die Demütigen, die Sanftmütigen, die reinen Herzens sind.«

Stjepanytsch vergaß seinen Tee. Er war ein alter, weichherziger Mann, der leicht weinte; er sitzt, hört zu und über sein Gesicht fließen Tränen. »Nun, trink doch«, sagte Awdejitsch. Aber Stjepanytsch bekreuzigte sich, dankte, schob das Glas fort und stand auf. »Ich danke dir, Martyn Awdejitsch«, sagt er, »du hast mich bewirtet und Leib und Seele erquickt.« – »Geh mit Gott und sprich einmal wieder vor; bist mir stets willkommen«, sagte Awdejitsch.

Stjepanytsch ging fort, Martyn aber goß sich den Rest Tee ein, trank aus, räumte das Geschirr ab und setzte sich wieder zum Fenster an die Arbeit, einen Absatz zu steppen. Er steppt und blickt fortwährend durchs Fenster – er wartet auf Christus, denkt immer an ihn und an seine Werke. Und durch seine Gedanken gehen allerhand Reden des Heilands.

Gingen zwei Soldaten vorüber, einer in Dienststiefeln, der andere in eigenem Schuhwerk; dann kam der eigene Hausherr von nebenan in sauberen Überschuhen und ein Bäcker mit einem Korb. Alle gingen vorbei, und dann erschien vor dem Fenster noch eine Frau in wollenen Strümpfen und Bauernschuhen. Sie ging am Fenster vorüber und blieb an der Mauer zwischen den Fenstern stehen. Awdejitsch guckte von unten auf durchs Fenster nach ihr hin, sieht die fremde Frau in schlechter Kleidung mit einem Kind; sie hat den Rücken gegen den Wind gekehrt und hüllt das Kind ein, hat aber nichts Rechtes zum Einhüllen. Ihr Kleid ist für den Sommer gemacht und schlecht. Und Awdejitsch hört, wie das Kind vor dem Fenster schreit; die Frau will das Kind beruhigen, bringt es aber nicht fertig. Da stand Awdejitsch auf, trat durch die Tür auf die Treppe und rief: »Liebe Frau, hört doch einmal!«

Die Frau hörte und wandte sich um.

»Was stehst du da so mit dem Kind in der Kälte? Komm ins Zimmer, in der Wärme kommst du besser mit ihm zurecht. Hierher, hier!«

Die Frau wunderte sich. Sie blickt hin und sieht den Alten, in der Schürze, mit der Brille auf der Nase, der sie zu sich ruft. Sie folgte ihm.

Sie stiegen die Treppe hinunter, traten in die Stube, und der Alte führte die Frau zum Bett.

»Da setz dich hin, gute Frau«, sagt er, »dichter an den Ofen – da wärm dich und dann nährst du das Kind.«

»Ich habe keine Milch in der Brust, habe seit heute morgen nichts gegessen«, sagt die Frau, legte aber das Kind dennoch an die Brust.

Awdejitsch schüttelte den Kopf, trat zum Tisch, holte Brot und eine Tasse, öffnete die Ofentür und goß Kohlsuppe in die Tasse. Dann nahm er auch den Topf mit Buchweizengrütze heraus, aber sie war noch nicht ganz gar geworden; so goß er nur Kohlsuppe ein und stellte sie auf den Tisch. Legte Brot hin, nahm das Handtuch vom Haken und breitete es auf dem Tisch aus.

»Setz dich«, sagt er, »iß, liebe Frau, ich setze mich mit dem Kind hin. Hab selbst Kinder gehabt – versteh mit ihnen umzugehen.«

Die Frau bekreuzigte sich, setzte sich an den Tisch und begann zu essen. Awdejitsch aber setzte sich mit dem Kind auf das Bett. Er schmatzte fortwährend mit den Lippen, aber das ging schlecht, er hatte keine Zähne. Das Kind schrie fortwährend. Da wollte Awdejitsch es mit dem Finger zur Ruhe bringen, machte mit ihm ›die Maus die kommt‹, mit dem Finger gerade auf den Mund zu und zog ihn dann zurück. In den Mund steckte er den

Finger nicht, weil er schwarz, mit Pech besudelt war. Und das Kind sah den Finger an und wurde still, und dann begann es sogar zu lachen. Und Awdejitsch freute sich darüber. Die Frau aber ißt und erzählt dabei, wer sie ist und wohin sie wollte.

»Ich bin eine Soldatenfrau«, sagte sie. »Meinen Mann hat man vor acht Monaten weit fortgejagt und ich habe nichts wieder von ihm gehört. War Köchin und habe geboren. Mit dem Kind wollte man mich nicht behalten. Jetzt plage ich mich schon den dritten Monat ohne Stelle. Hab alles verzehrt. Wollte als Amme gehen – aber man nimmt mich nicht – bin zu mager, sagen sie. Da ging ich zu einer Kaufmannsfrau, bei der wohnt eine Bekannte, und da versprach man, mich zu nehmen. Ich glaubte es ganz sicher, aber die Frau sagte mir, ich sollte nächste Woche wiederkommen. Und sie wohnt so weit. Bin ganz erschöpft und hab das Kind so gequält. Gott sei Dank, die Wirtin behält uns um Christi willen in der Wohnung. Sonst wüßte ich nicht, wie ich weiter leben sollte.«

Awdejitsch seufzte und sagte: »Hast du denn keine warme Kleidung?« – »Lieber Freund, wie sollte ich wohl warme Kleidung haben! Gestern habe ich das letzte Tuch für zwanzig Kopeken verpfändet.« Dann trat die Frau zum Bett, nahm das Kind auf, Awdejitsch aber stand auf, trat zur Wand, reckte sich auf und brachte ein altes Unterkleid. »Da nimm«, sagt er, »ist zwar ein schlechtes Stück, aber immer noch gut, um sich einzuwickeln.« Die Frau sah das Unterkleid an, sah den Alten an, nahm das Kleid und fing an zu weinen. Awdejitsch wandte sich ab;

kroch dann unters Bett, zog einen Kasten heraus, wühlte darin herum und setzte sich wieder der Frau gegenüber.

Und die Frau sprach: »Dich soll der Herr segnen, Väterchen. Er hat mich offenbar vor dein Fenster geschickt. Sonst wär mir mein Kind erfroren. Als ich hinauskam, war es warmes Wetter, jetzt ist aber solche Kälte gekommen. Er, der Herr, hat dich geheißen, durchs Fenster zu blicken und dich meiner im Elend anzunehmen.«

Awdejitsch lächelte und sagte: »Wirklich, er hat mich geheißen. Ich sehe nicht umsonst zum Fenster hinaus, liebe Frau.« Und Martyn erzählte der Soldatenfrau seinen Traum, wie er eine Stimme gehört, die versprochen hat, daß heute der Herr zu ihm kommen würde. »Ist alles möglich«, sagte die Frau, stand auf, warf das Kleid um, wickelte das Kind darin ein, verneigte sich und bedankte sich nochmals. »Nimm das um Christi willen«, sagte Awdejitsch und gab ihr ein Zwanzigkopekenstück, »kannst das Tuch dafür einlösen.« Die Frau bekreuzigte sich, Awdejitsch ebenfalls und begleitete dann die Frau.

Sie ging fort; Awdejitsch aß die Suppe auf, räumte ab und setzte sich wieder an die Arbeit. Während er so arbeitet, denkt er immer ans Fenster – wie es dunkel wird, blickt er hin, wer vorübergeht. Da gingen Bekannte und Fremde vorüber, und es war nichts Besonderes.

Jetzt sieht Awdejitsch, wie vor seinem Fenster ein altes Hökerweib stehenbleibt, sie trägt einen Korb aus Baumrinde mit Äpfeln. Sind nur noch wenige übrig, offenbar hat sie fast alle verkauft, und auf der Schulter hat sie einen Sack mit Spänen. Wahrscheinlich hat sie sie irgendwo auf einem Bau gesammelt, und geht jetzt nach Hause. Man sieht, wie der Sack ihr die Schulter niederdrückt; sie will ihn auf die andere Schulter legen, setzt ihn auf das Pflaster, stellt den Korb mit Äpfeln auf einen Sockel und beginnt die Späne im Sack zusammenzuschütteln. Und während sie den Sack durchschüttelt, kommt, hast du nicht gesehen! ein Junge mit zerrissener Mütze angerannt, nimmt einen Apfel aus dem Korb und will davonlaufen, aber die Alte bemerkt es, dreht sich um und hält das Jungchen am Ärmel fest. Der Junge fängt an zu schlagen und will sich losreißen, aber die Alte packt ihn mit beiden Händen, schlägt ihm die Mütze vom Kopf und reißt ihn an den Haaren. Der Junge schreit, die Alte schimpft. Awdejitsch hatte nicht einmal Zeit, die Ahle einzustecken, er warf sie auf den Fußboden, sprang zur Tür, stolperte sogar auf der Treppe und ließ die Brille fallen. Wie Awdejitsch auf die Straße gelaufen kommt, packt die Alte den Jungen gerade am Schopf und schilt, sie will ihn zur Polizei bringen; der Kleine verteidigt sich und lügt: »Ich habe ihn nicht genommen«, sagt er, »warum schlägst du mich, laß mich los!« Awdejitsch brachte sie auseinander, nahm den Knaben am Arm und sagte: »Gib ihn frei, Mütterchen, verzeih ihm um Christi willen!« – »Ich werd's ihm so geben, daß er ein Jahr dran denken soll! Ich bring den Spitzbuben zur Polizei.« Awdejitsch beginnt die Alte zu bitten: »Mütterchen, laß ihn laufen«, sagt er, »er wird es nicht wieder tun. Laß ihn um Christi willen laufen.«

Die Alte ließ ihn los, der Knabe wollte weglaufen, Awdejitsch hielt ihn aber fest. »Bitt die Frau um Verzeihung«, sagt er, »und tu das nicht wieder; ich hab gesehen, wie du ihn genommen hast.« Der Junge fing an zu weinen und bat um Verzeihung. »Nun, siehst du wohl! Und jetzt nimm den Apfel, er ist dein.« Awdejitsch nahm ihn aus dem Korb und gab ihn dem Jungen. »Ich bezahl ihn, Mütterchen«, sagt er zu der Alten. »So verdirbst du die Taugenichtse«, sagt die Alte, »man muß ihn derart belohnen, daß er eine Woche lang dran denkt.« – »Ach Mütterchen, Mütterchen«, sagt Awdejitsch, »so denken wir wohl, aber Gott denkt anders. Wenn man ihn wegen des Apfels auspeitschen wollte, was müßte dann wohl mit uns wegen unserer Sünden geschehen?« Die Alte schwieg.

Und Awdejitsch erzählte ihr das Gleichnis, wie der Herr dem Knecht seine ganze Schuld erließ, wie der

Knecht aber hinging und seinen Mitknecht zu würgen begann. Die Alte hörte zu, und der Knabe stand dabei und hörte auch zu. »Gott hat befohlen, Vergebung zu üben«, sagte Awdejitsch, »sonst wird auch uns nicht vergeben werden. Wir müssen allen vergeben und den Unvernünftigen noch mehr.« Die Alte schüttelte den Kopf und seufzte: »Ja, ja, so ist es«, sagte sie, »aber sie sind wirklich zu ausgelassen.« – »So müssen wir Alten sie belehren«, sagte Awdejitsch. »Das sage ich auch«, sagte die Alte, »ich hatte ihrer sieben, nur eine Tochter ist übriggeblieben.«

Und die Alte erzählte, wo und wie sie bei ihrer Tochter wohnte und wieviel Enkel sie hätte. »Meine Kraft langt zwar nicht mehr weit«, sagte sie, »aber ich quäle mich wenigstens. Die Enkel tun mir leid, und es sind auch gute Kinder; niemand ist so gut zu mir wie sie. Aksjutka geht zu niemandem als zu mir. Großmutter, liebe Großmutter, Herzensgroßmutter! ...« Und die Alte wurde ganz weich. »Ja, Kinder sind Kinder. Na denn, in Gottes Namen«, sagte die Alte, auf den Jungen deutend.

Eben wollte sie den Sack auf die Schulter heben, da sprang der Junge herzu und sagte: »Laß mich ihn tragen, Großmütterchen; hab denselben Weg.« Die Alte nickte und lud dem Knaben den Sack auf. Und dann gingen sie nebeneinander die Straße entlang, und die Alte hatte vergessen, das Geld für den Apfel von Awdejitsch zu fordern. Awdejitsch stand da, betrachtete sie lange und hörte, wie sie im Gehen immer miteinander sprachen.

Awdejitsch begleitete sie und kehrte nach Hause zurück. Auf der Treppe fand er die Brille, sie war nicht zerbrochen. Er hob die Ahle auf und setzte sich wieder an die Arbeit. Als er ein wenig gearbeitet hatte, konnte er schon nicht mehr einfädeln und sieht, wie der Laternenanzünder vorbeigeht und die Laternen ansteckt. ›Muß Licht machen‹, dachte er; machte die Lampe zurecht, hängte sie auf und begann wieder zu arbeiten. Einen Stiefel machte er ganz fertig; er betrachtete ihn von allen

Seiten, er war gut. Nun legte er sein Werkzeug beiseite, fegte die Abfälle zusammen, sammelte Borsten, Spitzen und Pfriemen, nahm die Lampe, stellte sie auf den Tisch und langte das Evangelium vom Bord. Er wollte das Buch an der Stelle aufschlagen, wo er gestern ein Stück Saffianleder als Lesezeichen eingelegt hatte, das Buch öffnete sich aber an einer anderen Stelle. Und als Awdejitsch beim Aufschlagen war, fiel ihm der gestrige Traum ein. Und als er gerade daran dachte, hörte er plötzlich ein Geräusch, als wenn sich jemand hinter ihm rührte und ginge. Awdejitsch drehte sich um und sah: da stehen wirklich Leute in der dunklen Ecke – stehen Leute da; er kann aber nicht erkennen, wer sie sind. Und eine Stimme flüstert ihm ins Ohr:

»Martyn! Aber Martyn. Hast du mich nicht erkannt?« – »Wen?« sagte Awdejitsch. »Mich«, sagte die Stimme. »Ich bin es ja.« Und aus der dunklen Ecke trat Stjepanytsch, lächelte und verging wie ein Wolke ...

»Und das bin Ich«, sagte eine Stimme, und aus der dunklen Ecke trat eine Frau mit einem Kind, und die Frau lachte, und das Kind lächelte, und sie verschwanden ebenfalls.

»Und das bin Ich«, sagte eine Stimme. Und die Alte und der Junge traten aus der dunklen Ecke hervor, und die Frau lächelte und der Junge lachte, und auch sie verschwanden.

Und Awdejitsch wurde fröhlich ums Herz. Er bekreuzigte sich, setzte die Brille auf und las im Evangelium an der Stelle, wo es aufgeschlagen war. Und oben auf der Seite las er: »Denn ich bin hungrig gewesen, und ihr habt mich gespeist. Ich bin durstig gewesen, und ihr habt mich getränkt. Ich bin ein Gast gewesen, und ihr habt mich beherbergt ...« Und unten auf der Seite las er noch: »Was ihr getan habt einem unter diesen meinen geringsten Brüdern, das habt ihr mir getan.«

Und Awdejitsch begriff, daß der Traum ihn nicht betrogen, daß eben an diesem Tag sein Heiland zu ihm gekommen war, und daß gerade er ihn empfangen hatte.

VII HOCHROMANTISCHE WEIHNACHTS-MÄRCHEN

»Bäume leuchtend, Bäume blendend,
Überall das Süße spendend,
In dem Glanze sich bewegend,
Alt- und junges Herz erregend.
Solch ein Fest ist uns bescheret.
Mancher Gaben Schmuck verehret;
Staunend schaun wir auf und nieder,
Hin und her und immer wieder.«

Johann Wolfgang von Goethe, ›Weihnachten‹. Gelegenheitsgedicht zur Weihnachtsfeier am Weimarer Hof (1822)

Heinrich Pröhle
Das kleine Tannenbäumchen

Das Weihnachtsfest war nahe herangekommen, und aus dem Wald gingen viele Tannen in die Hauptstadt des Landes bei dem schlechten Weg, immer durch dick und dünn. Wenn jemand sie fragte: »Wo wollt ihr Tannen denn hin?« so antworteten sie: »Wir wollen in die Stadt und den Herrn Christ loben.«

Ein ganz kleines Tannenbäumchen, das im Walde neben seiner Mutter stand, lief immer hinter seiner Mutter her, als diese sich auch nach der Hauptstadt aufmachte, und folgte ihr immer nach, wie ein Füllen der Stute oder ein junges Rehkalb der Hindin.

Als die Tannen des Abends im Dunkeln in der Hauptstadt angekommen waren, lagerten sie sich alle unter die Fenster des alten steinernen Schlosses, das sie von einer Seite her vor Wind und Wetter schützen sollte, und es war schön anzusehen, wie die vielen grünen Tannen da beieinanderlagen. Das kleine Tannenbäumchen aber, das sich neben seine Mutter gelegt hatte, fror gar sehr. Da kam der Wind und legte den Saum seines schneeweißen Mantels erst zu den Füßen der Tannen hin und breitete ihn dann ganz über sie aus. Den andern Morgen aber kam ein Sonnenblick und deckte den schneeweißen Mantel wieder ab. Da rieb sich das kleine Tannenbäumchen vergnügt die Augen und sah verwundert die große, schöne Stadt.

Aber bald wurde seine Freude getrübt, denn es kam ein Herr, der hieß sein Mütterlein mitgehen in sein Haus, das kleine Tannenbäumchen aber mußte zurückbleiben, denn es war zum Weihnachtsbaum noch viel zu jung und zu klein.

Als nun der Weihnachtsmorgen kam, da ging das kleine Tannenbäumchen ganz einsam in den nassen Straßen der Hauptstadt umher und weinte. Da sah es aber sein Mütterlein in einem großen, schönen Saale stehen. Es hatte viele Lichter in der Hand, die glänzten ganz herrlich, und das Mütterlein war anzusehen wie ein schöner Engel.

Da freute sich das kleine Tannenbäumchen sehr und ging getrost weiter.

Es stand aber in einem Haus eine kleine Puppe am Fenster, wie es eben Tag wurde. Die winkte dem kleinen Tannenbäumchen, daß es zu ihr heraufkäme, und fragte: »Wie heißt du, kleine Tanne?« – »Ich heiße Waldgrüne«, antwortete das Tannenbäumchen. »Und wie heißt du?« – »Ich heiße Kindchen-küß-mich«, antwortete die Puppe. Da wurden die Puppe und das Tannenbäumchen gute Freunde und blieben lange, lange Zeit beisammen.

Die kleine Tanne aber wuchs sehr schnell heran, da sagte Kindchen-küß-mich endlich zu ihr: »Du bist so ein langaufgeschossenes Ding geworden, daß ich mich schäme, noch mit dir über die Straße zu gehen; auch ist dir dein Röckchen aus grünen Zweigen viel zu kurz, es reicht dir ja noch lange nicht einmal bis ans Knie, so sehr hast du es verwachsen! Mir wäre das zwar einerlei, aber den Menschen fällt es doch sehr auf. Deswegen wäre das Beste, du gingest wieder zurück in den Wald.«

Da ging die Tanne wieder in den Wald. Dort aber war ihr Röcklein nicht zu kurz, sondern es war große Freude bei den andern Tannen, daß Waldgrüne wieder zugegen war.

Dr. Bertram
Der wachsame Jäger
Mythisches Märchen der Finnen

Lippo, ein kluger und wachsamer Jäger, ging einst mit zwei Gefährten auf die Rentierjagd. Sie flogen gleichsam über die singende Schneedecke dahin auf ihren Schneeschuhen, der kurze Tag neigte sich, zwei leuchtende Bogen standen rechts und links von der Sonne, die blanken Hörner des Stiers; ihre Mitte aber war so spiegelblank, daß sich der Sonne Weib Paiwätär darin beschaute. Da aber stand Hao auf, der Abendstern, und der goldene Stier stieg ins Meer. Nacht war es und die Jäger traten in eine verlassene Waldhütte.

Am anderen Morgen sprangen sie auf und schüttelten den Frost aus ihren Gliedern, den der finstere Hyytämoinen auf dem Nordroß reitend in die Hütte geschleudert hatte, und traten hinaus. Da war frischer Schnee gefallen, und Lippo, der wachsame Jäger, sprach: »Schaut, Pakkanen hat seinen silbernen Bart gekämmt, das kündet uns einen glücklichen Tag; heute muß ich Wildbret haben, ein Stück für den einen Schneeschuh, ein zweites für den anderen Schuh und ein drittes für meinen Schneestock.«

Kaum waren sie etwas gelaufen, als sie auch schon im frischgefallenen Schnee die Spuren von drei Rentieren erblickten. Diesen folgten sie und fanden auch die Tiere, zwei hielten beieinander, das dritte stand etwas weiter. Da sprach Lippo, der wachsame Jäger: »Kameraden, bemüht euch um die zwei geselligen, sie sind für euch hingestellt, ich werde das dritte jagen.« Also trennten sie sich und Lippo, der wachsame Jäger, verfolgte das Tier den ganzen Tag und konnte es doch nimmer erjagen.

Endlich erblickte er ein altes, wunderliches Haus im Walde, wie er nie vorher eins gesehen hatte, aufgetürmt aus mächtigen Felsen und ausgerissenen Mastbäumen; in den Hof des Hauses lief das Rentier hinein, und Lippo lief ihm nach. Auf dem Hofe aber stand der Herr vom Hause und es war niemand anders als Tapio, der Gott des tiefen Waldes, wo das Schweigen herrscht und die ewige Ruhe. Er war wie ein alter Mann, aber stark noch anzuschauen, sein Bart und Haupthaar glichen dem Tannenmoos.

»Oho!« sprach er, »wer hat heute mein Pferd geritten, so daß es von Schweiß trieft?« Lippo grüßte den Alten und sprach: »Ich war es, Lippo, genannt der wachsame Jäger; ich habe es gejagt von dem Augenblick an, als Paiwätär den Sonnenstier auf die Weide trieb, bis zu diesem Augenblick, wo er herabsteigt, um aus des Meeres silbernen Gewässern zu trinken, aber ich habe das Tier nicht erjagen können.«

»Nun«, sprach Tapio, dem der wachsame Jäger gefiel, »da du einmal den ganzen Tag mit meinem Pferd gefahren bist, so bleibe auch in meinem Hause über Nacht.« Sie traten jetzt in Tapiola ein, und Lippo erstaunte über die unzählige Menge von Wild; da waren Rentiere, Bären, Hirsche, Rehe, Auerhähne und allerlei Wildbret. Tapio bewirtete seinen Gast mit Abendbrot und wies ihm mit großer Gastfreiheit das größte Bärenfell zum Nachtlager an.

Am Morgen wollte Lippo heimkehren, aber er konnte seine Schneeschuhe nicht finden. Er befragte Tapio, ob er nicht wüßte, wo seine Schneeschuhe wären, da sprach der Waldgott: »Willst du nicht hierbleiben und mein Schwiegersohn werden? Ich habe nur eine Tochter.« – »Sehr gern«, antwortete Lippo, »aber ich bin arm.« – »Die Armut ist kein Fehler«, sprach Tapio, »bei uns hast du alles, was du wünschst.« Also heiratete Lippo Tapios einzige Tochter Annikka und blieb als Schwiegersohn des Alten in Tapiola.

Als aber drei Jahre schon vorüber waren und dreimal der Kranich über die Wipfel der Tannen nach Süden gezogen war, ward Lippo, dem wachsamen Jäger, allgemach weh ums Herz, und er wünschte seine Heimat zu besuchen. Da sprach Tapio: »Wenn du mir Schneeschuhe machst nach meinem Sinn, so kannst du reisen.« Lippo ging in den Wald und begann die Arbeit. Da sang vom Ast ein kleiner Vogel:

»Lasse unten einen Ast stehn
Unter Tapios Fußstapfen.«

Lippo aber warf ein Stück Holz nach dem Vogel und rief: »Was Henker, kommst du noch zu pfeifen her?« Er machte die Schneeschuhe aufs beste und brachte sie dem alten Tapio, der probierte sie an, sagte aber: »Das sind nicht meine Schuh!«

Da ging Lippo am zweiten Tag wieder in den Wald und fing an, andere Schuhe zu machen. Und wieder kam der Vogel und sang:

»Lasse unten einen Ast stehn
Unter Tapios Fußstapfen.«

»Bist du wieder hier, um zu schwatzen!« rief Lippo ganz ärgerlich und warf wieder nach dem Vogel, denn er verstand es nicht, nach des Vogels Unterweisung zu arbeiten. Am Abend brachte er die neuen Schuhe zu Tapio. Der aber sprach: »Das sind nicht meine Schuh!«

Da ging Lippo den dritten Tag zur Arbeit und wollte versuchen, ob er es jetzt nicht träfe. Und wiederum flog der kleine Vogel herbei und rief:

»Lasse unten einen Ast stehn
Unter Tapios Fußstapfen.«

Nun fing Lippo, der wachsame Jäger, an nachzudenken und sagte bei sich: ›Umsonst wird der Vogel es wohl nicht singen.‹ Also machte er die Sohlen der Schneeschuhe dieses Mal nicht überall glatt, sondern ließ in der Mitte einen kleinen Astteil stehen und legte darüber die Fußstelle an. Als Tapio diese Schuhe anprobierte, rief er aus: »Siehe, das sind ja meine Schuh«, und sogleich schickte er sich an, seinen Schwiegersohn in die Heimat zu geleiten, und sprach zu ihm: »Wenn ich vorangleite, so folge du mit Weib und Kind immer meiner Spur und übernachte, wo du eine schöne Stelle findest. Aber mach die Hütte dicht, damit die Sterne vom Himmel nicht durchscheinen.«

Und als Tapio so gesprochen, stellte er sich auf die Schneeschuhe und glitt gewaltig hin durch den Urwald und war bald verschwunden. Da nahm nun Lippo sein Weib, die schöne Waldgöttin Annikka, und seinen kleinen Sohn, setzte sie in eine Akja (lappländischer Bootsschlitten) und fuhr immer den Spuren Tapios nach, die er mit seinen ästigen Schneeschuhen in den Schnee gekratzt hatte. Spätabends fand man die erste schöne Stelle, und ein gebratener Hirsch lag fertig zum Abendbrot. Sie machten sich zur Nacht eine Hütte aus Fichtenzweigen gut und stark, zogen die Akja mit dem Kind hinein, ruhten die Nacht, nahmen Hirschfleisch mit und fuhren am dämmernden Morgen weiter.

Und als der letzte Glühschein am Abendhimmel erblaßt war und die Gestirne aus der Ferne herbeitraten, da fanden sie die zweite schöne Stelle und ein Lager mit einem gebratenen Hirsch an den glimmenden Kohlen. Sie machten sich wiederum eine dichte Hütte aus Zweigen, damit der Mond nicht hereinschiene und die Sterne nicht durchblickten, zogen die Akja mit dem Kind in die Hütte und ruhten die Nacht.

Am andern Morgen, noch früher als Paiwätär mit dem roten Band erschienen war, den Sonnenstier auf die Weide zu geleiten, fuhren sie Tapios Spuren nach und fanden erst am Abend die Lagerstelle und einen gebratenen Auerhahn. »Seht«, sprach Lippo, »einen Auerhahn nur hat der Vater uns hinterlassen, nun so muß die Heimat wohl nah sein.« Voller Unruhe und Freude machte er die Hütte nur undicht, zog hinein und legte sich schlafen.

Aber der Himmel wurde in der Nacht sehr hell, von allen Seiten zogen die Sternbilder herein und schauten durch die Lücken. Und was geschah? – Als Lippo am Morgen erwachte, war seine Frau, die Waldgöttin Annikka, verschwunden. Sie hatte den bittenden Augen der Gestirne nicht widerstehen können; die Geister des Waldes und der Lüfte zogen sie hinan von dem sterblichen Mann zurück zu ihresgleichen.

Lippo ging hinaus: auch die Spuren Tapios waren verschwunden, und Lippo war plötzlich nicht mehr der wachsame Jäger. Er setzte sich mit verwirrtem Sinn und trübem Auge vor die Hütte und sah gleichgültig einen Hirsch vorüberlaufen. Der Tag verging; alles blieb einsam und die Nacht kam heran. Am Morgen fand er einen gebratenen Auerhahn am Feuer, er sättigte sich und seinen kleinen Sohn und setzte sich dann traurig vor die Hütte. Und wieder lief ein Hirsch vorbei. So lebte Lippo wie im Traum in der Tannenhütte, und Jahre schwanden darüber hin. Alle Morgen stand seine Speise fertig da und täglich lief ein Hirsch vorbei. Das war Annikka, die sich verwandelt hatte, um ihrem früheren Mann Speise zu bringen und ihr Kind zu sehn. Und immer hatte der Hirsch Tränen im Auge und blickte mit Trauer auf die beiden Einsiedler. Endlich wuchs der Sohn heran und wurde nachdenkend und klug. Er machte sich aus einem hohlen Rohr ein Fernrohr, sah sich um und sagte: »Vater, wir sind nicht weit von deiner Heimat. Ich sehe einen Zaun, wie du sagst, daß Menschen ihn flechten.« Und so nahm der Sohn seinen Vater und führte ihn in die Heimat.

Von diesem Sohne Annikkas, der Waldgöttin, und Lippos, des wachsamen Jägers, haben die Lappländer ihren Anfang bekommen und sind geborene Hexenmeister und gewaltige Zauberer.

VIII DES DICHTERS WEIHNACHTSFEST

»Er entzückte Hitzigs und Hippels Kinder durch Erzählung zauberhafter Märchen, aber erschreckte sie auch mitunter durch Gebilde seiner Phantasie, die den Kleinen die Haare zu Berge stehen machten.«

Theodor Bach in der Biographie seines Großvaters E. T. A. Hoffmann (1863), der mit ›Nußknacker und Mausekönig‹ 1816 das erste poetische Weihnachtsmärchen schuf.

Wilhelm Raabe
Weihnachtsgeister

»Eine noch wohl konditionierte Kinderpuppe!« rief der heisere Auktionator. »Ein Groschen!« bot eine Weiberstimme kreischend und hell. »Noch sechs Pfennige!« ließ sich ein anderer Liebhaber von einem Winkel des Gemaches aus vernehmen. »Zwei Groschen!« sagte ich, stieß den Stock emphatisch auf den Boden und blies eine Rauchwolke nach dem in Frage stehenden Gegenstand hin.

Alle Augen der versammelten Menschheit richteten sich sogleich auf den zuletzt Bietenden und erkannten, daß die Stimme von einem kleinen, ziemlich wohlbeleibten Individuum ausgehe, welches ein Buch Konzeptpapier zur Ergötzung des ›amusablen‹ Deutschland, wie der Schriftsteller E. T. A. Hoffmann vom Halleschen Kirchhof zu Berlin sagen würde, unter dem linken Arm trug, eine Zigarre im Munde, einen Hakenstock in der rechten Hand führte und durchaus nicht aussah, als ob es irgendeinen nützlichen Gebrauch von einer ziemlich zerzausten und abgegriffenen Puppe machen könne.

»Zwei Groschen zum ersten – zum zweiten und zum – keiner mehr!« schrie der Auktionator; der Hammer fiel nieder, und ich, Karl Theodor Hinkelmann, war der glückliche Besitzer des im Katalog unter Numero 726 aufgeführten Kinderspielzeugs, welches mir gegen Erlegung der Kaufsumme auch sogleich eingehändigt wurde. »Vortrefflich!« sagte ich, umspannte mit dem Daumen und Zeigefinger die Taille der jungen, mit Kleie gefüllten Dame, ließ sie, den Kopf voran, in die Tasche gleiten (ich führe sehr große Taschen und gewöhnlich auch mancherlei darin) und verließ die Versammlung.

Hier wird es nötig sein, die Erklärung abzugeben, daß ich selten eine öffentliche Versteigerung in meiner Nachbarschaft versäume, daß mich nichts mehr beschäftigen und erregen kann als die Analysierung aller der verschiedenartigen Anhängsel des menschlichen Daseins, die bei einer derartigen Gelegenheit zum Vorschein kommen. Wahrlich nicht, um nach Rokokoschnurrpfeifereien zu suchen, dränge ich mich bei einer solchen Auktion unter das Volk! Was haftet alles an diesen Lumpen und Lappen, an diesen abgenutzten, ärmlichen Gerätschaften, an diesem alten Lehnstuhl zum Beispiel, an jener halb zertrümmerten Wiege, an dieser Schachtel mit verblaßten, zerknitterten Papierblumen! Welch ein Buch ließe sich darüber schreiben!

Ich trat in die Gasse hinaus. Es schlug vier Uhr, und die Nacht sank bereits langsam herab auf die große Stadt. Ein grauer, eintöniger Himmel lag über den Dächern, und es schneite. Es war aber kein eigentliches munteres Gestöber, wo das weiße Gewimmel in der Luft den Emporschauenden fast schwindlig macht und lustig alle Gedanken mit hineinzieht in den tollen, wirbelnden Tanz. Nein, die luftigen, flaumartigen Flocken schwebten in der kalten, grauen, stillen Luft wie unschlüssig, ob sie sich niederlassen sollten zur hart gefrorenen Erde oder nicht. Einzeln kamen sie, senkten sich, erhoben sich wieder, als ob sie sich eines Bessern besännen, gingen seitwärts weiter, um dann doch endlich irgendwo an einer Dachtraufe, an einem Häuservorsprung, an einer Nasenspitze lebenssatt sich aufzuhängen. Es war ein mürrisches, spleenartiges, hypochondrisches Wesen, und doch verkündete der verbesserte Gregorianische Kalender den – vierundzwanzigsten Dezember, und die schönste Nacht der Christenheit lauschte schon ins Land herein!

Die Menschen in den Gassen gebärdeten sich aber auch ganz anders als die Schneeflocken in der Luft. Sie hatten es gar eilig und wimmelten durcheinander wie ein aufgestörter Ameisenhaufen. Die Läden waren geputzt und funkelten im Schein der Lichter und Lampen, und manch ein Hagestolz, welcher in seinem Kaffeehause sein Journal hatte fallen lassen, nahm dasselbe nicht wieder auf, sondern kratzte sich mißmutig und verdrießlich hinter dem Ohr und dachte an mancherlei, was ihn durchaus nichts anging. An der nächsten Straßenecke blieb ich stehen und schaute in das lustige Gewühl. Auch ich seufzte. ›Ich kenne auch einen Narren!‹ sagte ich zu mir selbst. ›Einen gewaltigen Esel kenne ich!‹

Ach, meine Damen, ich habe mancherlei Unangenehmes durchgemacht, aber so wie gestern war mir mein Butterbrot doch noch nicht auf die ›gute‹ Seite gefallen. Schwerer als päpstlicher Bann und kaiserliche Acht und Aberacht lag es auf mir! Sechs junge, schöne, liebenswürdige Fräulein und eine schriftstellernde Mutter hatten ihren Fluch über mich ausgesprochen; die angenehmste Weihnachtseinladung hatte ich verwirkt, unwiderruflich verwirkt. Ich will die Geschichte erzählen, denn

> Wenn der Mensch in seiner Qual verstummt,
> Gab mir ein Gott, zu sagen, wie ich leide!

Ich war gestern zum Tee eingeladen von dem Geheimen Rat von Weißvogel, oder vielmehr von der Frau Geheimrätin, und knüpfte daran die Hoffnung, für heute abend zum Weihnachtsbaum ebenfalls eingeladen zu werden. (Der Geheimrat führt einen sehr guten Burgunder.) Ich hatte also meinem Frack und Hut ein anständiges Ansehen gegeben, um die deutsche Journalistik so gut als möglich zu repräsentieren, und verfügte mich mit dem Vorsatz, ungeheuer liebenswürdig und interessant zu sein, nach der Bürostraße Numero sechsundneunzig. Mit gewohnter Grazie trat ich in den Salon der Frau Geheimrätin ein, wo ein allgemeines, von allen Seiten geraunte Pst! Pst! mich empfing. Da mir in der Wärme des geheizten Zimmers die Brillengläser – ich bin sehr kurzsichtig – sogleich beschlugen, so war mir natürlich nichts lieber, als daß ich nun mit Anstand einige Augenblicke an der Tür stehenbleiben konnte, um erst den Duft von meinen Sehinstrumenten verziehen zu lassen. Während dies allmählich geschah, horchte ich der Stimme der Frau Geheimrätin, welche las – deklamierte:

»Waldvogel sang's im Lindenbaum,
Schön Blümchen klang es nach im Traum,
Die Stern am Himmel grüßten es,
Die leisen Winde küßten es,
Und überall, allüberall,
Von Berg und Wies und Wasserfall,
Trug es zurück der Widerhall,
Der Widerhall!«

Ich schrak zusammen, zentnerschwer fiel es mir auf die Seele, Himmel, die ›Amalasuntha‹ der Gnädigen! Ihr neuestes Opus! Alle Teufel, das habe ich ja ganz vergessen! Bei allen Mächten, wenn Weitenweber darüber geraten ist! Der Hut fiel mir fast aus der Hand, hatte ich doch gestern das Rezensionsexemplar von der gnädigen Frau erhalten und dabei ein schmeichelhaftes, zierliches Billett, und ich Unglückseliger hatte in der Zerstreuung das niedliche, vergoldete Büchlein voll süßen Unsinns auf den Haufen schriftstellerischer Erzeugnisse geworfen, welche mein Freund Weitenweber von Zeit zu Zeit unter der Überschrift ›Allotria‹ totmacht. – Himmel und Hölle, wenn der Mensch für die Weihnachtsfeiertage Geld gebraucht und losgewütet hätte!

Meine Brille war unterdessen klar geworden, und ich konnte einen Blick wie ein erschreckter Hase auf die Versammlung werfen. Da saßen sie, Marie, Johanne, Albine, Theodore, Ida, Sophie, die liebreizenden Töchter einer dichtenden Geheimrätin, wie es schien, pflichtgemäß, töchterlich, ganz in jenen Seelenzustand versunken, welchen die empfindsamen Germanen vor ungefähr sechzig Jahren ›angenehme Schwärmerei‹ nannten!

Zwei junge Juristen, drei Sekondeleutnants und ein ältlicher Theologe standen in einer Gruppe, wie ein Monument des passiven Widerstandes, und die übrige Gesellschaft drängte sich ebenfalls pflichtschuldigst um die vorlesende Dichterin, die eben ihr Buch zuklappte und in scheuer Selbstzufriedenheit den Blick erhob. Ein bewunderndes Stuhlrücken und Rauschen von seidenen Gewändern entstand. Seufzer, leise Ausrufe, zwei juristische, drei militärische und ein theologisches Bravo – der Geheimrat schaute etwas verdrießlich durch die Tür des Nebenzimmers, in welchem er eben die Spieltische zurechtgerückt hatte – ich trat schüchtern vor.

»Ah, Herr Doktor Hinkelmann!« flüsterte mit holder Stimme die Gnädige. »Warum so spät?« Ich machte meine Verbeugung, und sie trat näher. »Haben Sie meiner auch freundlich gedacht?« raunte die Gnädige, mich beiseite ziehend. »Ich bin sehr gespannt auf die heutige Zeitung, Sie böser Kritiker!« Es überlief mich heiß und kalt. O Weitenweber! Weitenweber!

Ein Bedienter erschien jetzt in der Tür. »Die gnädige Frau haben befohlen, daß ich die Zeitung –« – »Jawohl, jawohl, Johann! Schnell, geben Sie, geben Sie!« Ich hielt mich an der nächsten Stuhllehne. Die Gesellschaft, die Töchter drängten sich um die Dichterin, deren Auge lächelnd die feuchten Bogen überlief. Jetzt! – Ach! – Ihre Augenbrauen zogen sich zusammen, die Hände, welche die Blätter hielten, zitterten – sie stieß einen Schrei der Entrüstung aus – zerknittert sank der unglückselige Wisch zu Boden.

»Mein Herr!« – »Gnädige Frau, ich – ich –« O Weitenweber, Weitenweber! Die Visitenkarten an den Spiegeln liefen schwarz an; der Geheimrat hatte die Zeitung aufgehoben und verbarg das Gesicht zwischen den Bogen – ich kann nicht beweisen, daß man mich hinausgeworfen hat, aber –!

»Das kommt davon!« brummte ich, als ich mich wieder auf der Straße fand. »Das kommt davon, wenn sich Caliban in das schöne, heitere, ewig blaue Feenreich der Poesie und der Damenwelt wagt! O Weitenweber, Weitenweber!« Wahrlich, es ist nicht angenehm, unter den Fußtritten Ariels und seiner losen Schar zu liegen! Was half es mir, daß mir der Geheimrat auf den Vorplatz hinaus folgte, mich umarmte, mir einen Kuß auf jede

Backe drückte und mir zwanzigmal sein: »Brav gemacht! Brav gemacht, lieber Doktor, liebster, bester, teuerster, einzigster Freund!« zuflüsterte? Was half es mir, daß er mich mit Austern stopfen, in Burgunder ersäufen wollte – sein Haus konnte er mir doch nicht wieder öffnen! O Marie, Johanne, Albine! O Theodore, Ida und Sophie! – O Weitenweber, Weitenweber!

Da stand ich nun an der Straßenecke in dem Schneegestöber, welches jetzt heftiger geworden war. Der Lampenwärter kam und zündete die Gaslaterne neben mir an; in allen Stockwerken der Häuser flammten die Christbäume auf, und alles, was nur noch einen Weihnachtsgedanken im Herzen beherbergte, suchte ihn hervor aus dem vergessensten Winkel und begann seine Weihnachtsfeier. Von allen Kirchen der Stadt läuteten die Glocken das schönste Fest der Christenheit ein; mir ward gar wehmütig zumute, und unwillkürlich faßte ich nach der Puppe in meiner Rocktasche, zog sie heraus, drückte mich dichter an die Hauswand, an welcher ich lehnte, und betrachtete sie, während die Menge ununterbrochen an mir vorüberströmte und mit ihrem Getöse doch nicht ganz den Kinderjubel um die Weihnachtsbäume in allen den verschiedenen Wohnungen der Gasse übertäuben konnte.

Das Ding schaute mich aus seinen grellen, blauen Augen gar sonderbar an; die Stumpfnase hatte bereits beträchtlich Schaden erlitten, und aus einem Bein des unglücklichen Wesens rieselte die Kleie mir leise auf die Hand. »Ach, du armes Ding«, sagte ich, »auch du hast schon fröhlichere Weihnachtsabende als den heutigen, den du in meinem Besitze zubringen wirst, verlebt. Was meinst du, gehen wir nach Hause oder fallen wir in eine Kneipe?«

Da die Puppe nicht antwortete, so zählte ich die Knöpfe meines Rockes ab. Sie entschieden für die Kneipe, und so schob ich behutsam meine Begleiterin wieder in die Tasche und setzte meinen Weg durch die Straßen einsam fort, widerborstig gegen das Fatum, meiner – Wohnung zu. Bald genug war dieselbe erreicht, und niedergeschla-

gen stieg ich die dunklen, steilen Stufen empor und horchte auf jedem Treppenabsatz ein wenig den hellen Kinderstimmen, welche fast hinter jeder Tür hervordrangen; der Weihnachtsabend stand ja in seiner schönsten Blüte!

In meinem Zimmer angekommen, sank ich auf den nächsten Stuhl und stützte den Kopf mit beiden Fäusten auf meinen Schreibtisch, wie ein Brahmane, der das mystische Om ausgesprochen hat und sich in den Zustand der höchsten irdischen Seligkeit versetzen will.

Ich kam jedoch nicht zur völligen Auflösung ins Nichtsein; ein Frösteln, welches mich überlief, erinnerte mich, daß ich mein Feuer nicht erlöschen lassen dürfe. Ich schob also neues Holz in den Ofen, und diese Beschäftigung erheiterte mich etwas. Ach, das Brummen und Knattern des Ofens, der tanzende Schein auf dem Fußboden und an den Wänden müssen einem solchen einsamen Gesellen, wie ich bin, oft vielerlei ersetzen; ich trat an das Fenster und schaute hinaus in die Nacht über die weißen Dächer. Ach, es war doch ein noch fröhlicherer Lichtschein, der aus dem Fenster der mir gegenüberliegenden Häuserreihe fiel! Fröhlicheres Geräusch erschallte dort hinter den niedergelassenen Vorhängen, als mein Ofen liefern konnte.

»Ich will arbeiten!« sagte ich, zündete meine Lampe an, zog einige Bogen Konzeptpapier hervor und setzte mich an meinen Schreibtisch. Meiner Puppe aber bereitete ich mit Hilfe einiger Bände von Meusels Gelehrtem Deutschland einen Sitz dicht vor mir. Ich tunkte die Feder ins Tintenfaß, schaute in das Licht – eine Minute – zwei – drei – eine Viertelstunde! »Beim Teufel!« rief ich aufspringend. »Ich wollte, ich könnte bis zum nächsten Alltag die Zeit verschlafen!« Dabei brachte ich eine gar anmutige marmorartige Verzierung auf dem vor mir liegenden weißen Bogen hervor und warf die Feder fort. Ein Schritt auf der Treppe ließ mich aufhorchen. Er näherte sich. »Das fehlte mir grade noch!« rief ich unwillkürlich aus, »Weitenweber! Na, du kommst mir eben recht!« Ich hatte den Edeln seit seiner Untat noch nicht wieder gesehen.

Die Tür öffnete sich langsam, und auf der Schwelle erschien wirklich in Lebensgröße mein Freund Theobul Raimund Weitenweber, ein Individuum, welches wahrlich einer Personalbeschreibung würdig ist.

Mein Freund ist lang und hager wie ein Laternenpfahl, mit dem er noch die Ähnlichkeit hat, daß auch er erst bei einbrechender Nacht anfängt aufzuflackern und gasartig zu leuchten. Sein Haar ist von unbestimmter Farbe und stets kurz geschoren, seinen Spitzbart aber läßt er wachsen je länger, je lieber, und spielt derselbe ein wenig ins Rötliche. Dreht sich mein Freund um, so braucht er zu diesem einfachen Manöver wenigstens eine halbe Minute, setzt er sich nieder, so nimmt er genau die Stellung des Memnonsbildes in der Wüste an. Mein Freund führt einen Stock, der aber nur dann die Erde berührt, wenn ihn sein Herr in einem Winkel absetzt, sonst kommt er selten unter der linken Achsel seines Begleiters fort. Mein Freund Weitenweber trägt grauweiße Unaussprechliche, die unten in ein Paar schiefgelaufene Stiefel enden, welche man unwillkürlich mit versteinerten antediluvianischen Mammutfußtapfen in Verbindung bringt, einen weißgrauen Rock mit großen Knöpfen und einen eingedrückten, weißgrauen Hut, in welchem sich ein buntes, seidenes, unheimliches Taschentuch aufhält.

Handschuh sind meinem Freunde etwas Unbekanntes, und alle denkenden Menschen, welche ihm auf seinen Wegen durchs Leben und durch die Gassen begegnen, bleiben, wenn sie es auch noch so eilig haben, stehen und blicken ihm verwundert nach. Mein Freund Weitenweber aber schaut niemand nach; abgemessenen Schrittes bewegt er sich, die spitze Nase hoch in den Lüften, die grauen, wie faules Holz glimmenden Augen halb geschlossen, die Unterlippe vorgeschoben, seinem jedesmaligen Bestimmungsort zu.

»Guten Abend!« sagte diese Kreatur, welche mir die Salontüre der Frau Geheimrätin von Weißvogel vor der Nase zugeschlagen hatte. »Guten Abend, Weitenweber! Du hast mir eine schöne Geschichte eingerührt; ich wollte –« – »Weiß, was du wolltest«, sagte mein Freund mit einem Seufzer und zog aus seiner Rocktasche eine Flasche, deren Hals er mir zu fassen gab.

»Weitenweber, du hast mir einen großen Verdruß bereitet!« Gravitätisch zog das stoische Geschöpf eine zweite Flasche hervor und stellte sie auf den Tisch. »Ich werde nie wieder zu Gnaden angenommen werden – ach, Marie, ach, holde Sophie!« Wo kriegte der Mensch all die Flaschen her? Zwei andere machten ihre Erscheinung, und eine fünfte beschloß den Reigen. Gegen die Taschen meines Freundes sind die meinigen gar nichts.

»Weitenweber, ich habe wahrhaftig Mühe, dir diese Geschichte zu verzeihen. Sie hätten mich ganz gewiß auf heute abend eingeladen. O Albine, Johanne, Theodore! Wie angenehm hätte ich den Weihnachtsabend hinbringen können!« – »Ja, es soll Weihnachten sein!« sprach Weitenweber mit seiner Grabesstimme, nahm langsam den Hut ab, zog einen Stuhl an den Tisch, setzte vorsichtig seine edle Kopfbedeckung darunter, als könne es niemals einen sicherern, bessern Platz dafür geben, stellte seinen Wanderstab hinter den Ofen, kam zu dem Tisch zurück und saß nach zwei Minuten lotrecht mir gegenüber. »Wirf die Bücher vom Tisch, Hinkelmann«, sagte er und brachte aus seinen Taschen jetzt auch noch mehrere Zitronen und eine löschpapierne Tüte mit gestoßenem Zucker zum Vorschein. Es waren wundersame Taschen! »Mische den Stoff, Hinkelmann!« Ich wußte nicht, ob ich wütend werden sollte, holte aber doch meine geborstene Suppenschale hervor, welche mir als Punschbowle diente, und schob den Teekessel in den Ofen.

Während ich mich dann beschäftigte, sah mein Freund starr auf die Puppe, welche noch immer auf Meusels Gelehrtem Deutschland vor ihm lag. Von Zeit zu Zeit berührte er vorsichtig mit der Spitze des Zeigefingers ihre eingedrückte Nase und gähnte gewaltig dabei, bis er sich plötzlich erhob, zum Fenster hinschritt, die Arme übereinanderschlug und hinausstarrte, wie ich vor einer halben Stunde hinausgestarrt hatte. Unterdessen fing das Wasser im Kessel an zu singen und zu sprudeln, und ich bekam zu viel zu tun, um mich ganz meinem langen Freund widmen zu können. Ich hörte nur, daß er von Zeit zu Zeit etwas vor sich hinmurmelte, bis ich endlich mit zwei gefüllten, dampfenden Gläsern zu ihm hintrat und ihm das eine reichte. Er nahm es, hielt es in die Höhe, stieß ein dumpfes Geknurr aus, goß den Inhalt hinunter, seufzte, gab das Glas mir zurück und sprach: »Mehr Rum!«

Ich verbesserte den Stoff, und einen Augenblick später saßen wir einander gegenüber, die dampfende Schale in unserer Mitte. Meusels Gelehrtes Deutschland nebst allen anderen Büchern und Schreibgerätschaften war in die fernsten Winkel geflogen; die Puppe aber blieb neben unsern Gläsern liegen. Von der Gasse drang fröhlich das Geräusch der Weihnacht bis zu uns empor; im Hause jubelte bald nah, bald fern eine Stimme auf, und Weitenweber fing an, seinen Spitzbart zu drehen, welches ein Zeichen größter Behaglichkeit bei ihm ist.

»Die Frau Geheimrätin von Weißvogel ist –« – »Eine Gans und soll mir mit ihrer Gänseblümchenpoesie vom Leibe bleiben. Fülle mein Glas, Hinkelmann!« Ich kam dem Gebote nach, vernachlässigte aber auch mich selbst nicht. »Nun kannst du noch einen Klotz in den Ofen werfen und mir einen Stuhl unter die Füße schieben. – So! – Nun unterhalte mich!«

Jetzt konnte ich nicht mehr. Ein ungeheures Gelächter verjagte alle Grillen und bösen Geisterchen, welche sich verschworen zu haben schienen, mich an diesem Abend zu quälen. Was aller Geist und Witz, der sich in dieser großen Stadt aufhalten soll und aufhält, nicht gekonnt haben würde, das brachten jetzt das unerschütterliche Phlegma und die kolossale Unverschämtheit meines edlen Freundes zuwege.

»Auf dein Wohl! Auf dein Wohl, Theobul!« rief ich ganz erheitert und stürzte ein Glas Punsch hinunter. »Mein Wohl liegt mir sehr am Herzen«, versetzte Weitenweber, kam meinem Beispiele nach und schob mir sogleich das geleerte Glas wieder zu. »Ich danke dir, daß du gekommen bist, Weitenweber!« sprach ich, indem ich es füllte. »Der Mensch besteht aus Leib und Seele, die edelste Kraft der letzteren aber ist die Vernunft!« sagte mein Freund, ohne eine Miene zu verziehen. »Ich bin ein sehr vernünftiges Wesen.«

»Der Weihnacht Gruß!« rief ich, das Glas erhebend. »Der Weihnacht Gruß!« wiederholte mein Freund, ergriff die Puppe, welche neben ihm lag, betrachtete sie eine Zeitlang und fuhr fort: »Da liegt Mysterium magnum – das große Geheimnis – wie Jakob Böhme sagt. Wie bist du an diese Puppe gekommen?« Ich erzählte es. »Und du langweiltest dich an diesem Weihnachtsabend? Du, welcher du behauptest, ein Dichter zu sein?« Ich sah seufzend auf meinen wachsenden Körperumfang, aber Weitenweber fuhr fort: »Jakob Böhme sagt auch noch: ›Liebe Brüder zu Babel, tanzet doch nicht also von außen ums Mysterium!‹ – Fülle die Gläser, Hinkelmann, nochmals der Weihnacht Gruß!«

Das aschfahle Gesicht meines Freundes rötete sich ein wenig, seine Augen gewannen allmählich einen stärkeren Glanz, es zuckte um seinen Mund. »Es ist mancherlei Art der Stimmen in der Welt, und derselben ist doch keine undeutlich – sagt der Apostel Paulus. Horch, was die Stadt spricht, Hinkelmann! Der Weihnacht Gruß! Der Weihnacht Gruß! – Sei so gut und fülle die Gläser, Vortrefflichster!« Es geschah. »Elf Uhr! Nun schlafen die Kinder über ihren Freuden, ihren Puppen und bunten Bildern und goldenen Früchten ein und liegen traumlos in ihren Bettchen – dein Glas ist leer, Hinkelmann! –, die Erwachsenen aber sorgen und jubeln noch fort, und wenn ihnen der Schlaf kommt, kommen mit demselben die Träume, das Irrlichtervolk des Geistes. Viele träumen auch wachenden Auges, und ich gehöre zu ihnen. Gebt mir Weihnachtsträume, gebt mir einen Weihnachtstraum, ihr geheimen Mächte, die ihr die Menschen führt auf ihren Wegen! Auf dein Wohl, Hinkelmann – und fülle die Gläser!«

Wahrlich, ich hatte die Gläser schon so oft gefüllt, daß mir ganz seltsam zumute ward. Was fiel dem Tische, der Punschschale, den Stühlen ein? Niemals in meinem Leben hatte ich eine solche krampfhafte Lebendigkeit an meinem Freunde Weitenweber gesehen. Er wackelte von einer Seite auf die andere, ward klein und groß, und wenn er trank, geschah es oft aus zwölf Gläsern zugleich. – Zwölf Uhr! verkündigte feierlich die Glocke der Marienkirche. Ein blauer Nebel lag vor meinen Augen.

»Diese Welt ist ein großes Wunder!« sagte Weitenweber. »Wir wollen über die Weihnachtswelt wandern, Karl Theodor Hinkelmann. Fülle die Gläser! Diese Puppe soll uns führen! Ich erkenne eine alte Bekannte in ihr – holla, spiritus viarum – daemon ambulatorius! Erwache, Liebchen!«

Ja, fülle einmal einer die Gläser! Wenn sie nur nicht so gewackelt hätten! Und noch dazu mußte ich auf das Wunder achten, welches sich vor meinen Augen begab. Was hatte mein Freund Weitenweber mit meiner Puppe angefangen? Ich sah, wie sie den einen Arm ausstreckte, dann den andern – sie gähnte – dehnte sich – richtete sich auf – sah lächelnd umher – erhob sich ganz und stand aufrecht neben der Punschschale, machte einen zierlichen Knicks und darauf eine Handbewegung, die nichts anderes sagen konnte als: »Meine Herren – me voilà!«

Bei Gott, das war nicht mehr Leder und Kleie und bunte Läppchen, das war nicht mehr ein von Kinderhändchen abgegriffener Holzkopf mit eingedrückter Nase! Elfenhaft-lebendig, in zierlicher Schönheit stand das kleine Wesen da und lehnte an einem Stäbchen, welches funkelte, als sei es aus einem Sonnenstrahl geschnitzt. Mit offenem Munde sah ich auf meinen Freund, welcher mit unbeweglicher Miene dasaß, als ob die Geschichte ganz in der Ordnung sei. Das einzige, womit er das Wunder bezeugte, war ein gewaltiger Seufzer und eine noch gewaltigere Wolke Zigarrendampfes.

Das kleine Wesen drohte ihm lächelnd und sagte: »Was hab ich doch für Not mit dir! Zur Verzweiflung bringst du mich noch durch dein Gesicht. Nun sei artig und stelle mir den Herrn da vor!« – »Herr Karl Theodor Hinkelmann«, sprach mein Freund, auf mich zeigend, »ein Poet von Kopfzerbrechens Gnaden!« – »Freut mich ungemein«, schob die Elfe ein, mein Freund Weitenweber aber fuhr fort: »Hat sich bis jetzt mehr der Feld- und Waldpoesie gewidmet und mit Morgenröten, Blumenduft und Maikäfern gehandelt, wird aber jetzt zu fett dazu.« – »Es gibt auch in Feld und Wald Geschwister von mir«, sagte die Kleine. »Ich liebe die frische Luft, die von den Wäldern und Wiesen da draußen in mein Häuser- und Gassenreich dringt; ich liebe das Wasser, ich liebe die Blumen, wenn sie in der Scherbe vor den Fenstern zu blühen versuchen!«

»Und darf ich fragen, mit wem ich die Ehre habe –?« fragte ich jetzt und hielt mich mit beiden Händen an meinem Stuhl, weil ich erwartete, er würde im nächsten Augenblick mit mir davonfliegen. »Wir haben keinen Namen, wir sind ein großes Geschlecht«, versetzte mit silberhellem Stimmchen die Kleine. »Wir in den Gassen, wir sind die Geister der Gassen – der da kennt uns!« – »Ja, ich kenne euch«, sprach mein Freund Weitenweber. »Wir wohnen in der Kellerwohnung und in der Dachstube, wir schweben durch die glänzenden Ballsäle und sitzen zu Häupten der Kranken in den Hospitälern. Im Königspalast, in den Kirchen, in den Gefängnissen sind wir zu finden; wir begleiten den Sarg und den Taufzug und den Brautwagen, wir sind überall, wir erscheinen in tausenderlei Gestalten; aber wenige, wenige erblicken uns. – Was verlangst du von mir, Theobul Weitenweber?« Und die Puppe erhob ihren Stab gegen meinen langen Freund. »Zeige uns deine Wunder! Laß deine Zauber walten, führe uns durch die Weihnachtswelt!« – »Ihr wollt die Heilige Nacht sehen? Ei, ich will euch wohl führen – aber du weißt, Weitenweber, meine Bilder sind bunt, und der Herr (die Elfe zeigte auf mich) sieht aus, als würde er sie aufschreiben und drucken lassen, und – dann fällt alle Schuld auf mich.« Weitenweber nickte und schnippte die Asche von seiner Zigarre und sagte: »Laß ihn! Narrenhände beschmieren Tisch und Wände. Wenn wir beiden uns nur verstehen. Uff – ›ich bin der Allernärrischste, und Menschenverstand ist nicht bei mir‹ – Sprüche Salomonis, dreißigstes Kapitel, zweiter Vers.«

Das Püppchen lächelte und streckte seinen Stab in den Dampf, der noch schwach aus der Punschschale aufstieg. Sogleich verdichtete sich dieser, wallte massenhafter empor zur Decke und senkte sich dann langsam wieder herab, alles um uns her erfüllend. Die Lampe erlosch, aber ein helles Licht ging jetzt von dem kleinen Zauberwesen aus, welches in der Mitte des Nebels schwebte und seinen Stab langsam über dem Köpfchen schwang. Plötzlich tauchte es aus der Nacht auf, verschwunden war meine Punschschale, verschwunden meine Stube, die Stühle rutschten unter uns weg – wir befanden uns in einem geräumigen, behaglich ausgestatteten Gemach, in dessen Mitte auf einmal ein ziemlich großer Christbaum mit erloschenen Lichtern stand. Keine Menschenseele war zugegen. Eine tiefe Stille herrschte ringsumher. Der Tisch, auf welchem der geputzte Baum stand, war mit Kinderspielzeug der verschiedensten Art bedeckt.

»Sie sind zu Bett gegangen«, sagte unsere kleine Führerin. »Soll der Zauber beginnen, Freund Weitenweber?« Ich schaute mich nach meinem Freunde um; er stand weitbeinig da, die Hände in den Taschen, die Zigarre im Munde. Er nickte.

Die Elfe setzte sich leuchtend in die höchsten Zweige der Weihnachtstanne und lehnte sich an den Goldstern auf der Spitze und sah nachdenklich uns an. »Sie sind zu Bett, die Kinder, die Alten, die Freudigen, die Betrübten – ach, sie schlafen nicht alle –, aber die große Stadt ist still, so still, wie in diesem Augenblick der Platz da draußen im Walde, wo dieser Baum gewachsen ist. Meine Brüder und Schwestern, die dort wohnen, haben zu dieser Zeit weniger zu tun als wir, deren Reich die Gassen sind. Der Frühling schläft noch in den braunen Knospenhülsen an Busch und Baum wie meine Kinder in der Stadt in ihren Bettchen; die Käfer, die Schmetterlinge schlafen. Meine Geschwister da draußen haben jetzt nur für die braven Burschen, die Hasen, und die frommen Rehe zu sorgen und darauf zu achten, daß die herabsinkenden Schneeflocken die Gräser und Blumen und die junge Saat auf den Feldern hübsch zudecken, bis der Frühling alles aufweckt. Da draußen ist alles still; aber die große Stadt hat einen unruhigen Schlaf! Sie hat auch böse, böse Träume! Es schleichen Gestalten in den Gassen, finstern Herzens; es zählen die Kranken auf ihrem Schmerzenslager die Stunden, und die Verbrecher in den Kerkern rasseln mit ihren Ketten, und die Liebe ist noch wach und der Haß und das Glück und das Elend! Wir haben viel, viel zu tun in der großen Stadt!«

»Werde nicht elegisch, Kleine, du weißt, das kann ich nicht vertragen!« sagte Weitenweber. »Zeige uns die Weihnacht!« – »Was ich sagte, gehört dazu.« – »Was du sagst, verstimmt mich. Ich liebe die Heiterkeit.« Die Elfe brach in ein helles Gelächter aus, das wie ein silbernes Glöckchen klang, und schaukelte sich auf ihrem Zweige.

»Er liebt die Heiterkeit! Er liebt die Heiterkeit! Nun so hört! Vor kurzer Zeit war hier ein fröhliches Getöse. Dort hinter jener Tür lauschte ungeduldig pochenden Herzens eine Kinderschar, während hier der Vater und die Mutter diese Weihnachtstanne schmückten und die ältere Tochter alle die Puppen und Pferde und Trompeten und Trommeln und die andern Geschenke ordnete. ›Horch, wie sie trappeln!‹ sprach lachend der Vater. ›Bist du bald fertig, Marie?‹ – ›Gleich, dieser Honigkuchenmann will durchaus nicht festhängen. So, endlich!‹ – ›Hier Richards Trommel, hier die Puppen für die Mädchen, hier Eduards Harlekin!‹ rief freudig die Mutter. ›Alter, nun kannst du die Lichter anzünden!‹ Im nächsten Augenblick flammte der Baum in voller Pracht; das Weihnachtsglöckchen erschallte, und die Kinder stürzten jubelnd herein. Ich war dabei, ich gab acht, daß alles glücklich vonstatten ging.«

»Ja, ich hörte den Spektakel, als ich die Treppe hinaufstieg«, bemerkte Weitenweber. »Ich mußte stehenbleiben, denn meine Taschen zogen mich fast zu Boden.« – »Hei, es war ein schöner Abend, und es kostet nachher Mühe genug, die Kinder zu Bett zu bringen. Aber nun schlafen sie, und wir haben das Reich und die Herrschaft. Nun sollen die Geister erwachen.«

Ihren Zauberstab schwingend, umschwebte die Elfe, welche mit zwei Groschen wahrhaftig billig genug bezahlt war, die geputzte Tanne, berührte hier einen vergoldeten Apfel, dort einen bunten Zuckermann, dort ein seltsamliches Tiergebild. Das umherliegende Spielzeug berührte sie ebenfalls – die Bleisoldaten in ihrer Schachtel, die Puppen, die Nußknacker, die Kobolde in ihren Schnupftabaksdosen. Und unter ihrem Zauberstabe ward alles lebendig. Ein Klingen und Singen ging durch das Gemach; die goldenen Früchte und Figuren schaukelten sich an ihren Zweigen, die Bleisoldaten marschierten heran, die Püppchen hüpften herzu, und nur Eduards Harlekin fehlte, ihn hatte sein glücklicher Besitzer mit zu Bett genommen und hielt ihn gar fest mit seinen kleinen Händen, so daß er dem Zauber nicht Folge leisten konnte.

»'s ist die Möglichkeit!« sagte Weitenweber. »Was meinst du dazu, Hinkelmann? Schauderhafter Unsinn!« – Ich meinte gar nichts, der Kopf schwindelte mir. – »Nun sollen sie erzählen, wo sie herkommen!« rief die Elfe. »Hört ihr wohl, ihr da zwischen den grünen Zweigen?« Die Äpfel und Nüsse schaukelten sich stärker, die Puppen knicksten, die Honigkuchenherren und -damen schlugen in die Hände, bis auf einen griesgrämigen Patron, der sie in den Taschen stecken ließ und die Beine wie ein X ausspreizte.

»Beginne du!« sprach die Elfe, einen dickbackigen Apfel berührend, dessen gesunde, rote Naturfarbe schon wieder bedeutend durch das aufgelegte Schaumgold lugte. Der Apfel drehte sich sogleich unzählige Male an seinem Faden nach links, hielt dann einen Augenblick ein, besann sich, drehte sich dann ebenso lange nach rechts, kam endlich zur Ruhe und begann: »Ich komme vom Lande. In meiner Jugend war ich eine Blüte, weiß und rot und duftend. Hunderttausende meiner Geschwister schaukelten sich um mich her. Ich war schön und wußte es; Bienen, Käfer und Schmetterlinge sagten es mir oft genug. Ach, wo sind meine Blütenblätter geblieben? Der Wind trug sie von dannen, fort über den Garten, auf die staubige Heerstraße. Sonnenschein und Regen habe ich genossen; Tausende meiner Geschwister habe ich sterben und vergehen sehen. Ich dachte auch zu sterben! Aber Sonnenschein und Regen stärkten mich, der Sturm konnte mir nichts anhaben; ich wuchs und gedieh, meine Wangen fingen an zu glühen. Nun bin ich hier, und ich weiß nicht, ob ich wache oder träume! Man hat mir Glanz gegeben. – Wer sagt mir, wo ich bin? Wer sagt mir, ob ich wache oder träume?«

Weitenweber seufzte: »Ich nicht!« – »Ja, wer sagt mir, ob ich wache oder träume!« rief ich. Die Elfe aber berührte, als der Apfel schwieg, seinen Nachbarn, einen mißgünstig aussehenden gelben Honigkuchenkerl, mit einer bittern Mandel als Herz, und sagte: »Nun erzähle du!«

»Wer hat Ihnen das Recht gegeben, mich zu belästigen?« schnarrte dieser. »Respekt, ich bin eine Standesperson, ein Staatsbürger erster Klasse! Lassen Sie mich in Ruhe!« – »Hei«, rief die Elfe, »du warst es, der sich gestern nicht aufhängen lassen wollte, du wolltest, als ich euch erweckte, die Hände nicht aus der Tasche ziehen!« – »Gute Nacht!« schnarrte der süße Staatsbürger erster Klasse und drehte uns die Schattenseite zu.

»Höflichkeit ist eine schöne Tugend!« bemerkte Weitenweber. »Darf ich Ihnen meine Visitenkarte einhändigen?« – »Ich bin süß, das weiß ich«, sagte der Honigkuchenherr, noch einmal über die Achsel schauend. »Ich habe die Kritik nicht zu fürchten.« – »Schlafen Sie wohl, Brummbär!« rief ärgerlich meine Puppe. »Mögen Sie so bald als möglich verzehrt werden!« – »Es gibt auch noch hohle Zähne und schlechte Magen, das tröstet mich!« sagte gähnend der süße Mann. –

»Laßt ihn, laßt ihn!« riefen jetzt zwei Puppen, von denen die eine wie eine Balldame, die andere wie eine Bäuerin angetan war. »Wir wollen euch unsere Geschichten erzählen!« Und die Bäuerin begann: »Ich komme aus einer engen, dunkeln Gasse. Da befindet sich in einem hohen Hause ein kleines Stübchen. Da bin ich geboren. Am Fenster stehen fünf Blumentöpfe mit Schlingpflanzen. Die grünen Blätter winden sich in jedem Topfe über und um ein kleines Holzkreuz, auf welchem jedem ein Name geschrieben ist. Eine alte Frau sitzt am Fenster mit der Brille auf der Nase und näht. Ihr verdanken wir das Leben. Ein kleines Mädchen, ihre Enkelin, sitzt ihr zu Füßen und reicht ihr die bunten Zeugstückchen zu oder fädelt ihr die Nadel ein. Die alte Frau

hatte vor wenig Jahren noch eine zahlreiche Familie – jetzt lebt nur sie und das kleine Mädchen noch allein. Auf jedem Kreuzchen in den Blumenscherben steht der Name eines der Gestorbenen. Die alte Frau kann nicht mehr hinausgehen durch die weite Stadt zu dem Kirchhof vor dem Tore, sie hat sich einen kleinen Kirchhof in ihrem Fenster angelegt. Das große Gesangbuch liegt auf dem kleinen Tischchen vor ihr, die alte Katze schnurrt zur Seite der Enkelin, welche mit leiser Stimme ein Schullied singt. Die Bratäpfel tanzen singend im Ofen, und von Zeit zu Zeit sucht einer das Weite und rollt hinab auf den Fußboden und hin über den weißen Sand. Das ist jedesmal ein großes Ereignis in dem kleinen Zimmer. Das Kind springt lachend dem Flüchtling nach, der Kater macht schnurrend einen Buckel, die Großmutter aber hält mit ihrer Arbeit ein und schiebt die Brille auf die Stirn. Ist das nicht wie ein Blick in ein Märchen? Wir –«
»Wir sind aber nicht in dem kleinen Stübchen bei der Großmutter und dem Kinde, der Katze und den Bratäpfeln geblieben!« fiel hier die Balldame der Bäuerin ins Wort. »Wir sind endlich hinausgelangt in die große Welt, hinaus auf den Weihnachtsmarkt. Ei, das war etwas anderes! Da waren Lichter und Glanz, da war Leben, Hunderttausende von Menschen! Ich bin für die große Welt geboren, ich trage Krinoline. Deshalb bekam ich auch meinen Platz ganz vorn an, den besten Platz, von welchem aus ich das ganze Getümmel überschauen konnte. Wie die Leute mich anstarrten! Ei, meine schönen, weißen Schultern gefielen ihnen. Ich saß in dem ersten Rang, und der Käufer kam bald genug, eigentlich viel zu früh für mich; ich wäre gern noch an meinem Platz geblieben; ich bin für die große Welt geboren.«

Ein gewaltiger Seufzer Weitenwebers unterbrach hier die Sprecherin. Mein Freund hatte seine Brieftafel hervorgezogen und notierte sehr eifrig die Rede der Balldame, wobei die Zigarre sich in seinem linken Mundwinkel taktmäßig auf und ab bewegte.

»Ach, wer doch auch für die große Welt geboren wäre!« ließ sich jetzt eine Stimme vernehmen, welche aus der Tiefe grabesähnlich hervorkam. Unsere kleine Elfe schaute von ihrem Zweige verwundert nieder, und ebenso taten alle Puppen und Püppchen; nur der Staatsbürger erster Klasse rührte sich nicht.

Auch ich sah mich nach dem Sprechenden um, mein Freund Weitenweber aber entdeckte ihn zuerst. Stöhnend klappte er seine lange Gestalt zusammen, bildete aus seinen unendlichen Beinen zwei spitze Winkel, legte die Hände auf die Knie und blickte ernsthaft und schweigend auf einen seltsamen schwarzen Burschen, welcher wehmütig und vergessen unten am Stamm der Weihnachtstanne stand. Er schien aus getrockneten Pflaumen zusammengesetzt zu sein, der Kopf bestand aus schlecht bemaltem Ton, die Haare glichen einem Büschel Schweinsborsten. Er hatte eine Art Besen in der Rechten, und mit der Linken setzte er eben eine Leiter an den Stamm der Weihnachtstanne, um daran hinaufzuklettern in die grünen, geschmückten Zweige.

»Seht mal den! Seht mal den! O welch eine Nase! O welche Augen! O welches Haar! Seht seine Beine!« erklang es von allen Ästen. »Laßt ihn!« rief die Elfe, ihren Stab ausstreckend. »Er wird meine Robe beschmutzen«, sagte die Balldame, ängstlich hin und her trippelnd. »Werft ihn hinunter; er riecht so übel!« riefen die Marzipane, und der Lebkuchenmann wachte plötzlich auf aus seiner Erstarrung und schnarrte: »Schlagt ihn auf den Kopf, schlagt ihn auf den Kopf! Was will der Proletarier hier oben?«

»Kehren, kehren, kehren!« rief der schwarze Pflaumenbursche unten und faßte die ersten grünen Zweige und schwang triumphierend seinen Besen. Alles rettete sich vor ihm so hoch als möglich hinauf, und nur die kleine Bäuerin blieb auf ihrem Platze. »Sie fürchten sich vor mir; sie wollen nichts von mir wissen; – ich will kehren, kehren, kehren!« sagte der schwarze Mann; aber die Elfe flatterte zu ihm hin, faßte mit ihrem weißen Händchen seine drohend aufgehobene Pfote und sang: »Laß sie, laß sie! Störe die Heilige Nacht nicht! Es sind Freunde hier, erzähle deine Geschichte!«

Der schwarze Bursche kauerte demütig nieder auf dem Zweige, welchen er erreicht hatte, und begann: »Aus einer dunkeln, feuchten Kellerwohnung komme ich; am hellsten Tage fällt kein Sonnenstrahl hinein. Im Sommer läuft das Wasser in Tropfen von den schwarzen Wänden und im Winter überziehen sich dieselben mit weißem Reiffrost. Da bin ich geboren. Als ich meine Geburtsstätte verließ, lag auf dem Strohlager im Winkel unter einem Stück grober Sackleinwand eine Leiche, und viele, viele hungrige Kinder kauerten verschüchtert umher. Am Tisch saß ein starker, kräftiger, aber bleicher und hohlwangiger Mann beim Schimmer einer elenden Lampe. Die Hand, die einen Stier niedergeschlagen hätte, bog den Draht, reihte die welken, schmutzigen Früchte auf, welche meine Glieder bilden.

In dem Schneewind da draußen, in der kalten Winternacht, auf den eisigen Steinen sitzt ein armes kleines Kind, und vor ihm stehen meine Brüder in Reih und Glied aufmarschiert. O kauft sie, kauft sie, sie kosten nicht viel! Ihr seid gütig, ihr seid barmherzig, ihr scheut nicht das Ausgeben des Geldes, nur das Stehenbleiben und Suchen nach dem Geld scheut ihr. O kauft meine Brüder! Die Hand, die nach den Kupferpfennigen greift, ist bald wieder gewärmt; der Schnee, den der Nordwind über die Stadt treibt, ist schneidend; meine Brüder frieren, und das kleine Kind hat weder Schuh noch Strümpfe in der Winternacht.«

»Die bewaffnete Macht werde ich aufrufen!« schrie der Honigkuchenmann. »Angetreten!« rief eine dünne Stimme. »Schultert's Gewehr! Marsch! Marsch!«, und die Bleisoldaten rückten klirrend heran. Aber die Elfe berührte den süßen Kerl mit ihrem Stabe, und er mußte sich zufriedengeben, auch die Bleisoldaten hielten es für angemessen, sich still in ihrer Schachtel in den Hinterhalt zu legen. Weitenweber aber kratzte sich hinter dem Ohre und schnitt Gesichter wie ein Besessener.

»Christ ist geboren! Christ ist geboren!« rief die Elfe. »Hört ihr die Glocken in der Stillen Nacht? Christ ist geboren! Christ ist geboren! Hört ihr die Stimmen im Himmel, die Stimmen auf Erden? Christ ist geboren! Friede im Himmel und auf Erden und den Menschen ein Wohlgefallen!« – »Et nunc et semper et in saecula saeculorum!« sang Weitenweber mit heiserer Stimme. »Wenn es nur schon so wäre!«

»Christ ist geboren! Christ ist geboren!« rief die Elfe aufs neue und erhob den Stab. Das Reich der Puppen war blitzschnell in die Dunkelheit, in das Nichts zurückgesunken. Graue Wolken umgaben uns, und wir wurden von ihnen getragen, und die Elfe schwebte in unserer Mitte. Ihre Gestalt ward größer und größer, ihre kindlichen Züge wurden ernst, behielten aber ihre unsägliche Schönheit. – Ein feierlicher Gesang, Orgelklänge und Glockengeläute ertönten leise, leise unter unsern Füßen und wie aus weiter Ferne.

»Wir schweben über der Weihnachtserde, aber wir sehen sie nicht. Das einzelne ist vergangen!« sagte mein Geist, in dem mehr steckte, als ich bei seinem Einkauf vermutete. »Horcht, die katholische Kirche!«

»A solis ortus cardine
Ad usque terrae limitem
Christum canamus principem
Natum Maria virgine.«

erklang es, jetzt anschwellend, jetzt verhallend, wie aus Hunderttausenden von Kirchen nah und fern. – »Horcht, die protestantische Kirche!« rief die Elfe, und näher, voller, kräftiger brauste es auf:

»Vom Himmel hoch, da komm ich her,
Ich bring euch gute neue Mär,
Der guten Mär bring ich so viel,
Davon ich singen und sagen will!«

»Christ ist geboren! Christ ist geboren!« sang die Elfe. »Der Morgen kommt, der Morgen kommt! Seht da!« – Aus dem Nebelmeer unter uns tauchte es auf: Türme, Kuppeln, Dächer, weißbeschneit, erschienen. Lichter blitzten hier und dort. Die Orgelklänge, der Gesang verhallte, aber ein dumpfes, unbestimmtes Rauschen drang zu uns empor. Ein trübes Chaos lag die große Stadt zu unsern Füßen, überdeckt von dem dunkel wallenden Wolkenschleier.

»Der Morgen kommt, der Morgen kommt! Friede allen Betrübten, allen Bekümmerten!« sang die Elfe. »Seht, die Krähen flattern um die Kirchtürme! Horcht, die Gassen rufen mich! Dort kommt das Licht!« Ein roter Schein zuckte im Osten empor.

»Ich scheide, ich scheide!« rief die Elfe. »Gruß dem Christmorgen!« Sie zog den weißen Wolkenschleier, der sie umgab, über ihrem Haupt zusammen, die Umrisse ihrer Gestalt wurden unbestimmter – sie war verschwunden.

»Weitenweber!« schrie ich entsetzt. Die Wolken, welche mich bis jetzt getragen hatten, wichen unter meinen Füßen, kopfüber schoß ich pfeilschnell herab auf das Häusermeer, grade auf eine fatale Kirchturmspitze zu – schrille, scheußliche Stimmen schlugen an mein Ohr. »Weitenweber!« schrie ich. »Hilfe!« – Die Krähen um den Turm der Marienkirche fuhren krächzend auseinander, ich schlug nieder auf die Spitze der Wetterfahne und erwachte.

Tiefe Dunkelheit umgab mich, nichts rührte sich. Ich tastete mit zitternder Hand umher und fand, daß ich auf dem Fußboden saß. Hinter mir hatte ich die Lehne meines umgefallenen Stuhles. Eine geraume Zeit hindurch starrte ich verblüfft in die Nacht, bis sich allmählich meine fünf Sinne wieder zusammenfanden. Ein glühender Punkt in der Dunkelheit zog meine Aufmerksamkeit auf sich. Ein tiefer Seufzer ließ sich vernehmen. »Weitenweber!« rief ich.

Der glühende Punkt bewegte sich ein wenig. »Was gibt's?« fragte die grabesähnliche Stimme meines Freundes. »Was ist aus der Lampe geworden?« – »Ausgegangen vor einer Stunde.« – »Weitenweber!« – »Nun?« – »Ich glaube, ich bin mit dem Stuhl umgefallen!« – »Scheint so.« – – »Ach – Weitenweber!« – »Bist du nicht bald fertig?« – »Ich habe einen seltsamen Traum gehabt.« – »So? Freut mich ungemein! Es mag schönes Zeug gewesen sein! Daß du dich nicht unterstehst, ihn zu Papier zu bringen; – hast dem ›Chamäleon‹ grade genug Abonnenten verjagt! Der Stoff ist zu Ende – oh!«

Ich erhob mich taumelnd und renkte meine Glieder ein wenig wieder ein. Dann gelang es mir, nach Überwindung mancher Schwierigkeiten, Licht anzuzünden. Wahrhaftig, ich befand mich in meinem Zimmer, und an meinem langen Freund war auch durchaus keine Veränderung zu bemerken. Berge von Zigarrenasche und Wolken von Zigarrendampf umgaben ihn; übrigens steckten seine Hände noch immer in den Hosentaschen, streckten sich seine Beine noch immer so weit als möglich in die Unendlichkeit hinaus. Sein Hut stand noch immer unter seinem Stuhl.

Ich kann es nicht leugnen, der Blick, welchen ich auf die Puppe neben der leeren Punschbowle warf, war etwas scheu und mißtrauisch. Ich seufzte, Weitenweber seufzte.

Schöne Damen, bittet für uns! –

IX VERKORKSTE WEIHNACHT

»Vereinzelt nur in rauchgetrübtem Zimmer
An Tischen sitzen, still in sich gekehrt,
Enterbte, die beim Weihnachtskerzenschimmer
Vom Elternhause träumen, leidbeschwert ...
Wie Glockenschlag durch ihre Seele zieht
Aus alter Kinderzeit ein Kirchenlied.

Was soll im Trinkhaus Christbaumglanz bedeuten,
Wo jeder einsam, allen Lieben fern,
Verwaisten Herzens unter fremden Leuten
Der Stunde Heiligkeit vergäße gern? ...«

Maximilian Bern, ›Wirtshaus-Christbaum‹. In: Deutsche Weihnacht. Eine Anthologie deutscher Dichter und Denker (1900)

Fritz von Herzmanovsky-Orlando

Onkel Tonis verpatzter Heiliger Abend

Zu München lebte der Hofrat P., in weiten Kreisen bekannt und beliebt als ›Onkel Toni‹, einer der merkwürdigsten Käuze, die mir je begegnet sind. Er verfügte über einzigartiges Wissen auf allen Gebieten des Antiquitätenwesens, besonders auf den abwegigen, war selbst ein bedeutender Sammler und wurde gerne von ähnlich verschrobenen Repräsentanten der Gelehrtenwelt aufgesucht, wenn sie auf verzwickte Fragen Antwort haben wollten – etwa ob es im Rokoko schon Flugschriften über Wanzenvertilgung gegeben habe, ob die ersten Meister der Klistierspritzenerzeugung in Nürnberg oder Augsburg gesessen seien, und dergleichen noch mehr. Auch stießen ihm immer wieder die seltsamsten und peinlichsten Dinge zu. So wurde er einmal von einem entlassenen Hausmeister auf dem Denunziationsweg des Lustmordes an einer uralten Bettlerin beschuldigt, weil er angeblich auf deren Umhängtuch gespitzt hätte, das er der hl. Thekla zuschrieb. Ein andresmal geriet er in den gleichfalls unberechtigten Verdacht des mehrfachen Kindesmordes, was mit seinem Versuch zusammenhing, mehrere Spiritusbehälter mit barocken Embryos, die er auf dem Salzburger Fetzenmarkt erstanden hatte, bei Nacht über die Grenze zu schmuggeln.

Von einem nicht ganz so schwerwiegenden, aber noch immer recht unangenehmen Erlebnis soll im folgenden die Rede sein.

Ich war nach längerer Pause wieder einmal nach München gekommen, und natürlich galt einer meiner ersten Besuche dem verehrten Onkel Toni. Als seine alte Haushälterin, die Frau Mizzi, mir öffnete, schlug sie in der üblichen Wiedersehensfreude zuerst die Hände überm Kopf zusammen und stieß mehrere »Jessas!« hervor, dann aber senkte sie plötzlich ihre Stimme:

»Sagen S' um alles in der Welt nit, daß derselbige schlecht ausschaut! Lassen S' Ihna fei nix anmirken, gell? Dös waren heuer Weihnachten, sag i Ihna! Weihnachten waren Ihna dös ...«

Was es denn gegeben habe, fragte ich, noch rückwirkend aufs äußerste besorgt.

»Eing'spirrt ham s' denselbigen! Am Heiligen Abend! Im Kotter hat derselbige geschmachtet. I derf gar nit dran denken ...« Und die beleibte Weibsperson – eine emeritierte Pfarrersköchin – erstickte in Rotz und Tränen.

»Eingesperrt? Ja warum denn?« – »Wögen an öfföntlichen Örgernüß«, röhrte die Frau Mizzi auf und befliß sich dabei jener überreichlichen Verwendung von Umlauten, zu der biedere Menschen immer dann ihre Zuflucht nehmen, wenn sie – sei's auch nur mittelbar – in amtliche Zusammenhänge geraten. »Wögen Errögung der Süttlichkeit! O mei, o mei ...«

Damit geleitete sie mich ins Wohnzimmer, wo Onkel Toni, den berüchtigten Fez des seligen Nietzsche (eine seiner kostbarsten Erwerbungen) auf dem Haupt, gerade mit einem beinernen Ohrlöffelchen in einer Tintenflasche herumrührte und als Begrüßung zunächst nur ein stummes, gramgetränktes Nicken für mich erübrigte, ohne mit dem Rühren aufzuhören.

»A rechter Dreck«, brummte er dabei. »Wie alles heutzutag. Alles. Auch wenn's du's erst vorgestern um zwoa bluatige Zehnerln kauft hast. Jo, jo, so ist's.« Dann wandte er sich endlich an mich. »Daß d' aa wieder amal kemma bist. Daß d' dich überhaupt noch schierst um an armen alten Onkel Toni. Weil er gar so im Dröckh sitzt ...«

Meiner Beteuerung, daß ich erst gestern angekommen sei, begegnete er mit einem traurigen Blick voll Zweifel.

»So, so. Und vor vierzehn Täg bist g'sehn wor'n, wie's d' mit einer stadtbekannten Schönheit, einer stadtbekannten, im Oanspänner die Ludwigstraßen auf und ab g'fahren bist. Oane vom Ballett is's g'wesen. Vom Ballett. – Mir wär's z' mager«, setzte er mit unvermittelter Schärfe hinzu und mümmelte wegwerfend.

Vergebens suchte ich ihm die Falschmeldung auszureden.

»Jo, jo«, beharrte er. »Weil i a armer alter Mann bin, den 's Schicksal wieder amal schön z'sammprackt hat. Jawohl, z'sammprackt. Dessentwegen find'st nit zu mir. Fahrst lieber mit an Balledschmötterling. Oane mit nakkerte Haxen, dös schon. Aber daß d'amal mit'n armen, alten, gränklichen Onkel Toni ausfahrst, dös fallert dir nit ein. Wo i frische Luft so nödig hätt.« – »Warum gehst du denn nicht spazieren, Onkel Toni?« – »Spazieren! Daß die mich am End wieder haschen ... naa, naa ... a prennt's Kind firchtet es Feier!« – »Wieso haschen, Onkel Toni?«

Er sah mich lange an und wackelte vorwurfsvoll mit dem Schnurrbart. Dann kam es langsam heraus, wenn auch zu Beginn ein wenig verworren.

»Daß d' mich überhaupt noch fragst, du mit deine mopsnaserten Madeln! Dös waren Weihnachten ... dös waren ihrer ... wo ich meine ganze freie Zeit dem Gemeinwohl opfere ... dem Vaterland ...«

Er hob das Gesicht zum Himmel, und eine Träne glänzte in seinem Auge, ehe er fortfuhr: »Meine ganze freie Zeit, jawohl. Noch am 24. Zember war ich im königlichen Kupferstichkabinett und frag an Herrn Direktor: Hätten S' nit an Arbeit für mich, über d' Feiertäg? Was zum bestimmen, oder so?

Ja, schon, sagt der Direktor und winkt am Adlatus, Schröckenfux Kaspar schreibt sich der, ein sehr ein hoffnungsvoller junger Mann. Horchen S', sagt er dem, geben S' an Herrn Hofrat es Bordefeuille mit denen erotischen Lithographien ... woaßt, so Biedermeiersacherln, vom Hans Bassaguet, dös war dir schon a Saumagen war dir dös ... Alsdann, sagt der Direktor, sowas liegt Ihnen, da sein S' ein Fachmann.

Is recht, sag i. Geben S' her die Bildeln. I fang gleich an. Was du heite kannst besorgen.

Ja was denn noch, sagt er. Was Eahna nit einfallt. Das geht hier nicht zu machen. Der Saal hier ist ein öffentlicher Ort, und da beinhaltet Eahnere Arbeit eine Verlötzung der öffentlichen Süttlichkeit!

Jo mei, sag i, dann nimm i's halt mit zu Haus und arbeit an Heiligen Abend durch. Gibt für mich e koan Christkindl mehr, seit mein oarm's Mutterl nimmer is.

So? fragt derjenige. Die Frau Mama is g'storben? Dös tut mir aber leid. So a ristige Frau was die war. Wie is denn dös passiert?

Jo, sag i, schwerheerig is s' halt g'wesen, schon lang. Und in unsern Hausflur ham mir doch ein Fenster von an Ausschank, wo die alte emsige Frau immer bersehnlich ums Bier gangen is. No, und einmal hat s' es Hörrohr hing'halten, weil s' glaubt hat, der Schankbursch will ihr was sagen, und da hat ihr der b'soffene Lackel, der b'soffene, da hat er ihr 's eiskalte Bier ins Hörrohr einig'schütt. Und davon iss' nimmer genesen ... nimmer genesen ... der Mörder, der.

Mittlerweil, unterm Reden, hat der Adlatus die Bildeln verpackt, i nimm 's dicke Paket, wo mit an königlich bayerischen blauweißen Babierschbagat z'sammbunden war, und geh. Wie i in der Gabelsbergerstraßen bin, kimmt dir nit a Windstoß, ganz a firchterlicher, und reißt mir nit's Wummerl vom Kopf, das seltene Stückl, was der Duluhs-Lodreck immer tragen hat. Mir war's ja bißl z'kloan, dös Luder, aber die wahren Kenner ham mich pidderlich drum beneidet. An Kleiderpracker von der Lola Montez hab i dafür in Tausch geben, wo s' damit immer an Keenig Ludwig ... aber pscht, sonst kimmt's in die Soziblätter. Heutzutag mußt ja fürchterlich aufpassen bei sowas ... Der Ranzoni hat's mir damals verschafft g'habt, woaßt eh, der von der Firma Schmirgelberger, was für die Waisenkinderüberraschungen die falschen Ostereier aus Gips fabriziert ... no ja, sagen derfen die oarmen Haschperln eh nix, nur stumme Tränen derfen s' in die Augen haben, weil das für die Patronessen so rührend wirkt ... aber daß i net abschweif. Alsdann i geh und hab's königlich mir anvertraute Gut fest untern Arm druckt, untern rechten, und mit der freien Hand will i's Wummerl schnappen, eh's zu weit wegfliegt. Jo, dös glaubst! A zwoater Windstoß reißt mir 's königliche Paket aus der Hand – und: huidla! zerstreut's die seltenen Bildeln auf der Straßen. I ruf um Hilfe ... kimmt dir nit eine Mädchenschule daher, alle paarweis, was von zwoa Nonnen spazieren g'führt wer'n. Gleich sein s' ausg'schwarmt, die Fratzen, und sein denen Blatteln nachg'rennt ... und beim Zuwibringen waren s' ganz derrötet wie die Paradeiser und ham s' mir nur langsam in die Hand geben ... Was moanst, wie i mi g'schamt hab ... Aber's Publikum is über mich her und hat g'rufen: Wöndet Lünchjustiz an! Saumagen, verdöchtiger! Schizzet unsere Jugend! Verfiehrer! Bazi, ausg'schamter! Noch dazu am heuligen Abend! Hauts den Schweinkerl, den alten! Und: hauts eahm, hauts eahm! is gangen, und: schmeißts 'n in Schbringbrunnen ... aber der war zum Glück eing'freert. No, derweil is auch die Bolizei schon dag'wesen und hat mich denen Händen vom Mobf entrissen und mich in die Weinstraßen bracht. Dort ham s' freilich kein Brodogoll mehr aufnehmen wollen, weil's schon ins

Dämmern ang'fangt hat, und ham mich gleich bein Eingang in'n Kotter g'spirrt, mitsamt die Bildeln. Aber dös hat mir gar nix g'nutzt. 's war ja finster.

Glaub mir, so was von an verpatzten Heiligen Abend hab ich noch nie nicht g'habt. Und alles nur, weil man seine freie Zeit für die Kunst und fürs Vatterland opfert.«

X WEIHNACHTSZEIT – GESPENSTERZEIT

»Zu der Zeit, wenn die Sonne erstirbt, gewinnt die Dunkelheit große und böse Macht über alle Dinge. Die Hexenfrauen verwandeln Männer in Tiere, reiten mit Toten und jagen über große Entfernungen mit ihren schnellen Geisterpferden.«

Lady Jane Francesca Wilde, ›Ancient Legends, Mystic Charms and Superstitions of Ireland‹ (1887)

Lord Dunsany
Das Weihnachtsessen

Es war am Weihnachtsabend im Billardklub, und das Gespräch drehte sich um Gespenster.

»Haben Sie schon mal ein Gespenst gesehen, Jorkens?« fragte einer. »Ein Gespenst?« meinte Jorkens. »Nicht so einfach, das zu sagen. Gespenster haben so etwas Verschwommenes an sich, und dann erscheinen sie ja auch immer bei undeutlicher Beleuchtung.« – »Haben Sie denn mal etwas gesehen, was beinah wie ein Gespenst aussah?« fragte Terbut.

»O ja«, sagte Jorkens, »allerdings! Ich bin noch heutigentags überzeugt, daß es eins war. Aber ganz sicher ist man da nie. Es war, wie ich mich erinnere, an einem Weihnachtstag, und die Aussicht auf ein gutes Weihnachtsessen war, wie's mir damals ging, recht schwach, um es milde auszudrücken. Erwägungen finanzieller Art, auf die ich hier nicht näher eingehen möchte, machten es mir nur zu klar, daß von Weihnachtsessen keine Rede sein konnte. Wenigstens nicht, was man in damaligen Zeiten unter Weihnachtsessen verstand. Höchstens ein kleines Hammelkotelett und ein bißchen Käse. Mehr in der Art wie heutzutage. Ich hatte aber mein altes Gewehr, und ich kannte ein Moor, eine richtige Sumpfwildnis, wo niemand jagte. Und in der Nähe lag ein Dörfchen, Egrindune hieß es – ich weiß nicht, ob Sie es kennen? Und in dem Dorf war das Wirtshaus *Zum Grünen Mann*. Ich dachte also, wenn ich im Moor ein paar Wildenten fände, könnte ich mir eine im Wirtshaus braten lassen und die übrigen gegen andre Sachen eintauschen. Vielleicht wäre sie zäh gewesen, aber das war mir damals ganz egal. Ich nahm mir also für eine Nacht ein Zimmer im *Grünen Mann*. Das gestattete die finanzielle Lage – das und nicht mehr. Ich trank ein Gläschen mit dem Wirt, um ein wenig zu horchen, und er erzählte von den Enten, die's dort im Moor geben soll. Aber vor allem erzählte er mir von einem Gespenst, das in der Gegend spukt und sich manchmal im Schloß Egrindune zeigt, weil einer von den früheren Lord Egrindunes im fünfzehnten Jahrhundert ihm mal etwas zuleide getan hatte. Der alte Lord Egrindune stand während des Krieges zwischen Lancaster und York auf der verkehrten Seite, wie das Gespenst behauptete. Und nun spukte es jedes Jahr zu Weihnachten auf Schloß Egrindune, denn zu der Zeit sei ihm Unrecht geschehen, behauptete es. Und seitdem, erzählte der Wirt, hält jeder Lord Egrindune zu Weihnachten für das Gespenst einen Platz an der Weihnachtstafel frei. Ich rief: ›Einen Platz an der Weihnachtstafel! Wenn ich doch das Gespenst wäre!‹ – ›Ein naßkalter Beruf‹, meinte der Wirt und berichtete, daß das Gespenst im Sumpf hause, in jener Wildnis, die ich im Auge hatte.«

»Am Weihnachtstag wollten Sie jagen?« fragte Terbut. »Gott behüte!« antwortete Jorkens. »Sie sagten doch, Sie hätten Ihre Flinte und wollten auf Enten gehen?«

»Das ist doch nicht dasselbe wie schießen«, rief Jorkens. »Man kann doch keinen Menschen als Mörder verurteilen, bloß weil er ein Gewehr bei sich trägt! Sie als Rechtsanwalt müßten das eigentlich wissen, Terbut. – Nein, ich bekam keine Ente zu Gesicht – also bitte, Schluß mit ihren leichtfertigen Verdächtigungen! Ich bekam keine zu Gesicht. Ganz in der Ferne hörte ich sie wohl, als es dunkler und kälter wurde, aber ich kam nicht zu Schuß. Ich blieb noch, nachdem alle kleineren Vögel schon im Nest waren, nachdem auch die Raben zurück waren und nachdem alle Enten eingefallen waren – aber keine in meiner Nähe, wohlverstanden! Ich blieb, weil ich hungrig war. Ich blickte westwärts, und es war nur noch ein ganz klein bißchen hell am Himmel, und überhaupt kein Büchsenlicht mehr. Also kam ich aus meinem Schilfdickicht hervor und streckte meine Beine, die mir vor Kälte ganz steif geworden waren. Nein, eine

Ente habe ich nicht bekommen. Aber ich sah das Gespenst. Wenigstens hatte ich den Eindruck. Es war eine graue Gestalt, die mit der hereinbrechenden Nacht immer größer und dichter wurde. Zuerst sah ich nur die Umrisse, und sie stimmten genau mit dem überein, was mir der Wirt erzählt hatte. Und da man Gespenster ja immer zuerst ansprechen muß, fragte ich, was es da mache. Es gab zur Antwort, daß es zu dieser Jahreszeit in Schloß Egrindune zu spuken pflege. Es sprach mit einer dünnen, zischelnden Stimme, die fast unterging im Klagen der Rohrdommeln und anderen Geräuschen in jener gottverlassenen Gegend.

›Warum spuken Sie dort?‹ fragte ich.

›Wegen einer alten Untat‹, schnarrte die Stimme. Übrigens hatte das Gespenst eine merkwürdige Gewohnheit: unter dem linken Arm trug es seinen Kopf. Warum, weiß ich nicht. Eigentümlich, so mit einem Menschen oder was es sonst war, zu sprechen. Aber schließlich ist in der Dämmerung an solchen trübseligen Orten alles seltsam, wenn man da ganz allein ist und nur die Stimmen der Öde um einen herum.

›Und was machen Sie hier?‹ fragte das Gespenst. Es zu verstehen oder zu erkennen war gar nicht so einfach, aber wenn man Auge, Gehör und Einbildungskraft anstrengte, dann ging's.«

»Einbildungskraft?« fragte Terbut höhnisch.

»Natürlich«, antwortete Jorkens. »Man sieht ja fast nichts. Ich erwiderte also: ›Ich suche mir etwas zu essen.‹ – Und da sagte es: ›Gehen Sie doch nach Schloß Egrindune! Sagen Sie, Sie seien mein Freund, dann bekommen Sie ein gutes Weihnachtsessen. Mir halten sie dort immer einen Platz frei – schon seit Jahrhunderten.‹

›Um wieviel Uhr wird dort gegessen?‹ fragte ich. ›Acht Uhr fünfzehn‹, antwortete es. Das konnte ich gerade noch schaffen. ›Aber was soll ich nur sagen?‹ wandte ich ein. ›Sagen Sie nur, ein Freund vom dritten Lord Egrindune habe Sie geschickt. Das verstehen sie.‹

›Freund? Wissen Sie denn, wer das ist?‹ fragte ich, denn ich wollte natürlich ganz sicher gehen, ehe ich da so zum Essen hereinschneite.

›Tja, Freund ist vielleicht nicht gerade der richtige Ausdruck‹, sagte das Gespenst. ›Aber sie verstehen's schon.‹ – ›Was für ein Band bestand denn zwischen Ihnen?‹ – ›Schändlicher Mord!‹ rief das Gespenst.

Bedenken Sie aber bitte, daß ich Ihnen hier nur die Ansicht des Gespenstes wiedergebe. Wahrscheinlich nichts als ein Vorurteil. Solche Gespenster reiten nämlich ewig auf einem einmal gefaßten Vorurteil herum. Die Familie Lord Egrindunes ist vermutlich ganz andrer Ansicht. Reizende Leute übrigens.

Schön, ich ging also von dannen, so schnell ich konnte, um mein Weihnachtsessen zu bekommen. Ein kleiner Wind hatte sich aufgemacht, und das Gespenst verlor sich in Nebelschleiern und Sumpfgeraune und Schilfrascheln. Ich kam unangefochten aus dem Moor heraus, obwohl es schon sehr dunkel war, und ging zurück zum *Grünen Mann*. Zum Glück hatte ich meinen Frack mitgebracht. Man kann nie wissen, ob man ihn nicht doch mal braucht. Im *Grünen Mann* hatten sie einen alten Wagen, der brachte mich gerade noch rechtzeitig zum Essen nach Schloß Egrindune.

Ich läutete, und der Hausmeister erschien, und ich sagte: ›Ein Freund vom dritten Lord hat mich geschickt.‹ – ›Wollen Sie – etwa – behaupten – ‹, stotterte er. ›Ja‹, sagte ich. ›Dann – ‹, stammelte er. ›Er hat mir seinen freien Platz überlassen‹, sagte ich. ›Wie sah er aus?‹ fragte er. Ich beschrieb ihn. ›Wie er leibt und lebt!‹ rief der Hausmeister und führte mich in den Salon.

Da saßen sie alle, der siebzehnte Lord Egrindune und seine Familie, und warteten aufs Essen, und der Hausmeister meldete: ›Ein Herr, den der Freund vom dritten Lord geschickt hat!‹

Wir gingen ins Eßzimmer, und da war der freie Platz. Man konnte sich gar nicht täuschen, es war ein alter verblichener Gobelinstuhl, auf dem seit Jahrhunderten keiner mehr gesessen hatte. Ich ging geradewegs darauf zu und setzte mich, und Lady Egrindune und eine ihrer Töchter setzten sich rechts und links von mir. Wir unterhielten uns über die Jagd dort, aber eigentlich interessierten sie sich nur für eine einzige Sache, und sowie ich das merkte, erzählte ich ihnen alles, was ich wußte.

›Sah Ihr Freund sehr beleidigt aus?‹ fragte Lady Egrindune.

Das war das einzige, was sie interessierte. Nun bekam ich ja ein wirklich ausgezeichnetes Weihnachtsessen, und ich will es Ihnen nicht näher beschreiben, denn es macht melancholisch, wenn man heutzutage an solche Essen zurückdenkt. Jedenfalls hätte es nicht besser sein können, und sie waren auch alle sehr liebenswürdig. Darum sagte ich, daß das Gespenst nicht allzu beleidigt ausgesehen habe – eher so, als ob es bald alles vergeben und vergessen würde. ›Bald?‹ riefen Lady Egrindune und ihre Tochter wie aus einem Munde. ›Nun, ich meine, was Gespenster bald nennen.‹ – ›Wie bald?‹ fragte Lady Egrindune. ›Vielleicht so etwa in hundert Jahren‹, meinte ich.

Da waren sie alle hocherfreut, denn für einen Fluch sind hundert Jahre natürlich eine Kleinigkeit, vor allem, wo ihre Familie schon seit fünfhundert Jahren darunter zu leiden hatte. Sie freuten sich so, daß sie mich nach dem Essen baten, ob ich nicht noch länger bei ihnen bleiben wolle, es sei bestimmt ein Gastzimmer frei. Aber ich antwortete, daß mein Freund mich vielleicht abholen käme, und solche Leute brechen gewöhnlich früh auf. Vor dem ersten Hahnenschrei aus dem Bett, das sei mir denn doch zu früh. Also bedankte ich mich, verabschiedete mich von allen und ging wieder in den *Grünen Mann*.«

Karl Hans Strobl

Johann Burgstallers photographischer Apparat

Am Morgen des ersten Jänner 1902 bekam mein Freund, der Postassistent Johann Burgstaller, ein umfangreiches und schweres Paket. Der Amtsdiener brachte es aus der Paketpostabteilung herüber und legte es vor Burgstaller auf den Tisch. Dabei stieß er das Tintenfaß um, denn er war aus Anlaß des Neujahrsfestes sehr angetrunken, und sagte: »Prosit, Kindstauf' ... Ein Neujahrsgeschenk!«

Johann Burgstaller war etwas erstaunt. Er erinnerte sich nicht, etwas bestellt zu haben. Sollte ihm irgendein Buchhandlungsreisender hinterrücks Meyers Konversationslexikon, ›Weltall und Menschheit‹, Bilz' Naturheilkunde oder Brehms Tierleben angehängt haben? Die Firma? Das war ja, soviel er wußte, eine Fabrik photographischer Apparate. Sollte er das Paket annehmen? Ach was, man mußte eben sehen. Und mit den geschickten Griffen des Postmannes löste er die Umhüllung ab. Ein wunderbarer, nagelneuer photographischer Apparat besten Systems; ein Objektiv, klar wie ein Auge, ein Sucher, scharf wie ... na, wie der Herr Oberpostrat. Höchste Feinheit und Gediegenheit des Baues. Ein zusammenlegbares, sinnreich erdachtes Gestell und außerdem noch hundert Platten.

Johann Burgstaller hatte sich schon immer einen guten photographischen Apparat gewünscht. Es war ihm einer jener Wünsche, die uns wie eine Sehnsucht nach unserer Bestimmung von Kindheit an begleiten. Nun lag ein prächtiger Apparat vor ihm und ließ seine Metallbestandteile in der Wintersonne erglänzen. Aber das war doch, so gerne Burgstaller an ein Wunder geglaubt hätte, offenbar ein Irrtum.

Er schrieb an Reiter & Sorgenstuhl in Wien und bat um Aufklärung. Reiter & Sorgenstuhl antworteten, daß die Sache ihre Richtigkeit habe. Der Apparat sei für Herrn

Johann Burgstaller bestellt und bezahlt worden. Aber mein Freund gab sich nicht zufrieden.

Er war ein seelenguter Mensch und ein weiches Gemüt; er hätte dem edlen Spender gerne gedankt. Und er erkundigte sich nochmals, ob man nicht wisse, wer den Apparat bestellt, und ob sich der Besteller nicht genannt habe. Darüber konnten Reiter & Sorgenstuhl keine Auskunft geben ... Das Geschäft war ja so groß, daß man es unmöglich übersehen konnte. Einer der Angestellten glaubte sich undeutlich eines ungeheuer großen, hageren Herrn mit blassem Gesicht zu entsinnen. Aber das war natürlich nur eine recht unsichere Vermutung.

Darauf kam Johann Burgstaller zu mir, erzählte mir sein Abenteuer und fragte mich, ob nicht ich ihn mit diesem Geschenk überrascht habe. Ich lachte ihn aus, riet ihm aber, dem unbekannten Spender dankbar zu sein und den Apparat zu behalten. Nachdem mein Freund noch einige Tage lang bei seinen Bekannten vergebens Umfrage gehalten hatte, gab er sich endlich zufrieden. Oder vielmehr, er gab sich nicht zufrieden; denn daß ihm die Herkunft seines Apparates im dunkeln blieb, war seinem dankbaren Herzen ein Stachel.

Ich sah meinen Freund nach diesem Besuche mehrere Wochen lang nicht. Von einem Amtskollegen Burgstallers erfuhr ich, daß er eifrig mit Photographieren beschäftigt sei und seine ganze freie Zeit dem Apparate gewidmet habe. Ich hatte, mit eigenen Arbeiten übergenug belastet, schon fast Burgstaller und seinen Apparat vergessen, als er eines Abends in der Dämmerung bei mir eintrat. Er gab mir die Hand und setzte sich mir gegenüber in einen Stuhl. Er schien mir sehr ermüdet zu sein und ganz matt zusammenzusinken. Ich wollte Licht machen.

»Laß nur«, wehrte er ab, »ich bleibe lieber im Dunkeln. Ich kann dir auch so sagen, was ich dir zu sagen habe. Du weißt, daß ich einen neuen photographischen Apparat habe.« – »Ja, natürlich, du hast mir doch selbst ...« – »Jawohl«, unterbrach er mich, »und du weißt auch, daß ich als Amateur nicht ungeschickt war, daß mir mit meinem billigen, wertlosen Apparat ganz wunderbare Sachen gelungen sind. Nicht wahr! Siehst du! Und nun, seitdem ich diesen neuen prachtvollen Apparat habe, arbeite ich wie der ärgste Pfuscher. Das sind schreckliche Bilder. Es sind scharfe, schöne Aufnahmen, aber mitten drin, oben, unten, seitwärts immer ein Nebel, ein gräßlicher, häßlicher Fleck, der das ganze Bild verdirbt. Und das bringt mich aus der Fassung.«

Burgstallers Stimme zitterte vor Zorn, und als jetzt plötzlich das Licht der vor meinen Fenstern eben angezündeten Straßenlaterne auf sein Gesicht sprang, war es wie das dämonische Aufflackern einer verderblichen Leidenschaft. »Du begreifst nicht, wie mich das erregt. Ich habe einen wundervollen Apparat und bin außerstande, etwas Brauchbares zu erzielen.«

Ich verstehe nichts vom Photographieren. Aber ich wagte doch zu entgegnen: »Vielleicht kennst du eben den Apparat noch nicht gut. Man muß solche Dinger erst studieren und ...« – »Ich bitte dich«, das war sehr ungeduldig gesagt, »rede nicht so daher. Ich muß dir doch die Bilder zeigen, damit du mich verstehst. Mach Licht.«

Die Gasglühlampe zischte auf, und ich sah meinen Freund in den gelbgrünen Lichtwellen. Wie der Mensch aussah! Das war ja gar nicht mehr Johann Burgstaller, das war ja ein Kranker, der eine entfernte Ähnlichkeit mit meinem Freunde hatte. Leichenfahl, mit dunklen Schatten unter den Augen, der Mund schwärzlich, mit verzogenen Lippen.

Burgstaller warf einen Pack Photographien auf den Tisch. »Schau dir die Scheusäler an.« Ich nahm die Bilder auf. Es war richtig so. Mein Freund hatte nicht übertrieben. In wunderbaren, klaren Bildern ein gelblicher Nebel, ein gräßlicher Klecks, der das Ganze widerwärtig machte. Da war eine prächtige Winterlandschaft vor der Stadt und in ihr, an einen Zaun gelehnt, ein Amtskollege

Burgstallers, die Pelzmütze schief nach hinten geschoben, lachenden Gesichts. Aber über ihm, in der durchsichtigen Winterluft, hing ein gelber Nebel, scharf abgegrenzt gegen seine Umgebung und doch die Fernen nicht gänzlich verschleiernd. Es war mir, als ob ich bestimmte Umrisse wahrnehmen könnte. Ich beugte mich tiefer herab, aber ich fuhr im selben Augenblick zurück. War das möglich? ... Ja, das ... war das denn möglich? Ich sah ganz deutlich, daß der Nebel eine Gestalt hatte, eine Gestalt, die in der Luft schwebte und sich auf den Menschen niederlassen wollte. Ein grauenhaftes, unerklärliches Ding mit einem fratzenhaften Gesicht, das aus der Luft hervorkam und den Mann am Zaun zu belauern schien. Was auf den ersten Blick wie ein Nebel aussah, war das Bild eines ... eines ... ja, wessen? Da war mir also wieder einmal meine Phantasie mit der ruhigen Überlegung durchgegangen. Das war doch zu dumm. Ich warf das Bild zornig auf den Tisch hin.

»Na also?« fragte Burgstaller, der mich scharf beobachtet hatte.

Verzweifelt griff ich nach den anderen Photographien, und auf jeder sah ich nun auf den ersten Blick den Nebelfleck Gestalt gewinnen. Eine immer gräßlicher und unheimlicher als die andere. Sie waren da, sie waren überall; in den Landschaften schwebten sie über dem Boden, saßen auf den Bäumen oder strichen in langen Zügen über die Schneefelder. Hinter den Menschen standen sie, schauten ihnen über die Schulter, umkreisten sie, saßen zwischen ihnen am Tisch oder klebten an der Decke des Zimmers. Da war ein Bild, ein malerischer Hofwinkel eines alten Hauses, und an den Fenstern des ersten Stokkes hing der gelbe Fleck; ich erkannte einen alten Mann, der mit verzerrtem Gesicht in den Hof hinabstarrte.

In diesem Augenblick kam mir ein Verdacht. Burgstaller kannte alle Kunststückchen der Photographen, die Menschen mit zwei Köpfen, die Doppelgänger und Mißgeburten. Hatte er sich vielleicht hier etwas ausgedacht, um mich zu mystifizieren? Ich blickte ihn scharf an. Er saß da, leichenblaß und verstört und seine Augen waren auf meine Lippen gerichtet.

»Sonderbar«, sagte ich und stand auf. »Jawohl, sonderbar. Kannst du mir das erklären?« – »Hast du dir schon einmal die Bilder genau angesehen? Ganz genau? Besonders die gelben Flecke? Was siehst du da?«

Burgstaller nahm ein Bild vor und besah es genau: »Es sind häßliche, gelbe Flecke.« – »Siehst du nicht Gesichter, Gestalten, Hände, die in der Luft umhergreifen?« – »Willst du mich zum Narren halten?« – »Nein, ich sage dir, es sind ganz sonderbare Dinge ...« – »Und ich sage dir, daß ich mich nicht anulken lasse ...«

Damit packte er seine Bilder wieder ein und ging davon, zornig, unzufrieden mit mir und entrüstet über meinen Stumpfsinn.

In mir blieb eine bohrende, quälende Angst um ihn zurück, die mich in den nächsten Wochen zur Arbeit fast unfähig machte. Und gerade jetzt mußte ich meine Besinnung aufrechthalten. Ich vermied es, mit meinem Freund zusammenzutreffen. An einem wunderschönen Vorfrühlingstag aber begegnete er mir auf der Straße. Der Südwind sauste durch die Gassen, und ein hellblauer Frühlingshimmel hatte sich ganz hoch hinaufgespannt. Johann Burgstaller sah recht verstört aus und konnte den schweren Apparat kaum tragen. Er ging vornübergebeugt wie ein Greis und wankte bei jedem Schritt.

Ich wagte es nicht, ihn mit einem gedankenlosen »Wie geht's?« anzusprechen. Er fing selbst davon an, lächelnd, wehmütig und mit einem fanatischen Glänzen der Augen: »Ich schaue nicht gut aus, was? Es läßt mich nicht los! Es ist immer noch so. Ich denke bei Tag und bei Nacht darüber nach, wie ich das machen soll, ich strenge mein Gehirn an, aber ich kann keinen Fehler entdecken.« – »Du hättest vielleicht den Apparat einem Fachmann zur Untersuchung geben sollen.«

Er machte eine Bewegung des Ekels: »So gescheit bin

ich auch. Ich bin von einem Photographen zum anderen gerannt. Und die Antwort? Ein vorzüglicher Apparat. Ich habe die Platten untersuchen lassen. Tadelloses Fabrikat einer unbekannten Firma ...« – »Vielleicht liegt es an der Entwicklung?« – »Ich habe meine Aufnahmen im Hofatelier Ritz unter der Aufsicht des Besitzers selbst entwickelt. Und auf allen Bildern immer wieder dieser gelbe Fleck.« – »Und was sagen die Photographen dazu?« – »Sie können es sich nicht erklären. Von meinen Bekannten kann es mir niemand erklären. Ich selbst kann es mir nicht erklären. Die Flecke sind da, in jeder Aufnahme, bald so, bald so ...« Seine Augen waren stier und glühend. »Hast du darüber nachgedacht?« – »Fang mir nicht wieder mit dem Unsinn an.«

Ich hatte einen Einfall: »Versuch es doch mit anderen Platten.« Burgstaller schien zu schwanken, so daß ich ihn besorgt stützte. »Hast du das schon versucht?«

»Ja!« – »Und das Resultat?« – »Nichts.« – »Wieso nichts?« – »Nichts, gar nichts. Andere Platten ergeben überhaupt kein Bild.« – »Kein Bild?« – »Nein, gar nichts, glatt und leer und ganz schwarz sind sie, wenn man sie entwickelt. Ich kann nur mit diesen Platten photographieren, mit diesen Platten, die diese gelben Flekken machen.« – »Da wirst du ja bald mit deinem Vorrat zu Ende sein?« – »Freilich, freilich, bald zu Ende. Und kann ihn nicht erneuern, weil niemand die Fabrik dieser Platten kennt. Hundert Stück sind bald zu Ende.« Er näherte sich mir und sprach ganz leise und stockend an meinem Ohr: »Heute ... will ich die letzte Aufnahme machen.«

Ich weiß nicht, warum es mich in diesem Augenblick kalt überlief. Es war mir, als ob ich meinen Freund warnen müßte, als ob ich ihm raten sollte, diese letzte Platte zu vernichten. Aber der Wunsch, das Ende dieser seltsamen Geschichte zu erleben, ließ mich schweigen. Vielleicht, sicher sogar, hätte Burgstaller meine Warnung verachtet, meinen Rat verlacht.

»Die letzte Aufnahme machen«, wiederholte mein Freund, »heute, Tauwasserlachen, wässerige Schneefurchen und den blauen, klaren Himmel.« – »Und dann?« »Dann will ich den Apparat an einem Stein zerschlagen.« Er sagte es wütend, ängstlich und haßerfüllt. »Leb wohl!« Er reichte mir die Hand und ging. Schwankend, vornübergebeugt und von der Last des schweren Apparats ganz nach der Seite verzogen.

Ich setzte meinen Spaziergang fort und versank in düstere Gedanken. Zu meinem Erstaunen befand ich mich plötzlich in einer Gegend, die ich sonst nicht zu besuchen pflegte. Hier war jedoch mein Freund Burgstaller sehr häufig zu finden, und es mag sein, daß ich unwillkürlich den Weg hierher eingeschlagen hatte, weil ich mich in Gedanken unaufhörlich mit ihm beschäftigte. Auf der Straße vor mir sah ich eine kleine Menschenansammlung. Man schien sich um etwas zu bemühen, das auf dem Boden lag. Ich muß gelaufen sein, denn ich weiß noch, daß ich ganz außer Atem war, als ich durch die Leute durchdrängte ...

Da lag mein Freund Johann Burgstaller auf dem Rükken und war tot. Seine Augen starrten mit glasigem Glanz aufwärts in den Himmel. Ich rüttelte ihn ... aber er war tot. Es war vor einem kleinen Wäldchen, das von der Abendsonne bestrahlt wurde. Wasserlachen, zerwühlter Schnee, blauer Himmel, ganz wie er es gesagt hatte. Aber er war tot. Der Apparat stand auf seinem Gestell aufgerichtet da und starrte in die Landschaft. Ich sah, daß Burgstaller noch eine Aufnahme gemacht hatte und entfernte vorsichtig die Platte. Dann öffnete ich die Klappe und sah in das Objektiv des Apparates. Es hatte einen höhnischen frechen Glanz und dabei etwas Starres, wie das Auge des Toten.

Man trug meinen toten Freund in die Stadt. Ich aber rannte mit der Platte zu einem befreundeten Photographen und bat ihn, das Bild sofort zu entwickeln. Dann stand ich in der Dunkelkammer und sah, wie die Umrisse der Landschaft langsam auf der Platte hervorkamen. Aber es war nichts deutlich zu erkennen, und ich mußte lange warten. Nach einer martervollen Ewigkeit konnte mir der Photograph einen Abzug des Bildes geben. Da war die Taulandschaft mit Wasserlachen und Schneefurchen und dem kleinen Fichtenwald. Über das Bild ging ein sonderbarer Streifen jenes gelben Nebels. Und nun gewann er mir Gestalt. Es trat einer aus dem Wald hervor, ein Übergroßer, Hagerer, mit einem gelben, verfallenen Gesicht. Und er streckte eine lange Hand aus, die jene plötzliche Vergrößerung zeigte, wie wenn sich etwas unmittelbar auf das Objektiv des Apparates zubewegt. Eine ungeheuere, nervige, krallenartige Hand bedeckte das halbe Bild, als ob sie sich im Augenblick der Aufnahme schon dicht vor dem Apparat befunden hätte.

Der Photograph klopfte mir auf die Schulter und sagte: »Da ist wieder so ein gelber Fleck! Das ist gewiß eine Photographie vom Herrn Burgstaller.«

Ja – Johann Burgstaller hatte den Tod photographiert.

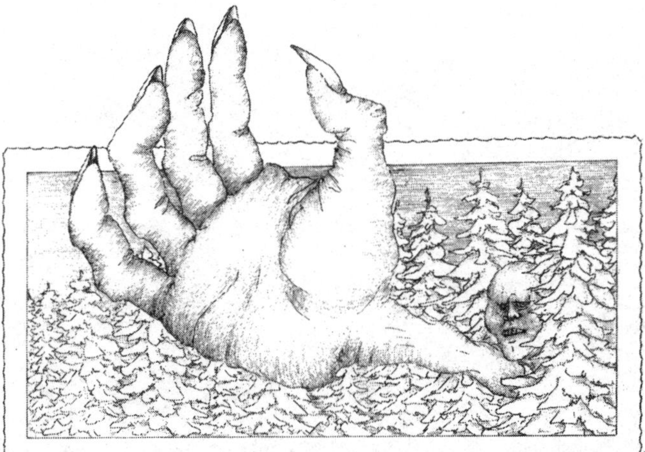

XI WEIHNACHTLICHER EXORZISMUS

»Zwölf Tage vor Weihnachten tobt die Melusina am ärgsten. Dann nehmen die Landleute Äpfel und Nüsse und werfen sie in den Ofen und sagen dabei, sie geben sie der Melusina zum Essen. Sie nehmen wohl auch Peitschen und knallen mit denen im Hof und in der Stube umher, um die Windsbraut zu vertreiben.«

Joseph Virgil Grohmann, ›Aberglauben und Gebräuche aus Böhmen und Mähren‹ (1864)

Guy de Maupassant
Das Wunder in der Normandie

Doktor Bonenfant kramte in seinem Gedächtnis, halblaut wiederholte er: »Eine Weihnachtserinnerung? ... Eine Weihnachtserinnerung? ...« Und plötzlich kam es ihm: »Aber ja, natürlich habe ich eine, sogar eine recht seltsame. Eine ziemlich phantastische Geschichte. Ich habe doch tatsächlich ein Wunder erlebt, ja meine Damen, ein Wunder mitten in der Weihnachtsnacht.

Sie sind sicher erstaunt, mich, der ich an gar nichts glaube, so reden zu hören, und dennoch, ich habe ein Wunder erlebt. Ich habe es mit eigenen Augen gesehen, wirklich und wahrhaftig gesehen. Ob es mich in Schrekken versetzt hat? Oh nein. Denn wenn ich euren Glaubenslehren auch keinen Glauben schenke, so glaube ich doch, und ich weiß es, der Glaube kann Berge versetzen. Ich könnte viele Beispiele dafür anführen, doch ihr würdet euch nur empören – und ich stellte mich bloß und verringerte dadurch die Wirkung meiner Geschichte.

Vorab möchte ich euch nur eingestehen, daß ich von dem, was ich da erlebte, wenn auch nicht völlig überzeugt oder gar bekehrt, so doch innerlich bewegt war, und ich will versuchen, euch die Sache so naiv abzuschildern, als hätte ich die Leichtgläubigkeit eines Mannes aus der Auvergne.

Ich war damals Landarzt und wohnte im Städtchen Rolleville, in der tiefsten Normandie. Der Winter war in jenem Jahr schrecklich früh hereingebrochen. Schon gegen Ende November, nach einer Woche frostig-kalten Wetters, begann es zu schneien. Von weitem sah man die schweren Wolken von Norden heranziehen, dann setzte der weiße Flockenfall ein.

In einer einzigen Nacht wurde die weite Ebene unter dem Schnee begraben. Die Bauernhöfe, wie einsam in ihrem Viereckmuster, hinter dem Vorhang großer, reifbesetzter Bäume, schienen zu schlummern unter dem dichten und doch leichten Schaum. Kein Laut durchdrang das reglose Land. Nur Raben zogen in Scharen, wie lange Girlanden, den Himmel entlang, spähten umsonst nach etwas Freßbarem und stürzten dann allesamt nieder auf die fahlen Felder, um mit ihren gewaltigen Schnäbeln den Schnee aufzuhacken. Nichts war zu hören als das undeutliche, unaufhörliche Gleiten dieses immerzu fallenden Staubes. Das ging so acht volle Tage, dann kam diese lautlose Lawine zum Stillstand. Über den Rücken der Erde breitete sich ein fünf Fuß dicker Mantel.

Drei Wochen lang erstrahlte über der eintönigen, schneeleuchtenden Fläche ein Himmel, tagsüber klar wie ein blauer Kristall, nachts indes sternübersät, wie von Rauhreif glitzernd, so erstarrt war der unendliche Raum. Die Ebene, die Hecken, die Ulmen der Umfriedungen, alles schien tot, vernichtet vom Frost. Weder Mensch noch Tier ließ sich draußen mehr blicken. Nur die Kamine der strohgedeckten Häuser in ihrem weißen Überzug verrieten geheimes Leben, durch die dünnen Rauchfäden, die senkrecht in die eisige Luft emporstiegen.

Von Zeit zu Zeit vernahm man in den Bäumen ein Krachen, als brächen ihre Glieder unter der Borke, gelegentlich löste sich ein dicker Ast und fiel zu Boden; der unüberwindliche Frost ließ ihren Lebenssaft erstarren, ihre Fasern zersplittern. Die Wohnstätten da und dort in den Feldern schienen unermeßlich weit voneinander entfernt. Man lebte, so gut es eben ging. Einzig ich versuchte, wenigstens meine nächsten Patienten zu sehen, wobei ich immer wieder Gefahr lief, in irgendeiner Mulde zu versinken. Bald spürte ich, daß ein unerklärliches Grauen über dem Land schwebte. Eine solche Heimsuchung, ließe sich denken, sei etwas Unnatürliches. Man behauptete, nachts Stimmen zu hören, ein schrilles Pfeifen und Schreie, die wieder verebbten. Diese Schreie und dieses Pfeifen kamen zweifellos von den Zugvögeln her, die in der Dämmerung dahinzogen, und die in Schwärmen nach Süden flohen. Aber versucht einmal, verschreckte Menschen zur Vernunft zu bewegen. Ein Grausen befiel die Gemüter, und jedermann erwartete ein ungewöhnliches Ereignis.

Die Schmiede des Père Vatinel lag am Ende des Weilers Epivent, an der Grande Route, die jetzt aber unscheinbar und verlassen dalag. Nun, da den Leuten das Brot ausgegangen war, beschloß der Schmied, ins Dorf zu gehen. Er hielt einige Schwätzchen in den sechs Häusern, die den Kern des Dorfes bildeten, nahm sich dann sein Brot, die letzten Neuigkeiten und auch ein wenig von jener Furcht mit, die über dem Land schwebte. Er machte sich, bevor es Nacht wurde, wieder auf den Weg.

Plötzlich, als er an einer Hecke vorbeikam, vermeinte er im Schnee ein Ei zu sehen. Ja, da lag ein Ei, vollkommen weiß wie die Welt ringsherum. Er bückte sich, es war wahrhaftig ein Ei. Woher kam es? Welche Henne war dem Hühnerstall entlaufen, um an dieser Stelle ein Ei zu legen? Der Schmied war verwundert, er verstand das nicht. Doch er hob das Ei auf und brachte er seiner Frau. ›Schau, Meisterin, da hast du ein Ei, das ich eben auf der Straße gefunden habe.‹ Die Frau schüttelte den Kopf. ›Ein Ei? Auf der Straße? Bei diesem Wetter? Du bist wohl betrunken!‹ – ›Aber nein doch, Meisterin, es lag unten bei einer Hecke und war noch warm, gar nicht eiskalt. Nun ja, ich schob es mir unter die Brust, damit es nicht kalt wird. Du kannst es zum Abendbrot haben.‹

Das Ei glitt in den Topf, in dem die Suppe schon köchelte, und der Schmied schickte sich an zu berichten, was man sich in der Gegend so alles erzählte. Die Frau hörte aufmerksam zu, sie war ganz bleich. ›Gewiß doch, dieses Pfeifen habe ich letzte Nacht gehört, es schien mir aus dem Kamin zu kommen.‹

Man setzte sich zu Tisch, man aß zunächst die Suppe, dann erst, als der Mann sich Butter aufs Brot strich, nahm die Frau das Ei und beäugte es mißtrauisch. ›Und wenn etwas in dem Ei drin wäre?‹ – ›Was sollte schon drin sein?‹ – ›Was weiß ich denn?‹ – ›Also, hab dich nicht so, iß schon.‹

Sie schlug das Ei auf. Es war wie alle Eier und sehr frisch. Zögernd begann sie zu essen, kostete es, ließ es wieder und begann von neuem. Ihr Mann sagte: ›Na fein! Wie schmeckt dir denn das Ei?‹

Sie antwortete nicht und schluckte es vollends hinunter. Dann jedoch, ganz plötzlich, starrte sie ihren Mann an, mit verstörten Augen, in denen panisches Entsetzen lag. Sie hob die Arme hoch, verdrehte sie, und von Kopf bis Fuß von Krämpfen geschüttelt rollte sie zu Boden und stieß Schreie aus. Die Nacht schlug sie um sich in grauenhaften Krämpfen, gepeinigt von schrecklichem Zittern, entstellt durch abscheuliche Zuckungen. Es war dem Schmied unmöglich, sie festzuhalten, er mußte sie anbinden. Und sie heulte immerzu und unermüdlich: ›Ich hab ihn im Bauch! Ich hab ihn im Bauch!‹

Am nächsten Morgen hat man mich geholt. Ich habe sämtliche Beruhigungsmittel, die ich kannte, verordnet, doch ohne die mindeste Wirkung. Sie war wahnsinnig.

Dann, mit unglaublicher Geschwindigkeit, das Hindernis der Schneemassen nicht achtend, lief die Nachricht von Hof zu Hof, eine absonderliche Nachricht: ›Die Frau des Schmieds ist besessen.‹ Und nun kamen sie von überall, doch keiner wagte, das Haus zu betreten. Von ferne lauschte man den wilden Schreien, die mit so mächtiger Stimme ausgestoßen wurden, als kämen sie nicht aus der Kehle einer menschlichen Kreatur.

Der Gemeindepfarrer wurde verständigt. Es war ein alter, etwas unbedarfter Priester. Er kam in seinem Chorhemd, als wolle er einem Sterbenden die Sakramente spenden; und er sprach, mit ausgebreiteten Händen, die Exorzismus-Formeln, während vier Männer die auf ihrer Liegestatt schäumende und sich windende

Frau festhielten. Doch der böse Geist wurde nicht ausgetrieben.

Weihnachten nahte, ohne daß sich das Wetter verändert hätte. Am Morgen des Heiligen Abends suchte mich der Priester auf. ›Ich möchte‹, sagte er, ›daß diese Unselige an der Christnachtmesse teilnimmt. Vielleicht läßt Gott ein Wunder geschehen in der gleichen Stunde, da Er von einem Weibe geboren ward.‹ Ich gab dem Priester zur Antwort: ›Sie haben vollkommen recht, Herr Pfarrer. Wenn ihre Seele von der heiligen Handlung ergriffen wird (und nichts vermöchte sie mehr zu erschüttern), so wird sie vielleicht zu retten sein, ohne weitere Arzenei.‹ Der alte Priester sagte im Flüsterton: ›Ihr seid kein gläubiger Mensch, Doktor, doch, nicht wahr, Ihr helft mir? Ihr nehmt es auf Euch, sie herzubringen?‹ Ich sagte ihm meine Hilfe zu.

Der Abend kam, dann wurde es Nacht, und die Kirchenglocke begann zu läuten, klagend schallte sie weithin durch die trostlose Landschaft, über das ausgedehnte Weiß und Frostige der Schneebreiten. Schwarzgekleidete Wesen kamen langsam heran, in Gruppen, willig dem ehernen Klang der Glocke folgend. Der Vollmond erhellte mit kaltem, bleichen Schein den Horizont und machte die Verlassenheit der Felder noch stärker sichtbar.

Ich holte mir vier kräftige Männer und machte mich zur Schmiede auf. Die Besessene, festgezurrt auf ihrem Lager, heulte in einem fort. Trotz ihres verzweifelten Widerstandes wurde sie festlich angezogen, und dann ging es fort mit ihr.

Die Kirche war nun voller Menschen, hell erleuchtet und bitterkalt. Die Vorsänger ließen ihren monotonen Singsang hören, die Gemeinde schnarchte, das Glöckchen des Chorknaben klingelte und bestimmte das Gebaren der Gläubigen.

Ich schloß die Frau und ihre Aufpasser in die Küche des Pfarrhauses ein und wartete auf einen Augenblick, der mir günstig erschien. Ich wählte den Moment gleich nach der Kommunion. Alle Bauersleute, Männlein wie Weiblein, hatten ihren Gott empfangen, um seine Strenge zu erweichen. Es herrschte tiefe Stille, während der Priester die heilige Handlung vollzog.

Auf mein Geheiß wurde nun die Tür geöffnet, und meine vier Helfer schafften die Irre herbei. Kaum erblickte sie die Lichter, die kniende Menge, den Chor in strahlendem Glanz und das goldene Tabernakel, da sträubte sie sich mit einer derartigen Heftigkeit, daß sie uns zu entkommen drohte; sie stieß so gellende Schreie aus, daß ein Frösteln tiefen Erschreckens über die Kirche kam. Alle Köpfe erhoben sich, viele stürzten hinaus.

Sie war irgendwie keine Frau mehr, sie wand und krümmte sich in unseren Händen, das Antlitz entstellt, die Augen blanker Wahn. Man schleppte sie vor die Stufen des Altars und hielt sie dort, zu Boden gekauert, eisern fest.

Der Priester hatte sich erhoben, er wartete. Als er sie in festem Gewahrsam sah, nahm er mit beiden Händen die Monstranz in goldenem Strahlenglanz, die weiße Hostie inmitten, er trat einige Schritte nach vorn, hob sie mit gestreckten Armen zu seinen Häupten und präsentierte sie den verstörten Blicken der Besessenen.

Sie heulte und heulte, das Auge starr auf den strahlenden Gegenstand gerichtet. Und der Priester verharrte völlig regungslos, man hätte ihn für eine Statue halten können. Und das dauerte an, lange, sehr lange.

Die Frau schien wie von Angst gepackt, wie fasziniert. Unverwandt blickte sie auf die Monstranz, immer noch geschüttelt von schrecklichen Zuckungen, die aber vorübergingen; und immerzu schrie sie, doch nicht mehr so markerschütternd.

Auch das dauerte lange. Man hätte meinen können, sie könne überhaupt nicht mehr die Augen senken, sie seien von der Hostie wie gebannt. Sie brachte nurmehr ein Stöhnen hervor, und ihr steifer Körper wurde schlaff, und sie brach zusammen.

Alle hatten sich niedergeworfen, das Gesicht zu Boden. Die Besessene senkte nun rasch die Lider, dann hob sie sie gleich wieder, so als wäre es ihr unmöglich, den Anblick ihres Gottes zu ertragen. Sie war verstummt. Da fiel mir jäh auf, daß ihre Augen geschlossen blieben. Sie war in den Schlaf der Somnambulen gefallen, sie war hypnotisiert – pardon! – besiegt durch das beharrliche Betrachten der goldenen strahlenden Monstranz, war gefällt durch den siegreichen Christus.

Man trug die Regungslose nun fort, während der Priester wieder an den Altar trat. Die erschütterte Gemeinde stimmte ein Te Deum zum Zeichen tiefempfundenen Dankes an.

Die Frau des Schmieds aber schlief vierzig Stunden ununterbrochen, dann erwachte sie, ohne die leiseste Erinnerung – weder an ihre Besessenheit noch an ihre Befreiung.

Das nun, meine Damen, war das Wunder, was ich miterlebt habe.«

Doktor Bonenfant verstummte, fügte dann jedoch in unwirschem Tone hinzu: »Ich konnte nicht umhin, dies schriftlich zu beglaubigen.«

XII PROVENÇALISCHE FREUDEN

»Da wartet sie bereits, in Duft und Glanz, die unermeßlich lange Tafel, bis zum Biegen beladen ... Fasanen, braunrote, mit ihren knusprig gespreizten Flügeln ... Flaschen, voll rubinrot funkelndem Wein ... Pyramiden von Früchten, die hervorschwellen zwischen ihren grünen Blätterzweigen ... und all die wundervollen Fische, da liegen sie, herrlich lecker ausgebreitet, auf ihrem Bett von Fenchelblättern, mit schimmernden Schuppen, frisch wie aus dem Wasser gezogen, und aus ihren weit offenen Nasenlöchern winken Sträußchen duftender Würzkräuter ...«

Alphonse Daudet, ›Die drei Stillen Messen‹. In: Lettres de mon moulin (1887)

Das Bübchen aus Schnee
Märchen aus dem Limousin

Zwei rechtschaffene alte Bauersleute hatten keine Kinder, doch Gott weiß, wie gern sie welche gehabt hätten! Alle Wallfahrten im Umkreis von zehn Meilen hatten sie schon hinter sich, hatten sich überall an Unsere Liebe Frau und an alle Heiligen gewandt, die es im Limousin reichlich gibt – doch stets ohne Erfolg. Und so begannen sie schließlich zu verzweifeln, denn ihr mittlerweile hohes Alter machte alle ihre Hoffnungen zunichte.

Nun, eines Tages, als der Bauer außer Haus gegangen war, um mit einem Nachbarn ein Pfeifchen zu rauchen, kam der Schnee. Er fiel mit schweren Flocken und legte eine dicke Schicht auf die Dächer, in die Gärten und auf die Straße. Auf seinem Rückweg sah unser Mann, wie die Dorfkinder große Schneekugeln wälzten, sie hochtürmten und aus ihnen recht und schlecht ein Gesicht formten, und sie machten sich Menschen aus Schnee. Er lief nach Hause und suchte seine Frau auf. »Frau, liebe Frau, schau doch auf die Straße, wie die Kinder den Schnee gehäufelt und geformt haben! Machen wir uns einfach ein Bübchen aus Schnee. Wenn wir schon kein lebendes haben können, ha-

ben wir doch wenigstens die Freude, ihn für einige Tage bei uns zu behalten.« – »Da hast du recht. Also, machen wir uns ein Bübchen aus Schnee.«

Und der Alte und seine Frau liefen auf die Straße, trugen einen Berg von Schnee zusammen und machten sich daran, daraus die Gestalt eines kleinen Jungen zu formen. Alle Kinder hörten mit dem Spielen auf, um den beiden Alten in Muße zuzuschauen, und die Nachbarn traten aus ihren Häusern heraus und fragten sich, ob der Mann und die Frau den Verstand verloren hätten.

Doch siehe da, der kleine Mann aus Schnee war vollendet, und er sah ganz entzückend aus. Die Kinder bestaunten ihn und lachten nicht länger, und die Nachbarn waren sprachlos, ein Bübchen aus Schnee zu sehen, das sich regte, das Arme und Beine bewegte und dann den Alten und seine Frau umarmte. Endlich hatte der liebe Gott den Wunsch der alten Leute erfüllt und ihnen ein Kind beschert, weiß wie der Schnee.

Das wurde im Land als ein Wunderwerk angesehen. Von allen Seiten strömten die Leute herbei, um sich das Bübchen von so außerordentlicher Art anzuschauen, und sie waren sich einig, daß er Charakter hatte und einen Liebreiz ohnegleichen. Doch bemerkte man, daß er kein Blut besaß, daß sein Körper kalt war wie Eis und daß er die große Hitze am Herd nicht auszuhalten vermochte.

Den ganzen Winter über blieb das Bübchen aus Schnee heiter und vergnügt und immer bei Laune. Aber als die Frühjahrssonne zu scheinen begann, zeigte sich der Kleine bekümmert, und lachen sah man ihn immer weniger. Dann, gegen Ende dieser Jahreszeit, suchte er immer öfter das Waldesinnere auf und alles, was Schatten verhieß. Sein Kummer wuchs, und er weinte viel, was seine alten Eltern und seine Kameraden im Dorf sehr betrübte.

Als der Johannistag herankam, schichteten die Kinder Holz und Stroh auf, machten sich ein großes Freudenfeuer und stellten sich ringsherum zum Tanz auf. Doch das Bübchen aus Schnee war nicht bei ihnen. Da zogen seine

Freunde los, ihn zu suchen, und sie brachten ihn mit in ihre Runde ums Feuer, das zu Ehren des heiligen Johannes entfacht worden war. Fröhlich und voller Leben tanzte der Junge mit. Aber als das Feuer zur Hälfte verloschen war und sie alle nun darübersprangen, da war er plötzlich verschwunden, von der Flamme dahingeschmolzen. Und es blieb nichts als ein bißchen Wasser in den Händen seiner kleinen Kameraden zurück.

Frédéric Mistral
Unser Julklotz steht in Brand

Für meinen Vater, der auf die alten Sitten hielt, war Heiligabend das Fest des Jahres. An diesem Tag durften die Landarbeiter früher nach Hause gehen, und meine Mutter gab jedem, in eine Serviette gehüllt, eine vorzügliche *galette à l'huile* (Blätterteigpastete), eine Rolle Nougat, einen Kranz getrockneter Feigen, einen hausgemachten Käse, Selleriesalat und eine Flasche guten alten Wein.

Und hierhin und dorthin zerstreuten sich unsre Leute, um in ihrem Haus oder doch wenigstens in ihrer Heimat ›den Julklotz anzuzünden‹. Auf dem Hof verblieben nur die paar armen Schlucker, die keine Familie hatten. Und manchmal erschien abends irgendein Verwandter, ein alter Junggeselle zum Beispiel, und rief beim Eintritt ins Haus: »Ein frohes Fest! Wir sind gekommen, um mit euch Vettern den Julklotz in Brand zu setzen.«

Fröhlich zogen wir alle zusammen aus, um den Julklotz zu holen, der nach altem Herkommen von einem Obstbaum stammen mußte. Alle faßten mit an, um ihn zum Hof zu tragen, der Älteste an einem Ende und ich als Jüngster am andern; dreimal wurde er so in der Küche herumgetragen; dann blieben wir mit ihm vor dem Herd stehen, und mein Vater begoß den Julklotz feierlich mit einem Glas Wein und sprach dabei: »Freude! Freude!

Meine schönen Kinder, es segne uns Gott mit Freude! Alles Gute kommt durchs Christfest: Gott lasse uns in Gnaden das nächste Jahr erleben. Und wenn er uns auch nicht vermehrt, mög er uns doch alle erhalten.« Und indem wir alle »Freude! Freude! Freude!« riefen, legte man das Stück Holz auf den Feuerbock nieder, und sobald das erste Flämmchen aufflackerte, schlug mein Vater das Kreuz und sprach: »Unser Julklotz steht in Brand.« Und dann setzten wir uns alle zu Tisch nieder.

Oh! Diese heilige Tafel, wahrhaft heilig, weil die ganze Familie sie vollzählig, friedlich und glücklich umringte! Statt des an einem Rohrstock hängenden *caleil,* das uns das Jahr hindurch mit seinem Docht zu leuchten pflegte, prangten heute drei Kerzen auf unserem Tisch; und wenn sich der Docht irgendeinem der Anwesenden zuwandte, so war das eine üble Vorbedeutung. An jedem Ende der Tafel grünte in einem Teller junges, frisches Korn, das man am St. Barbaratag zum Keimen in Wasser gelegt hatte. Auf dem dreifachen, weißen Tischtuch erschienen nach der Reihe alle üblichen Gerichte: die Weinbergschnecken, die jeder mit einem langen Nagel aus der Schale hervorzog; der gebackene Kabeljau und die Meeräsche mit Oliven; die Kardons, die Schwarzwurzeln, der Sellerie mit Pfeffersauce und zum Schluß eine Menge Naschwerk – lauter Dinge, die es nur Weihnachten gab: in Öl gebackene Weißbrötchen, Traubenrosinen, Mandelnougat, Paradiesäpfel, und endlich und vor allem das große Kalenderbrot, das niemals angebrochen wurde, bevor man nach alter frommer Sitte ein Viertel desselben an den ersten, besten Armen verschenkt hatte.

Da man die Weihnachtsmesse abwartete, dauerte der Abend sehr lange; und die ganze Zeit saß man ums Feuer herum, sprach von den Vorfahren und pries ihre Taten. Aber schließlich kam mein braver Vater doch wieder auf seine spanischen Erinnerungen und die Belagerung von Figuières zurück.

»Denkt euch nur«, so begann er, »als ich unten in Katalonien bei der Armee diente, hab ich es mitten in der schlimmsten Revolutionszeit fertiggebracht, das Weihnachtsfest bei den Meinen zu verleben! Und das ging bei Gott folgendermaßen zu:

Wir trieben uns schon seit geraumer Zeit am Fuße des Canigou herum – das ist nämlich ein großer Berg zwischen Perpignan und Figuières – und kämpften mit wechselndem Glück gegen die Spanier. Ach! was gab es da für Tote und Verwundete, wieviel Jammer und Elend! So etwas muß man gesehen haben, um es sich vorstellen zu können. Überdies fehlte es in unsrem Lager an allem, denn es war im Winter; und die Maultiere und Pferde litten solchen Futtermangel, daß sie an den Rädern der Lafetten und Munitionswagen nagten, die armen Tiere.

Da geschah es, daß ich in einer Schlucht in der Nähe des Meeres herumstöberte und mit einem Mal einen Orangenbaum entdeckte, der ganz mit goldenen Früchten bedeckt war. ›Oho!‹ sagte ich zu dem Besitzer. ›Die müssen Sie mir verkaufen, was sie auch kosten mögen.‹

Und nachdem ich sie eingehandelt hatte, lief ich spornstreichs ins Lager zurück und direkt zu dem Zelt des Kapitän Perrin (der aus Cabanes stammte). Ich zeigte ihm meinen Korb und sagte: ›Kapitän, hier bringe ich Ihnen ein paar Apfelsinen ...‹ – ›Aber wo hast du die nur her?‹ – ›Wo sie gewachsen sind, Kapitän.‹ – ›Ah, du Schlingel! Einen größeren Gefallen hättest du mir gar nicht erweisen können. Darum fordre, was du willst, mein Sohn! Wenn es in meiner Macht steht, werd ich es bewilligen.‹ – ›Ich möchte gern noch einmal nach Hause, eh ich wie so viele andre von einer Kugel in Stücke gerissen werde‹, sagte ich. ›Ich möchte Weihnachten bei den Meinen in der Provence den Julklotz anzünden.‹ – ›Weiter nichts?‹ versetzte er. ›Reich mir mal das Tintenfaß her.‹

Und mein Kapitän Perrin (Gott hab ihn selig, den guten Mann) nahm ein Stück Papier zur Hand, das ich noch heute habe, und kritzelte darauf das, was ich euch hier sage: Wir, Perrin, *capitaine des Transports Militaires,* beurlauben hierdurch François Mistral, braven Soldaten der republikanischen Armee, zweiundzwanzig Jahre alt, Größe fünf Fuß sechs Zoll, Maße gewöhnlich, Mund dito, Kinn rund, Stirn klein, Gesicht länglich rund, und stellen es ihm frei, nach Hause, oder durch die ganze Republik, oder wenn es ihm beliebt, auch zum Teufel zu gehen. Gezeichnet: Armee der östlichen Pyrenäen.

Und so kam ich denn eines schönen Weihnachtsabends in Maillane an, ihr Lieben, und ihr könnt euch wohl ungefähr vorstellen, daß alle Welt starr vor Staunen war, und wie man mich umarmte und anfeierte. Aber am nächsten Morgen schickte der Maire zu uns (ich sage euch nicht, wie der prahlerische Schreihals hieß, denn seine Kinder leben noch), ließ mich vor sich fordern und interpellierte mich wie folgt: ›Im Namen des Gesetzes, Bürger! Wie kommt es, daß du deine Truppe verlassen hast?‹ – ›Das kommt daher‹, erwiderte ich, ›daß ich mit einem Mal Lust bekam, das Weihnachtsfest in Maillane zu feiern.‹ – ›Ach so! Nun, wenn die Sache so liegt, Bürger, dann wirst du nach Tarascon müssen, um dich vor dem Distriktstribunal zu rechtfertigen.‹

Ich ließ mich ohne weiteres von zwei Nationalgardisten vor die Distriktsrichter führen. Diese, drei Spitzbubengesichter mit roten Mützen und Bärten, die ihnen bis hier herunterreichten, rollten wild mit den Augen und fragten mich: ›Wie kommt es, daß du desertiert bist?‹ Sofort zog ich meinen Urlaubsschein aus der Tasche und sagte: ›Hier! Lesen Sie bitte.‹

O, Kinder Gottes! Das hättet ihr sehen sollen. Kaum hatten sie das Papier gelesen, als sie auch schon aufsprangen und mir die Hand schüttelten. ›Wackrer Bürger! Wackrer Bürger!‹ schrien sie alle drei. ›Geh nur, geh! Mit solchen Papieren in der Tasche kannst du den Maire von Maillane auslachen.‹ Und nach dem Neujahrstag hätte ich ja noch dableiben können, nicht wahr? Aber die Pflicht rief, und ich kehrte wieder zur Armee zurück.«

XIII EIN ÜBERLEBENSFEST IN EIS UND SCHNEE

»Schleppe Eis her auf dem Schlitten,
ziehe Eis her auf dem Rodel
Von des grimmen Berges Gipfel,
von dem Fuß des großen Berges!
Reife ein mit diesem Reife,
kühle aus mit Eiseskälte
Die vom Brand bewirkten Wunden,
von der Flamme eingeätzten!«

Aus dem finnischen Epos ›Kalevala‹.
48. Gesang, Vers 349–352 (1849)

Karl August Tavastjerna
Finnische Christnacht

Antti Metsäntausta lag auf dem Ofen in seiner rauchgeschwärzten Siedlerhütte. Seine Gedanken, die Gedanken der Ödemarkmenschen, kreisten um Gegenwärtiges und Zukünftiges. Nicht einmal die Kinder konnten ihn stören, die auf dem schwarzen Fußboden ein Spiel spielten, das ›Essen‹ heißt und das statt mit Brot mit Holzstückchen und einem leeren Bierkrug gespielt wird.

Antti Metsäntausta lag seit dem frühen Morgen auf dem Ofen, seit seine Frau nach dem Nachbardörfchen aufgebrochen war. Dorthin führte ein Richtweg etwa fünf Kilometer quer durch den Wald. Sie sollte eigentlich bereits zurück sein, und um die Wartezeit zu verkürzen, stieg Antti vom Ofen herunter, ging zum Herdfeuer und zündete den niedergebrannten Bodensatz seiner Stummelpfeife noch einmal an, nachdem er zuvor ein neues Holzscheit auf die Glut gelegt und ihr neues Leben eingeblasen hatte. Für einen Augenblick verstummte das Spiel der Kinder, aber als die knotige Gestalt in ihren schmutziggrauen, groben Leinenkleidern wieder im Dunkel auf dem Ofen verschwunden war, begann es mit neuer Lebhaftigkeit. Die Kinder sahen einen glühenden Punkt aus dem Dunkel glimmen und hörten, wie die widerwillig brennenden Tabakreste in der Pfeife knisterten. Und bald darauf ertönten regelmäßige, tiefe Atemzüge und hin und wieder ein leichtes Schnarchen.

Die Stube wurde von dem schwachen weißen Wintertag, der durch die vereisten Fensterscheiben eindrang, ein wenig erhellt und von den beiden Holzklötzen in der Feuerstelle, die bisweilen in die Asche niedersanken. Die Beleuchtung aber reichte von dem schwarzen Fußboden höchstens drei Ellen hoch, dann schimmerte nur hier und da noch ein glänzender Reflex im Ruß, wo die vorbeistreifenden Kleider und die Hände Mauern und Sparren poliert hatten. An den Wänden entlang zogen sich blankgescheuerte, massive Bänke, darüber hingen ein Wandschrank, einige Kleidungsstücke, ein neuer weißer Schafpelz, eine Pelzmütze und ein Steinschloßgewehr. Ein Drittel der Stube füllte der große Ofen aus, dessen weißer Kalkbewurf schon lange unter dem Ruß verschwunden war. Das zweite Drittel nahm der leere Eßtisch am Fenster ein. Er war das einzige Weiße in der Stube, und mit seiner großen Platte aus Fichtenholz, die Sand und Scheuerlappen blankgerieben hatten, hellte er sie ein wenig auf. Das letzte Drittel hatten die Kinder für ihr Spiel reserviert; das kleinste saß noch in der Wiege, aber es nahm dennoch lebhaft daran teil.

Die Stube sprach von einem gewissen Wohlstand, der Ruß war schwarz, ohne zu schmutzen, und glich einer mit Absicht angewandten Ölfarbe. Die Hütte war sauber, und die Kinder liefen nicht übermäßig zerlumpt umher. Von dem kleinen Wirtschaftsgebäude herüber hörte man das gedämpfte Blöken einer Kuh – ebenfalls ein Zeichen bescheidener Wohlhabenheit. Nahezu hundert Kilometer waren es von dieser Rauchstube bis nach Kuusamo, der uralten Heimat des Rindenbrotes, und dort gab es Hütten, die keinen Herd besaßen, keinen Rauchabzug und in denen die Menschen ihre Stube mit der Kuh, den Schafen und Hühnern teilten. Ein Pferd bedeutete für die meisten einen Wunsch, dessen Erfüllung in weiter Ferne lag, es war ein kühner Traum, der irgendwann einmal, vielleicht in der nächsten Generation, in einem Jahrhundert oder gar noch später verwirklicht werden sollte.

In diesem gewissen Wohlstand fehlte es nur an einem – an Brot. Deshalb spielten die Kinder das Essenspiel mit Holzstücken und einem leeren Krug, und deshalb lag der Hausherr auf dem Ofen und döste vor sich hin. Mit einem Mal hielten die Kinder im Spielen inne und lauschten nach draußen. Schritte knarrten in der Kälte, dann klopften ein paar Füße behutsam am vereisten Tritt der

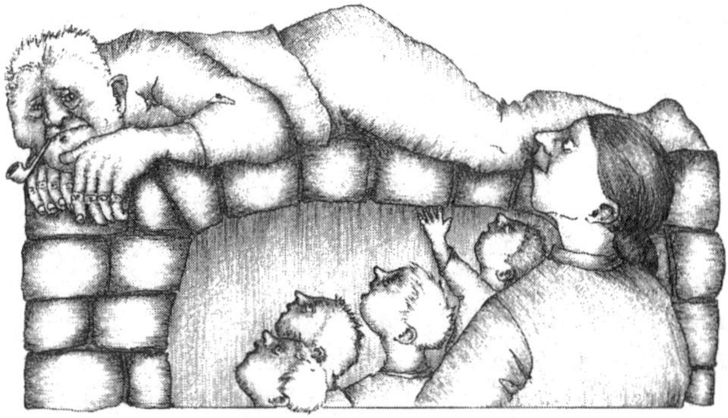

Treppe den Schnee ab, die Tür öffnete sich knarrend, und in einem beißenden Strom kalter Winterluft betrat eine Frau, über und über mit Reif bedeckt, die Stube. Schnell machte sie die Tür hinter sich wieder zu, die Kälte verzog sich, die Kinder umdrängten die Mutter, und das jüngste, das noch nicht einmal laufen konnte, tapste aus der Wiege und purzelte laut schreiend auf den Boden. Die Frau hob es mit einer gewohnten Bewegung auf und drückte es lullend an ihre reifüberzogene Brust, ohne sich darum zu kümmern, daß das Kleine noch gellender schrie. Dann ging sie rasch auf den Ofen zu und blickte suchend hinauf. Als sie im Dunkel das weißgraue Leinenzeug ihres Mannes bemerkte, meinte sie derb: »Jetzt gibt es für dich nur eins, Antti: aufstehen und ins Kirchdorf gehen!«

»Na, na«, kam es zurück, »es brennt doch wohl nicht. Was gibt's denn so Eiliges? Ich kann mich doch nicht mitten in der Nacht auf den Kirchgang machen?«

»Eiliges! Ist denn zwischen Hunger und Feuer ein so großer Unterschied? Es ist wohl gleich, ob du unter dem einen oder dem anderen leidest. Aber ich habe gute Neuigkeiten von Pusula mitgebracht. Dort sind sie alle zum Kirchdorf gegangen, da teilt die Krone an die Bedürftigen Mehl für Weihnachten aus. Und nun gehst auch du hin, Antti, wie alle anderen. So haben wir wenigstens zu den Feiertagen frisches Brot.«

Antti drehte sich auf dem Ofen und reckte sein eckiges Gesicht unwillig aus dem Dunkel. Er schien einer anderen Stimme zu lauschen, schüttelte den Kopf und fuhr sich mit den mageren, sehnigen Fingern durchs Haar. »Ja so, ja so – ich soll also betteln gehen, billiger geht es nicht?« – »Das hilft nichts! Wir leben doch schon den vierten Tag von dem Tropfen Milch, den die arme Kuh gibt! Und schreien nicht die Kinder nach Essen? Hungerst du nicht selbst und ich mit? Und wie lange können wir das noch aushalten?« – »No, no, no, no – es ist ja schon so, wie du sagst ... Nur brauchst du es nicht so verteufelt eilig zu haben!«

»Du lieber Gott, nun fluchst du auch noch! Was hast du denn getan, um uns vor dem Hunger zu schützen? Du hast dich auf den Ofen gelegt, den ganzen Vorwinter, und darauf gewartet, daß die Waldherren kommen, um uns Essen anzubieten. Aber sie sind nicht gekommen, und sie kommen in diesem Jahr überhaupt nicht mehr. Es liegt zuwenig Schnee in den Wäldern, sie können kein Holz wegfahren, und deshalb müssen wir eben hungern. Das weißt du alles selbst. Und wenn ich nicht während der letzten Wochen das Nötigste von den Nachbarn geliehen hätte, wären wir schon lange verhungert. Du rührst dich nicht vom Fleck, du, du ... Du willst nur die Kuh schlachten, obwohl für sie noch genug Heu da ist und wir es ihr zu danken haben, daß noch ein Lebenswille in uns wohnt. Aber jetzt, jetzt ist es Schluß mit der Hilfe der Nachbarn. Sie haben selbst zum Kirchdorf gehen müssen und von der Spende nehmen – wieso soll das Bettelei sein, wenn uns die Krone etwas anbietet? Sogar der Bauer vom Großhof hat mir heute gesagt, daß er nichts mehr geben kann, nur einen Mundvoll Brot habe ich für mich bekommen und das hier für die Kinder.« Sie legte ein Stück hartes schwarzes Rindenbrot auf den Tisch, und die Kinder scharten sich gierig um den Leckerbissen.

»Bist du nun fertig?« warf Antti dazwischen, als seine Frau Atem holte und ihren Mantel auszog. Doch sie beachtete ihn gar nicht, sondern ging ungeduldig mit dem Kleinsten zur Wiege, um ihm die Brust zu geben. Da kletterte Antti vom Ofen, reckte sich, machte einige Schritte auf seine Frau zu, als wollte er ihr etwas sagen, hielt inne und stelzte dann mit krummem Rücken hinaus. Eine Kältewelle schlug weit in die Stube – der Mann hatte keine Eile, die Tür hinter sich zuzuziehen.

»Willst du uns auch noch erfrieren lassen?« Im gleichen Augenblick fiel die Tür ins Schloß. Anna wandte sich den Kindern zu, sie gab dem Kleinsten zu essen, nahm eine zur Hälfte mit Milch gefüllte Schale aus dem Schrank, legte das schwarze Rindenbrot zum Aufweichen hinein und bereitete den hungrigen Kindern, die seit vierundzwanzig Stunden keinen Bissen zu kauen hatten, ein wahres Festessen. Während des Mahles schleppte Antti seine Skier in die Stube. Einen verstohlenen, gierigen Blick warf er auf die Essenden, fuhr sich mit dem Handrücken über den Mund und schluckte, da ihm das Wasser im Munde zusammenlief. Er zündete einen Kienspan an und setzte sich in der hereinbrechenden Winterdämmerung an den Herd, um die Schneeschuhe auszubessern. Seine Frau beobachtete still seine Arbeit, und ein milder Zug flog über ihr Gesicht. Halb abgewandt, schlug sie vor: »Könntest du nicht von Pusula aus mit dem Pferd fahren? Dort ist immer irgendeiner, der zu Weihnachten etwas im Kirchdorf zu besorgen hat.« – »Ich kümmere mich nicht um anderer Leute Pferde, wenn ich selbst gehen kann.« – »Aber es sind sechzig Kilometer bis zur Kirche, und du hast seit einer Woche nichts Ordentliches gegessen ...« – »Ich habe schon noch so viel Kraft, um auf guten Skiern einige Meilen zu laufen.« – »Aber die Steigungen, und auf dem Rückweg sollst du den Mehlsack tragen ...«

Keine Antwort, nicht einmal ein Murren. Anna glaubte, ihren Mann genug gewarnt und beraten zu haben, sie brachte die Kinder zu Bett, holte das Spinnrad vor und begann den ewigen Faden auszuziehen, der den ganzen Herbst über kein Ende genommen hatte. Das Spinnrad surrte, der Kienspan knisterte und wurde hin und wieder durch einen neuen ersetzt. Kein Wort fiel. Im stillen machte Anna sich Vorwürfe: Sie war zu heftig, schließlich konnte ihr Mann ja auch nichts dafür, daß sie Not litten. Sie kämpfte um ein paar versöhnende Worte, aber sie blieben ihr in der Kehle stecken.

Endlich hatte Antti seine Skier fertig und trug sie in den Hausflur. Er bat seine Frau kurz, den größten und weißesten Mehlsack in Ordnung zu bringen. Danach kletterte er auf den Ofen und legte sich nieder. »Wann willst du losfahren?« – »Mach dir darüber keine Gedanken! Du brauchst dich nur darum zu kümmern, daß ich das Mehl ordentlich nach Hause bringe.« Ein wenig später legte Anna zur Besänftigung ihre Hand auf den Arm des Mannes, der dort oben lag und so tat, als ob er schliefe.

Am nächsten Morgen, der Morgenstern war noch nicht aufgegangen, fuhr Antti auf den Skiern in die bitterkalte, stille, sternenübersäte Nacht hinaus und glitt wie ein Schatten den Waldpfad hinab, der zum Teertal und weiter zum Nachbargehöft führte. Er war heimlich aufgestanden und hatte sich für die Fahrt fertiggemacht, ohne den Schlaf seiner Familie zu stören. Nur sein Magen knurrte gegen seinen Willen so laut, daß er fürchtete, seine Frau könnte davon aufwachen. Er zog seinen kurzen, neuen, weißen Schafpelz an, schnallte den Gürtel enger, schnitt den letzten Blättertabak für den Weg zurecht, zündete seine Pfeife an und ging. Er wählte seinen größten, eisenbeschlagenen Skistock, denn in diesem Winter kamen bereits vor Weihnachten die Wölfe in Rudeln.

Als die Dämmerung sich an diesem Abend über den kurzen Wintertag herabsenkte, glitt eine gekrümmte, reifüberzogene Gestalt mit einem leeren Sack auf dem Rücken und einer Stummelpfeife zwischen den Lippen die Dorfstraße des Kirchdorfes entlang. Sechzig Kilometer in zwölf Stunden, quer durch die Einödwälder und ohne Ruhepause – nun war es geschafft. Kein Sportsmann vermerkte anerkennend diesen Rekord. Etwas verschämt blickte Antti sich um und blieb vor dem Dorfkaufladen stehen, wo Pferde und wartende Menschen sich stauten. »Gibt es hier das Mehl, das die Krone für Weihnachten verteilt?« – »Wohl bekommt man hier Mehl, aber es soll nicht die Krone sein, die es gibt.«

Jacke wie Hose – Antti stieg in den Laden hinein, mußte lange Zeit warten, ehe er sich bis zum Ladentisch vorschob, und als endlich die Reihe an ihm war, nahm er seinen Sack vom Rücken und gab ihn, ohne ein Wort zu sagen, dem Kaufmann, der mit seinem Gehilfen unter Aufsicht eines vornehmen Frauenzimmers Mehl in die Säcke der Bedürftigen schaufelte. Alle waren bis zu den Augenbrauen mit Mehlstaub überpudert. Es begann ein förmliches Verhör: »Wie heißt du?« – »Antti Metsäntausta.« – »Woher bist du?« – »Von der Metsäntaka-Kate hinter dem Pusula-Gehöft.« – »Und du willst Mehl haben?« – »Ja, man sagte, hier könne man Mehl umsonst haben.« – »Brauchst du wirklich das Mehl so notwendig?« – »Ich bettle wohl nicht zum Vergnügen und würde zum Vergnügen auch nicht seit heute morgen sechzig Kilometer auf den Buckel genommen haben.« – »Leidest du Hunger?« – »Seit einer Woche habe ich keinen Bissen ordentliches Brot gegessen.« – »Und doch hast du einen neuen Pelz an und konntest seit heute morgen mit den Skiern sechzig Kilometer schaffen?« – »Ja … hm … was sollte ich andres tun?«

Der Kaufmann maß ihn mit mißtrauischem Blick und wandte sich dann an die Dame: »Der Mann ist zu rüstig und zu sauber gekleidet. Er gehört nicht zu Ihren Kunden, glauben Sie mir!« – »Kannst du beweisen, daß du das Mehl brauchst?« ging das Verhör weiter.

Antti sah sich unschlüssig im Laden um, aber er konnte kein bekanntes Gesicht entdecken. Blaß vor Scham, in die sich eine Portion Ärger mischte, stammelte er unsicher: »Ja, schau, das ist so, ich komme aus der tiefen

Wildmark hinter Pusula, und ich habe so wenig Bekannte. Wir haben nicht die Gelegenheit, oft hierher zur Kirche zu kommen und Bekanntschaften zu schließen ...« – »Gibt's denn hier niemanden von Pusula, der bezeugen könnte, daß du in Not bist?«

Es war niemand im Laden. Eine Stimme bemerkte, daß die Leute von Pusula bereits in den letzten Tagen ihr Mehl geholt hätten, um es – des weiten Weges halber – rechtzeitig bis Weihnachten nach Hause zu bekommen. »Warum kommst du so spät und allein?« fragte der Kaufmann barsch. Antti verlor die Fassung, er hatte so viel zu sagen, aber er verhaspelte sich bei jedem Wort. Das Frauenzimmer unterbrach ihn wohlwollend: »Sehen Sie, wir müssen wissen, daß wir die Hilfe des Landes nur solchen Leuten zukommen lassen, die sie auch wirklich brauchen. Sie können sich doch sicher eine Bescheinigung vom Pfarrer oder Küster verschaffen, daß Sie bedürftig sind. Kommen Sie morgen wieder, wenn Sie die Bescheinigung haben. Wir müssen genau sein.« Antti richtete sich auf, warf einen sonderbaren Blick auf den Kaufmann und die Mehlhaufen, zog die Mütze in die Stirn und ging, ohne ein Wort zu sagen, hinaus.

Am folgenden Tag, am Morgen des Heiligen Abends, war Antti schon zeitig im Laden, begleitet von einem Knecht, der auf einem Hof in der Nähe arbeitete. In der Not hatte sich Antti seiner vom Konfirmationsunterricht her erinnert und ihn gestern abend nach mehrstündigem Suchen schließlich gefunden. Der Knecht erkannte ihn wieder und glaubte ihm. Er verschaffte Antti gutes Essen und ein Bett zum Schlafen und war nun mitgekommen, um seine Not zu bezeugen. Ohne weiteres bekam Antti nun seinen Sack bis zum Rande gefüllt, aber als der Kaufmann hörte, daß er ihn heute noch sechzig Kilometer auf dem Rücken tragen mußte, wollte er wieder etwas herausnehmen. »Nein, nein«, wehrte Antti ab, »lassen Sie nur, ich werde es schon schaffen.« – »Aber der wiegt seine fünfunddreißig Kilogramm, und das ist mehr als eine Manneslast.« – »Ja, aber ich habe eine Frau und vier Kinder, die seit zwei Wochen Hunger leiden. Wir brauchen alles, was wir bekommen können, die Waldherren kommen wohl nicht so bald mit Arbeit zu uns.« – »Warum haben Sie denn gestern nicht gesagt, daß Sie eine Frau und vier Kinder haben, die Hunger leiden?« fragte das Frauenzimmer. »Ich wollte das nicht vor allen Menschen ... sehen Sie, ich schäme mich so leicht ...«

Ob man wollte oder nicht, man mußte lächeln. Antti bekam seinen vollen Sack, nickte seinen Dank an das Nothilfskomitee dort unten in Helsinki und reichte als besondere Gunstbezeigung der Dame seine grobe Hand. Im Hinausgehen wandte er sich unter der Tür noch einmal um und fragte den Kaufmann: »Könnte mir der Herr nicht einen Satz Blättertabak auf Kredit bis zum Frühjahr geben? Wenn ich nämlich etwas zu rauchen habe, fühle ich die Leibschmerzen nicht so sehr. Der Tabak hat mir gestern auf dem Wege hierher so geholfen, aber jetzt habe ich keinen mehr für den Rückweg.«

Der Kaufmann lachte und erwies sich in Gegenwart anderer als freigebig, er legte zwei große Bündel Blättertabak auf den Ladentisch und meinte, das sei dafür, daß er Antti gestern unrecht getan habe. »Aber du kriegst das Geld im Frühjahr«, versicherte Antti; er duzte ihn vor Freude und reichte auch ihm zum Abschied die Hand. Unter der Tür wandte er noch einmal mit einem frohen Lächeln den Kopf: »Ich bin nicht immer arm gewesen und werde es wohl auch nicht ewig bleiben.«

Er verabschiedete sich von seinem Freund, dem Knecht, stopfte seine Pfeife, schnallte die Schneeschuhe an und verschwand mit einem Rauchwölkchen um den Mund hinter der Wegbiegung, kaum gebeugt unter der Last des Mehlsackes. Es war früh am Vormittag. Froh über seine geglückte Mission und belebt durch den Tabak, fuhr er mit übermütigem Schwung dahin; er hoffte noch vor Mitternacht zu Hause zu sein. Die Fahrt verlief gut, es lag nur wenig lockerer Schnee in den Wäldern.

Eine kleine Steifheit, die ihm noch von der gestrigen Anstrengung im Bein saß, würde sicher auch bald verschwinden, wenn er nur erst richtig in Schwung gekommen war.

Der Tag war milder als der vergangene, die Sonne glänzte im Süden über dem Wald, und es begann ihm warm zu werden unter seinem Schafpelz. So nahm er ihn ab, legte ihn zusammengerollt auf den Sack und setzte seinen Weg in Hemdsärmeln fort. Ein Lied, das die Flößer singen, kam ihm in den Sinn, und er sang es im Takt zu seinen langen Schritten; und als es zu Ende war, stimmte er ein Kirchenlied an. Als die Sonne untergegangen war und die Sterne schwach durch die Dämmerung schimmerten, öffnete sich vor ihm der Wald gegen einen zugefrorenen, großen See: Er wußte nun, daß er mehr als ein Drittel des Weges zurückgelegt hatte. Antti war unzufrieden; ihm fehlte der rechte Schwung, und er fühlte, wie die Müdigkeit sich auf alle Glieder legte, so daß er sich am liebsten in die Schneewehen geworfen hätte, um einzuschlafen. Zur Ermunterung fuhr er in voller Fahrt den Abhang zum See hinunter und auf das Eis. Ein kalter Windzug kam ihm entgegen und blies förmlich durch ihn hindurch. Mit der Dunkelheit wuchs auch die Kälte, sein durchschwitzter Kragen war steifgefroren und scheuerte am Halse. Der Mehlsack drückte unerträglich, und der Strick schnitt schmerzhaft tief in die Schulter ein.

Weit drüben auf der anderen Seite des Sees blinkte von einem einsamen Hof ein Licht herüber. Einen Augenblick hielt er inne, gebannt von dem Gedanken, sich in der Wärme ausstrecken und eine Weile ruhen zu können, bevor er weiter durch die Nacht zöge – aber gewaltsam bezwang er sich, löste seine Last vom Rücken und zog seinen Pelz über – es war zu kalt, um es in der Weihnachtsnacht in Hemdsärmeln auszuhalten. Er scharrte mit den Füßen den Schnee weg und stieß mit dem Skistock ein Loch ins Eis, so daß das Wasser emporquoll. Dann nahm er vorsichtig ein paar Handvoll Mehl aus dem Sack, vermischte es mit Wasser zu einem Brei und schlürfte einsam seine Weihnachtsmahlzeit. Er schwang den Sack auf die andere Schulter, zündete seine Pfeife an und glitt schräg über den düsteren, weiten See, während die Weihnachtssterne in der Kälte funkelten und die Mondsichel für kurze Zeit über den dunklen Horizont emporstieg. Er dachte nicht mehr an die vierzig Kilometer, die er noch durch die Einöde fahren mußte, bevor er daheim war, er lebte ganz in den Träumen des Wildmarkmenschen, genauso, als läge er zu Hause auf dem Ofen . . .

In der Blockhütte zu Metsäntaka wartete Anna seit Einbruch der Dämmerung auf ihren Mann. Sie hatte sich ausgerechnet, daß er vom Kirchdorf ebenso zeitig aufgebrochen sein mochte wie von zu Hause. Die Milch vom Tage vorher verteilte sie unter die Kinder, ohne sich selbst einen Tropfen zu gönnen, und hielt den ganzen Tag über den Mut hoffnungsvoll aufrecht. Die Kuh, die zur Feier der Weihnacht eine besonders große Futterration bekommen hatte, gab ungewöhnlich viel Milch; mit stillem Triumph trug Anna den Melkeimer in die Stube und stellte ihn in den Schrank, wo die geriebene Birkenrinde bereitstand, aus der sie lockeres, frisches Brot bakken wollte, sobald Antti mit dem Mehl zu Hause war. In Gedanken genoß sie bereits das stattliche Weihnachtsfest und strich den Kindern liebevoller als sonst übers Haar.

Schon bevor es zu dämmern begann, heizte sie die Badestube an, um ihrem Mann ein warmes Bad bereiten zu können, wenn er von seiner anstrengenden Reise zurückkam. An Holz fehlte es, Gott sei Dank, nicht, und als die Badestube geheizt war, zündete sie den großen Backofen in der Stube an, der zugleich für eine richtige Weihnachtswärme sorgte. Sie badete sich und die Kinder, um an den Festtagen frisch und sauber zu sein, und glaubte dabei jeden Augenblick zu hören, daß Antti im Hof den Schnee von den Skiern schüttelte. Der Abend kam und die Nacht – aber kein Antti. Zur Schlafenszeit weigerten sich die Kinder, zu Bett zu gehen, sie hatten gewartet und spürten, daß sich etwas Ungewöhnliches vorbereitete. Sie wollten Weihnachten haben, sagten sie, die Mutter habe versprochen, daß es heute kommen werde. »Weihnachten kommt erst mit dem Vater.« – »Wann kommt er denn?« fragten drei vorwitzige Münder.

Sie beruhigte sie, aber sie selbst konnte keine Ruhe finden. Als die Kinder endlich zu Bett waren, setzte sie sich in ihrer Unruhe ans Spinnrad und begann den Faden auszuziehen. Sie sang ein Kirchenlied dazu, um Gott zu besänftigen, weil sie an einem solchen Festtag arbeitete. Aber ohne Arbeit war ihr das Warten unerträglich. Ihre Gedanken kreisten angsterfüllt um ihren Mann und um den unfreundlichen Abschied. In stiller Reue rang sie die Hände und gab sich die Schuld daran, daß er womöglich im Walde erfror. Um Mitternacht ging sie hinaus, ein Stück vom Hause weg, um die Kinder nicht aufzuwekken, und rief mit gellender, angsterfüllter Stimme langgezogen in die dunkle Nacht hinaus: »Antti! Antti! – Kommst du noch nicht?« – ». . . Kommst noch nicht!« antwortete höhnisch das Echo vom Kieferngehölz her.

Sie stand draußen, bis sie zu frieren begann, schritt dann gesenkten Hauptes wieder hinein und weinte. Ihr Gewissen blutete, und die Tränen brachten ihr keine Erleichterung. Sie seufzte tief auf und klagte halblaut: »Herr, du mein mächtiger Gott, der du gut bist und weise, warum läßt du mich meinen Mann in die Winternacht hinausjagen, warum? Wäre er zu Hause geblieben, so hätten wir zusammen sterben können . . .!«

Von dem Klagen erwachte das älteste Mädchen und schlich sich verwundert zur Mutter. Als es sah, daß die Mutter weinte, begannen auch ihm die Tränen zu rinnen. Anna preßte das Kind heftig an sich, und ihre aus der Sorge geborenen Tränen benetzten ihm Haar und Wangen. Sie wiegte die Siebenjährige hin und her und klagte. »Nun haben wir nichts mehr zu erwarten als den Tod . . . möge er bald kommen!« – »Der Tod? Warum?«

fragte das Mädchen. Wortlos trug die Mutter ihr großes Kind zum Bett, beugte das Haupt und betete lange und inbrünstig für ihren Mann, für die Kinder, für sich selbst – und für die ganze sündige Welt.

Ein scharfes Ohr hätte in den frühen Morgenstunden der regungslosen Christnacht einen leisen, sausenden Laut vernehmen können, der sich langsam und müde dem einsamen Einödhof Metsäntaka näherte. Plötzlich klang ein Freudenruf durch die kalte Winternacht. Von einer frohen Ahnung erfüllt, erwachte Anna, sprang im bloßen Hemd zur Tür, schlug sie auf und sah in dem verwaschenen Schneelicht eine weiße Gestalt in den Hof gleiten. »Gott im Himmel! – Antti! – Endlich!«

Antti hatte nicht mehr die Kraft, zu antworten. Er murmelte irgend etwas vor sich hin, streifte mit Mühe die Skier ab, ließ sie liegen, wo sie waren, und wankte zur Tür. Reif, Schnee und Mehlstaub hatten ihn in einen schimmernden Weihnachtsengel verwandelt. Anna zog ihn in die Stube, er sank wortlos auf die Bank nieder und seufzte tief und dankbar. Beim Schein eines Kienspans befreite Anna ihren Mann von Mehlsack und Pelz und musterte ihn unruhig, ob er sich nichts erfroren hatte. Aber er war in Schweiß gebadet. »Und nun gehst du gleich in die Badestube. Antti, es ist noch schön warm dort, und ich kann auch nachheizen!«

Antti ließ willenlos alles mit sich geschehen, was seine Frau wollte. Sie brachte ihn zur Badestube, legte Holz nach, obwohl es noch warm genug war, machte heißes Wasser und Birkenbüschel zurecht und bemerkte vor lauter Geschäftigkeit gar nicht, daß Antti kein Hemd mehr anhatte. Erst als er auf der Schwitzbank ausgestreckt lag, seine Haut sich zu röten begann und die Glieder sich unter der wohltuenden Wirkung des Wasserdampfes lösten, verließ sie ihn. Sie rannte in die Stube zurück und entfachte ein flammendes Feuer im Backofen. Die Kinder erwachten und hörten, daß mit dem Vater vom Kirchdorf Weihnachten gekommen sei; die

Mutter zog ihnen ihre besten Kleider an und versprach, daß sie sich nun bald satt essen dürften.

Welch ein Jubel!

Nach einer Stunde erst half sie Antti aus der Badestube. Er war noch so erschöpft, daß er kaum ohne Stütze laufen konnte, dennoch hob er im Vorbeigehen seine Skier vom Boden auf und stellte sie gegen die Hauswand. Die Rauchstube war wie verwandelt: Ein prächtiges Feuer brannte im Herd, ein weißes Tuch lag auf dem Tisch, brennende Kienspäne knisterten in den Wandritzen und Klammern – und vier prächtige, große, dampfende Laibe frischen Brotes, gebacken aus Mehl und Milch, prangten mitten auf dem Tisch. Dem Alter nach saßen die Kinder um ihn herum, das jüngste nahm Anna aus der Wiege an ihre Brust. »Komm jetzt, Antti, und laß uns das Weihnachtsbrot segnen!«

Nach dem Tischgebet öffnete Antti, der sich ein Stück Brot genommen hatte, zum erstenmal seit seiner Rückkehr den Mund: »Die Hälfte mußte ich in einer Sandgrube vergraben, zehn Kilometer von hier, sonst hätte ich nicht weitergekonnt. Ich finde mich schon hin, wenn ich es holen fahre.« – »Aber dann ist es ja mit Sand vermengt«, sagte Anna. »O nein, du – ich habe es in mein Hemd eingewickelt ...«

Als der ärgste Hunger gestillt war, besann sich Anna, daß man anderswo um diese Zeit zum Frühgottesdienst ging, und suchte ihr Gesangbuch hervor. »Singen wir ein Lied, das wir auswendig können«, sagte Antti. Und die hungernden Ödmarkbewohner sangen den Psalm:

»Die ganze Welt freut sich des Herrn
aus vollstem Herzensgrunde ...«

Die Kinder fielen an den Stellen ein, die sie kannten, aber das störte die Andacht nicht, und die Eltern sangen das alte Kirchenlied ruhig zu Ende.

XIV WIE DIE TIERE DEM JESUSKIND HALFEN

»Da beteten sogar die Tiere im Stall, Ochs und Esel, ihn ständig an, während sie ihn zwischen sich hatten. Da erfüllte sich, was durch den Propheten Habakuk verkündet ist, der da sagt: Zwischen zwei Tieren wirst du erkannt.«

Aus dem apokryphen ›Pseudo-Matthäus‹ (8./9. Jh.), in dem zum erstenmal Ochs und Esel an der Krippe erwähnt werden.

Wölfe als Fluchthelfer
Aromunische Legende

Nun gut. Ihr wißt ja, was alles im Neuen Testament aufgeschrieben steht von unserm Herrn und Erlöser Jesus Christus. Ihr habt darin gelesen wie alle andern Menschen. Aber es ist damals nicht alles aufgeschrieben worden, was mit unserm Herrn passiert ist. Man hat wohl nicht so viel Tinte und Papier gehabt. Und der heilige Johannes selber hat gesagt: »Es gibt noch vieles andere, was Jesus getan hat. Wollte man das aber alles im einzelnen aufschreiben, so meine ich, daß alle Bücher auf der Welt das nicht fassen könnten.«

So ist also vieles von Mund zu Mund gegangen und um die Welt. Vieles ist von den Menschen vergessen worden, und so manches haben nur wir einfältigen Menschen in den Bergen behalten und bewahrt bis zum heutigen Tag. Und nur der Herrgott allein weiß, ob man es morgen noch erzählen wird.

Also ... Ihr wißt, daß einige Zeit nach der Geburt des himmlischen Kindes weise Männer – wir sagen Könige – aus dem Osten gekommen sind, um unsern Herrn anzubeten. Und ihr wißt auch, daß König Herodes von der Sache Wind bekommen hat, und daß er beschlossen hat, alle Kinder in Bethlehem umzubringen. Und mitten in der Nacht steigt ein Engel vom Himmel hernieder und rüttelt den Josef wach und sagt ihm, er müsse schleunigst mit seiner Familie verschwinden, sonst erlebten sie den Abend nimmer.

Josef war natürlich sehr erschrocken, aber er weckt gleich Maria auf und sagt ihr alles, und er weckt auch seine beiden Söhne und seine Tochter – die waren von seiner verstorbenen Frau aus der ersten Ehe. Schnell das nötigste Gepäck zusammen, und dann sind sie – nicht über die Straße sondern querfeldein – zum nächsten Wald, aber sie haben im Finstern die Richtung verloren und wären wohl nach Jerusalem und den Soldaten in die Hände gelaufen, doch da steht auf einmal der Engel vor ihnen und sagt: »Na, ihr Lieben! Wo lauft ihr denn hin? Ihr seid ja ganz falsch ...« – »Ja«, sagt der heilige Josef, »es ist ja so finster: kein einziger Stern am Himmel, wie soll man da nach Ägypten finden?« – »Das hat der Herrgott so gemacht ... die Finsternis ... damit man euch nicht sieht und erwischt«, sagt der Engel. »Aber kommt nur hinter mir her, ich will euch den Weg zeigen.«

Und der Engel hat eine Hand hochgehalten, und die hat zu leuchten angefangen wie eine Kerze ... was sag ich ... wie eine Fackel. Und alle haben in diesem Licht gut den Pfad sehen können, den sie der Engel geführt hat.

Die ganze Nacht hindurch sind sie so marschiert, und der Engel hat vorausgeleuchtet, bis die Dämmerung eingesetzt hat. Da haben sie im Wald eine Rast gemacht. Dann hat der Engel darauf gedrängt, daß sie weitergehen. Und so sind sie aufgestanden und Stunde um Stunde weitergegangen.

Später einmal ist die Muttergottes immer müder geworden, sie hat schon ganz wunde Füße gehabt, und sie hat nicht mehr weitergehen können. Da haben sie wieder Rast gemacht.

Der Engel aber hat mit dem Finger auf dem Boden einen Kreis gezogen – so in den Waldboden hingezeichnet – und sogleich ist dort eine Quelle entsprungen – die fließt bis zum heutigen Tag. Da haben sie nun alle zu trinken gehabt, und die Allheilige hat ihre wunden Füße baden können.

Auf einmal ist aber um den Platz herum, wo sie sich gelagert haben, ein Rudel Wölfe erschienen, und da sind sie alle furchtbar erschrocken. Doch der Engel hat gesagt: »Fürchtet euch nicht! Der Sohn des Herrgotts wird für alles sorgen.« Und der kleine Jesusknabe ist zu den Wölfen gegangen, und diese sind ganz zahm geworden wie Hunde, aber nicht wie unsere bösen Viecher bei den Hirten, nein, so wie in der Stadt. Und die Wölfe haben sich brav hingesetzt und haben nur mit großen Augen das Kind angeschaut.

Jesus aber sagt zu ihnen: »Hört ihr: Meine Mutter ist erschöpft, hat wehe Füße und kann nicht mehr weiter. Wir brauchen Hilfe.« – »Machen wir«, haben die Wölfe gesagt, »wir gehn etwas besorgen. Es wird sich schon ein Pferd oder ein Esel auftreiben lassen.«

Und ein Wolf sagt: »Ich weiß in der Nähe ein Kloster. Die Mönche dort haben Esel, wir können einen ausleihen.« – »Ach was«, sagt ein anderer Wolf, »ich weiß in der Nähe einen reichen und geizigen Bauern. Der hat das schönste Pferd weit herum. Soll er doch einmal zu Fuß laufen!«

Und schon haben sich die Wölfe davongemacht und sind in den Wald gelaufen.

Der Reiche ist gerade in der Nähe durch den Wald geritten, und wie er sich umschaut, kommt da ein ganzes Rudel wilder Wölfe auf ihn zu. Da hat er sich sehr gefürchtet, vor Schrecken hätte er fast in die Hosen gemacht, und was tut er? Vom Sattel aus ist er auf einen Baum hinaufgeklettert und hat bei sich gedacht: ›Sollen doch die Teufelswölfe das Pferd fressen, wenn sie nur mich in Ruhe lassen!‹

Aber das Pferd ist vor den Wölfen nicht erschrocken, und ein Wolf hat das Pferd am Zügel genommen, und sie sind damit davon.

So hat das heilige Paar ein Reittier gehabt, und das – meine Lieben – ein Roß so stark, daß es drei hätte tragen können. Wie sie nun weitergegangen sind, da war auf einmal der Engel verschwunden, es waren die Wölfe verschwunden, und es waren die türkischen Soldaten – was sag ich! – die Soldaten des Herodes verschwunden.

Sie haben sich nicht beeilt. Jeden Tag haben sie eine Strecke gemacht. Am Abend haben die älteren Söhne des heiligen Josef ein Feuer angezündet. Ganz wunderbar haben sie immer etwas zum Essen gefunden. Einmal ein Schaf – das müssen ihnen die Wölfe zugetragen haben – einmal einen Hasen ... den auch. Und wenn sie sich am Rastplatz umgeschaut haben, dann standen gerade dort Bäume mit Früchten, reifen Früchten oder Nüssen oder sonst etwas. Gehungert haben sie nicht.

Ja, noch manches Wunderbare erzählt man sich, was ihnen auf dem Weg nach Ägypten begegnet ist. Vielleicht ja, vielleicht nein ... Ihr werdet sagen: Woher weiß man das alles? Nun ... es waren ja genug Menschen dabei. Die werden sicher später von der Reise gesprochen haben. Und andere haben es gehört und weiterberichtet.

So mag das gewesen sein ...

Der Beetle, der Dhardheel und der Prumpolaun
Irische Legende

Zu der Zeit, als Jesus auf der Flucht war vor denen, die ihn verraten hatten, geschah es, daß er durch ein Feld kam, auf dem ein Bauer Weizen säte. Seine Jünger sagten zu dem Bauern, daß er, sollte ihn jemand fragen, »ob Jesus von Nazareth hier vorbeigekommen«, antworten solle: »Er kam durch dieses Feld, als wir die Saat ausbrachten.«

Am nächsten Morgen ging der Bauer auf sein Feld, weil er befürchtete, die Vögel könnten bei dem Saatgut, das er tags zuvor in die Erde gebracht hatte, Schaden anrichten. Doch seine Verwunderung war groß, als er den Weizen, den er doch tags zuvor erst gesät hatte, hochgeschossen stehen sah, von goldgelber Farbe und reif für den Schnitt.

Der Bauer rief seine Leute, sie sollten Sicheln bringen und den Weizen schneiden. Und während sie schnitten, geschah es, daß die Späher durch das Feld kamen. Sie fragten den Mann, dem das Feld gehörte, ob Jesus von Nazareth hier vorbeigekommen sei. Der Bauer antwortete ihnen und sagte: »Er kam durch dieses Feld, als wir den Weizen säten, den wir heute ernten.«

Der Keerogue (Laufkäfer) reckte seinen Kopf aus einem Loch und rief: »Iné, iné! Gestern, gestern!« um ihnen zu sagen, daß Jesus am Vortag hier gewesen sei. Während sie mit dem Keerogue redeten, streckte der Dhardheel (Kurzflügelkäfer) seinen Kopf aus einem anderen Loch und rief: »Gér, gér, gér! Rasch, rasch, rasch!« Er rief es dreimal, um ihnen zu bedeuten, wenn sie schnell die Verfolgung aufnähmen, könnten sie Jesus ergreifen.

»O vo vo! Mögest du im Wasser sieden und im Feuer brennen!« sagte der Prumpolaun (Mistkäfer), denn er fürchtete, die Späher könnten den Sinn dieser Worte verstehen und rasch die Verfolgung aufnehmen, um Jesus gefangenzusetzen.

Noch heute ist es bei den Leuten in West-Connacht der Brauch, daß sie, wenn ein Dhardheel ins Haus kommt, eine Feuerzange holen, ein glühendes Kohlestückchen aufnehmen, darauf blasen und es auf den Dhardheel werfen, um ihn zu verbrennen. Und dabei sagen sie: »Die Sünden dieses Tages, meines Lebens und meiner sieben Vorfahren sollen auf dich kommen.«

Bekommen sie einen Keerogue zu fassen, so schneiden sie ihm den Kopf ab und sagen dabei die gleichen Worte, die er selbst gesagt hatte: »Iné! Iné!«

Dem Prumpolaun dagegen geschieht nichts Böses, weil er Mitleid gezeigt hatte mit Unserem Erlöser, als sich dieser auf der Flucht vor seinen Verfolgern befand.

XV DIE UNTERIRDISCHEN HÜTEN DEN HORT

Zu den Unternächten, wie man in Böhmen die Zeit zwischen Weihnachten und Heilige Drei Könige nennt, gehören allemal auch die Unterirdischen, Unnereerdschen, Quarxe, Schwarzelben, kleinen Leutlein.

Der Schatz auf der Landeskrone
Lausitzer Sage

In der Landeskrone ist von alten Zeiten her ein großer Schatz vergraben. Jakob Böhme, der berühmte Görlitzer Schuster und Philosoph, hat ihn einst gesehen. Als er noch ein Knabe war und das Vieh hütete, pflegte er schon, in tiefsinnigen Betrachtungen versunken, sich von seinen Gefährten abzusondern. So kam er einmal in Gedanken in der Mittagsstunde auf den Berg. Auf dem Gipfel fand er einen Eingang, wie von roten Steinen gemauert, und als er hineinging, erblickte er eine große Bütte mit Gold. Er erschrak aber so sehr darüber, daß er eiligst zurückging, ohne sich etwas von dem Gold zu nehmen. Als er nachher mit andern Knaben mehrmals auf den Berg stieg, konnte er den Eingang nicht mehr finden.

Zur Weihnachtszeit um Mitternacht kann man den Eingang finden. Zum Schlüsselloch paßt ein jeder Kanzelschlüssel, welchen man in der Christnacht abziehen muß. Andere sagen, es müsse der Kanzelschlüssel aus der Görlitzer Peterskirche sein, und man brauche dazu die dort liegende große Habermannsche Altarbibel.

Auch heißt es, daß der Schatz gehoben werden könnte, wenn so viele reine Jungfrauen zusammenkämen, daß der Berg durchgesägt werden könnte. Daher sagt man von einer spröden Jungfrau, die nicht heiraten mag, sondern ohne Grund einem ehrlichen Burschen einen Korb gibt: »Sie will warten, bis mit ihrer Hilfe die Landeskrone durchgesägt wird.«

Der Herr der Unterirdischen
Estnisches Märchen

Einst war ein Mann in einer stürmischen Nacht zwischen Weihnacht und Neujahr vom Wege abgekommen. Durch die tiefen Schneetriften watend, erlahmte seine Kraft, und er konnte seinem Schicksal danken, daß er endlich unter einem dichten Wacholderbusch Schutz vor dem Winde fand. Hier gedachte er über Nacht zu bleiben, da er am anderen Morgen bei Tageslicht den Weg leichter zu finden hoffte. So zog er sich denn wie ein Igel zusammen, wickelte sich in seinen warmen Pelz und war bald eingeschlafen. Eine Weile mochte er so unter dem Busch geschlafen haben, als er sich von jemand gerüttelt fühlte. Als er aus dem Schlafe auffuhr, schlug eine fremde Stimme an sein Ohr: »Heda, Nachbar! Steh auf, sonst begräbt dich der Schneesturm unter der Trift, daß du hernach nicht mehr herauskommst.«

Der Schläfer hob den Kopf aus dem Pelz und öffnete die schlaftrunkenen Augen. Da sah er einen langen Mann von schlankem Wuchs vor sich stehen, der einen jungen Kiefernbaum, wohl doppelt so hoch wie er selbst war, als Stock in der Hand trug. »Komm mit mir!« sprach der Mann mit dem Kiefernstock, »wir haben im Walde unter dem Schutz der Bäume ein Feuer aufgemacht, wo es sich besser ruht als hier auf freiem Felde.«

Ein so freundliches Anerbieten durfte der Bauer nicht zurückweisen. Er stand sogleich auf und machte sich mit dem fremden Mann auf den Weg. Der Schneesturm wütete heftig, so daß man auf drei Schritt Entfernung nichts erkennen konnte; sobald aber der Fremde seinen Kiefernstab aufhob und mit lauter Stimme rief: »Oho, Sturmfrau, gib uns den Weg frei!« so entstand vor ihnen eine breite Straße, wohin auch nicht das kleinste Schneeflöckchen drang. Links und rechts und hinter ihnen tobte der Schneesturm wie unsinnig, aber die Wanderer litten keine Beschwerde. Es war, als hätte auf beiden Seiten eine unsichtbare Mauer dem Sturm gewehrt, auf sie einzudringen.

Nach einer Weile gelangten die Männer in den Wald, wo der Schein eines Feuers ihnen schon von fern ins Auge fiel.

»Wie heißt du?« fragte der Mann mit dem Kiefernstock, und der Bauer antwortete: »Des langen Hans Sohn Hans.«

Am Feuer saßen drei Männer und trugen weiße leinene Kleider wie mitten im Hochsommer. Etwa dreißig oder mehr Schritt im Umkreis von ihnen schien voller Sommer zu herrschen.

Der Moosgrund war trocken und mit grünen Blättern und Pflänzchen bestanden, und auf dem Rasen liefen Ameisen und Käferchen hin und her. Und doch vernahm des langen Hans Sohn weither vom Felde das Brausen des Sturmes und das Gewirbel der Schneeflocken. Noch sonderbarer erschien ihm das lodernde Feuer, das einen sehr hellen Schein verbreitete, aber nicht den geringsten Rauch gab. »Was meinst du, Sohn des langen Hans, scheint dies Plätzchen nicht ein besseres Nachtlager zu bieten, als das da draußen auf dem Feld unter dem Wacholderbusch?« fragte ihn der Fremde. Hans mußte es zugeben und dem fremden Mann für seine treffliche Wegweisung noch Dank wissen. Dann warf er seinen Pelz ab, rollte ihn zu einem Kopfkissen zusammen und streckte sich am Feuer nieder. Der Mann mit dem Kiefernstock trug seinen Lägel (Tragfäßchen) aus dem Gebüsch herbei und bot unserem Hans einen Labetrunk. Das süße Getränk mundete ihm sehr und es wurde ihm ganz wohl ums Herz. Der Mann mit dem Kiefernstock warf sich gleichfalls nieder und begann mit seinen Gefährten in einer fremden Sprache zu reden, von der unser Hans kein Wörtchen verstand. Deshalb war er binnen kurzem eingeschlafen.

Als er erwachte, fand er sich allein an einem fremden

Ort, wo es weder einen Wald noch ein Feuer gab. Er rieb sich die Augen, rief sich das nächtliche Begebnis in Erinnerung und glaubte schon, alles geträumt zu haben, konnte aber doch nicht begreifen, wie er an diesen fremden Ort geraten sei. Aus der Ferne drang ein gewaltiges Getöse an sein Ohr, und er fühlte, wie der Boden unter seinen Füßen zitterte. Hans horchte eine Zeit lang auf, woher das Getöse käme, und beschloß dann in dieser Richtung vorwärtszugehen, da er auf diese Art unter Menschen zu kommen hoffte. Wie er so dahinging, gelangte er vor eine Felsenhöhle, aus der das Getöse hervorscholl und ein schwacher Feuerschein ihm entgegenschimmerte. Er trat in die Höhle und traf da auf eine ungeheure Schmiede mit vielen Blasebälgen und Ambossen. Um jeden Amboß standen sieben Arbeiter. Närrischere Schmiede möchten wohl auf der Welt nicht zu finden sein! Die kniehohen Männchen hatten Köpfe, die größer als ihre schwachen Körperchen waren, und schwangen Hämmer in der Hand, die wohl doppelt so lang waren als ihre Träger. Diese schweren Eisenkeulen ließen die Männchen so gewaltig auf die Ambosse niederfallen, daß selbst die allerstärksten Männer keine wuchtigeren Schläge hätten führen können. Die kleinen Schmiede trugen nichts anderes am Leib als Lederschürzen, die ihnen vom Hals bis zu den Füßen reichten: am Rücken waren sie nackt, wie Gott sie geschaffen hatte.

Im Hintergrund an der Wand saß der unserem Hans bekannte Mann mit dem Kiefernstab auf einem hohen Block und führte scharfe Aufsicht über die Arbeit der kleinen Gesellen. Ihm zu Füßen stand eine hohe Kanne, aus der die Arbeiter ab und zu einen Trunk taten. Der Herr der Schmiede trug nicht mehr seine weißen Kleider von gestern, sondern einen schwarzen rußigen Rock und einen Ledergürtel mit breiten Schnallen um die Hüften. Den langen Kiefernstock hielt er aber in der Hand und gab damit den Gesellen von Zeit zu Zeit seine Winke, da hier im Getöse und Gedröhne niemand ein menschliches Wort vernehmen konnte.

Hans war sich nicht sicher, ob ihn jemand bemerkt hätte oder nicht, denn Meister und Gesellen verrichteten ihre Arbeit emsig weiter, ohne sich um den Fremden zu kümmern. Nach einigen Stunden durften die kleinen Schmiede Rast halten, ließen die Blasebälge stehen und warfen die schweren Hämmer nieder. Jetzt, als die Arbeiter die Höhle verließen, erhob sich ihr Herr vom Block und rief den Hans zu sich. »Ich habe deine Ankunft wohl bemerkt«, sagte er, »aber die eilige Arbeit gab mir nicht früher Muße, mit dir zu reden. Heute mußt du mein Gast sein, um meine Lebensweise und meine Haushaltung kennenzulernen. Bleib solange hier, bis ich die Arbeitskleider ablege.« Mit diesen Worten zog er einen Schlüssel aus der Tasche und öffnete im Hintergrund der Höhle eine Tür in der Wand, wo er Hans eintreten und auf ihn warten hieß.

O welche Reichtümer und Schätze breiteten sich hier vor seinen Blicken aus! Ringsum standen überall Gold- und Silberblöcke aufgestapelt und glänzten dem Beschauer entgegen. Hans begann zum Spaß die Goldblökke eines einzigen Haufens zu zählen und war gerade bis fünfhundertundsiebzig gekommen, als der Wirt zurückkehrte und lächelnd rief: »Laß das Zählen, es würde dich zu viel Zeit kosten. Nimm lieber etliche Stücke vom Haufen, die ich dir zur Erinnerung schenken will.«

Man kann sich denken, daß Hans sich das nicht zweimal sagen ließ. Er umfaßte mit beiden Händen einen Block, konnte ihn aber nicht von der Stelle rühren, geschweige denn aufheben. Der Herr der Schätze lachte und sprach: »Du armseliger Schwächling vermagst nicht einmal mein kleinstes Geschenk fortzutragen, mußt dich also schon damit zufrieden geben, deine Augen daran weiden zu können.«

Mit diesen Worten führte er Hans in eine andere Kammer, von da in eine dritte, vierte und so fort, bis sie endlich in die siebente Höhlenkammer gelangten, die eher von der Größe einer Kirche und gleich den anderen Kammern von oben bis unten mit Gold und Silber angefüllt war. Hans staunte beim Anblick dieser unermeßlichen Schätze, womit man alle Königreiche der Welt hätte kaufen können, die aber hier unter der Erde nutzlos verborgen lagen. Er fragte den Wirt: »Warum häuft Ihr so reiche Schätze hier an, wo kein lebendes Wesen das Gold und Silber nutzen kann? Kämen diese Schätze unter die Menschen, so würden sie alle reich werden und niemand brauchte mehr zu arbeiten und sich abzuquälen.« – »Das ist es eben«, versetzte der Herr der Schätze, »weshalb ich diese Reichtümer nicht unter die Menschen gelangen lassen darf; da ginge alle Welt in Trägheit zugrunde, wenn niemand mehr für sein täglich Brot zu sorgen brauchte. Der Mensch ist geschaffen, um sich mit Arbeit und Mühe zu erhalten.«

Hans wollte das durchaus nicht wahrhaben und stritt eifrig dagegen. Endlich bat er, ihm zu erklären, wozu all das Gold und Silber hier als eines einzigen Mannes Besitz aufgespeichert wäre, der Besitzer aber dennoch seinen Reichtum unermüdlich zu mehren bedacht sei, obgleich er schon übergenug davon habe.

Der Hausherr antwortete: »Ich bin kein Mensch, wenn ich auch menschliche Bildung und Gestalt trage; ich bin eines von den höheren Wesen, die nach Gottvaters Ordnung die Welt zu beherrschen und zu verwalten geschaffen sind. Nach seinem Gesetz muß ich und müssen meine Gesellen unter der Erde rastlos Gold und Silber schaffen, wovon alljährlich ein kleiner Teil zum Bedarf der Menschen herausgegeben wird, soviel sie zur Betreibung ihrer Geschäfte notwendig brauchen. Doch soll niemand diese Gabe mühelos empfangen. Wir müssen das Gold zuvor fein stampfen und die Körner mit Erde, Lehm und Kies vermischen, wo man sie dann später glücklichenfalls entdeckt und mit vieler Mühe auswäscht. Aber, Freund, wir müssen unser Gespräch beenden, denn es ist bald Mittagszeit. Hast du Lust, meine Schätze noch weiter zu beschauen, so bleibe hier und erfreue dein Herz am Glanz des Goldes, bis ich dich zu Tisch rufe.«

Mit diesen Worten schied er von Hans.

Hans schlenderte nun wieder allein aus einer Schatzkammer in die andere und versuchte hie und da ein kleineres Stück Gold vom Haufen zu rühren, was ihm aber ganz unmöglich war. Er hatte schon früher erfahrenere Leute von der Schwere des Goldes reden hören, aber nie glauben mögen, was er jetzt nach eigenen Versuchen erlebte.

Nach einiger Zeit kehrte der Hausherr zurück, aber so verwandelt, daß Hans ihn im ersten Augenblick nicht erkannte. Er trug hellrote, feuerfarbene Seidengewänder, die mit goldenen Borten und Fransen prächtig geziert waren; ein handbreiter goldener Gürtel umschlang seine Hüften, und auf dem Haupt saß ihm eine herrlich glänzende Krone, aus welcher die Edelsteine wie Sterne in einer klaren Winternacht niederfunkelten. Statt des ehemaligen Kiefernstockes trug er in der Hand ein Stäbchen aus feinem Gold, an welchem Äste und Stümpfe saßen, so daß das Stäbchen wie ein Sprößling des großen Kiefernbaumes aussah.

Nachdem der königliche Hausherr die Türen der Goldkammern verschlossen und die Schlüssel eingesteckt hatte, nahm er unseren Hans bei der Hand und führte ihn durch die Schmiede in ein anderes Gemach, wo für sie das Mahl angerichtet war. Die Tische und die Sitze herum waren von Silber; mitten im Gemach stand ein prächtiger Speisetisch und zu beiden Seiten des Tisches ein silberner Stuhl. Das Eß- und Trinkgeschirr, die Schalen, Schüsseln, Teller, Kannen und Becher waren von Gold. Nachdem der Wirt mit seinem Gast sich am Tische niedergelassen, wurden zwölf Gerichte nacheinander aufgetragen. Die Diener waren Männchen von der Art der Schmiedegesellen, aber nicht nackt wie diese, sondern alle in reinen, weißen Kleidern. Ganz wunderbar kam unserem Hans ihre Behendigkeit und Geschicklichkeit vor, denn obgleich sie sichtbarlich keine Flügel trugen, so schienen sie doch in ihrer Leichtigkeit beim Hüpfen wie beflügelt. Da sie nämlich nicht bis zur Höhe des Tisches reichten, mußten sie jedesmal wie Flöhe vom Estrich auf den Tisch hüpfen! Sie wußten aber die großen Speiseschüsseln und Schalen so geschickt zu halten, daß sie nicht ein Tröpfchen verschütteten. Während des Mahles füllten die kleinen Diener die Becher mit Met und köstlichem Wein aus den Kannen und kredenzten sie den Tafelgästen. Der Wirt unterhielt ein freundliches Gespräch und erklärte unserem Hans manches Geheimnis.

So sagte er, als die Rede auf ihre Begegnung in der Schneesturmnacht kam: »Zwischen Weihnacht und Neujahr streife ich häufig zu meinem Vergnügen auf der Erde umher, um in das Leben und Treiben der Menschen etwas hineinzublicken und einige von ihnen kennenzulernen. Was ich aber bisher von ihnen gesehen und erfahren habe, kann ich nicht rühmen. Die meisten Menschen sind füreinander mehr Plage und Verdruß. Jedermann klagt mehr oder weniger über seinen Nächsten. Niemand erkennt seine eigenen Fehler und Mängel, sondern legt immer anderen zur Last, was er selbst verschuldet.« Hans bemühte sich mit Eifer, die Rede des Hausherrn zu widerlegen, worauf ihm aber der freundliche Wirt reichlicher einschenken ließ, bis ihm endlich die Zunge so schwer wurde, daß er kein Wort mehr entgegnen und noch weniger verstehen konnte, was der Hausherr sprach. Allmählich nickte er auf seinem Stuhle ein und wußte nicht, was mit ihm vorging.

Während er seinen Rausch ausschlief, hatte er seltsame, bunte Träume, in welchen die geschauten Goldblöcke immer wieder vor sein Auge traten. Im Traum fühlte er sich weit stärker, lud sich ein paar Goldblöcke auf den Rücken und trug sie leicht davon. Endlich drohte seine Kraft unter der schweren Bürde doch zu erlahmen, er mußte sich niedersetzen und verschnaufen. Da vernahm er neckische Töne, die er für den Gesang der kleinen Schmiede hielt, wie ihm auch der Feuerschein von ihren Blasebälgen ins Auge fiel. Blinzelnd schaute er auf und gewahrte grünen Wald um sich und blühenden Rasen unter sich; statt des vermeintlichen Feuerscheins von den Blasebälgen der Schmiede schien ihm die Sonne freundlich ins Gesicht. Er schüttelte den Schlaf ab und brauchte geraume Zeit, um sich darauf zu besinnen, was ihm inzwischen begegnet war.

Als aber allmählich alle Erinnerungen in ihm wach wurden, schien ihm seine gegenwärtige Lage so wunderlich, daß es in keinem Stück mit rechten Dingen zugehen konnte. Er erinnerte sich, daß er im Winter einige Tage nach Weihnacht in einer stürmischen Nacht vom Wege abgekommen und was dann weiter geschehen war. Er hatte die Nacht im Wald an einem Feuer unter fremden Leuten verbracht, war selbigen Tags der Gast des Mannes mit dem Kiefernstock gewesen, hatte dort zu Mittag gegessen, viel getrunken – kurz, in allem nur ein paar Tage verjubelt. Jetzt aber war es rings um ihn her überall voller Sommer. Da mußte doch ein heimlicher Zauber im Spiele sein!

Als er sich nun erhob, fand er eine alte Feuerstelle in seiner Nähe, die im Sonnenschein wunderbar glänzte. Als er die Feuerstelle näher ins Auge faßte, entdeckte er, daß der vermeintliche Aschenhaufen aus feinem Silberstaub bestand, und daß die nachgebliebenen Feuerbrände pure Goldstümpfe waren. O dieses Glück! Woher nur einen Sack nehmen, um den Schatz heimzutragen? Aber Not macht erfinderisch: Hans warf seinen Winterpelz ab, fegte die Silberasche zusammen, daß auch kein Stäubchen übrigblieb, tat sie nebst den goldenen Feuerbränden auf den Pelz und schnürte ihn mit dem Gürtel in ein Bündel zusammen, damit nichts herausriesele. Obwohl die Last nicht groß war, drückte sie ihn doch tüchtig, so daß Hans wie ein ganzer Mann daran zu tragen hatte, bevor er einen geeigneten Platz fand, um seinen Schatz zu verbergen.

So war nun Hans durch ein unverhofftes Glück plötzlich ein reicher Mann geworden, der sich ein Landgut hätte kaufen können. Er ging mit sich zu Rate und fand zuletzt, daß es am besten sei, seinen alten Wohnort zu verlassen und weit von dort einen neuen zu suchen, wo ihn die Leute nicht kannten. Dort kaufte er sich ein schönes Bauerngut, wobei er noch ein gut Stück Geld übrigbehielt, nahm ein Weib und lebte als reicher Mann bis an sein Ende. Vor seinem Tode hat er seinen Kindern das Geheimnis entdeckt, wie ihn der Herr der Unterirdischen reich gemacht. Von den Kindern und Enkeln verbreitete sich die Geschichte weiter.

XVI EIN WEIHNACHTSWUNDER AUS DEM DREISSIGJÄHRIGEN KRIEG

Im Jahre 1582 führte Papst Gregor XIII. den nach ihm benannten Gregorianischen Kalender ein, der noch heute Gültigkeit hat. In den katholischen Ländern wurde er gleich zum Gesetz, die evangelischen führten ihn erst erheblich später ein.
Für die russisch-orthodoxen Christen gilt nach wie vor der Julianische Kalender, wonach Weihnachten auf den 6. Januar, auf den Dreikönigstag, fällt.

Alexander Lernet-Holenia
Die Heiligen Drei Könige von Totenleben

Im November 1647 unternahm der Oberbefehlshaber der französischen Truppen im Dreißigjährigen Kriege, der Marschall von Turenne, einen größeren Ritt, um persönlich gewisse vorgeschobene Postierungen seiner in der Pfalz liegenden Armee zu besichtigen, und dabei griffen die Reiter seines Gefolges ihm zwei Leute auf, die, zu Fuß und in schlechten Kleidern, durch das Land zogen. Es waren dies ein junger Mann und eine junge, blonde Frau, die aber beide elend aussahen. Die Frau erwartete überdies ein Kind; sie mochte schon im siebenten oder achten Monat sein. Befragt, wohin sie gingen, erklärten die beiden: sie seien ein Ehepaar und hätten den Ort, in dem sie bisher bei den Eltern der Frau gewohnt und wo der Mann auch ein Handwerk getrieben, verlassen müssen, weil da, von Soldaten, alles gänzlich sei niedergebrannt worden, und nun ständen sie im Begriff, nach der Heimat des Mannes, einem Dorf am untern Main, Totenleben geheißen, zu wandern, indem sie dort ein Unterkommen und vielleicht auch einen Erwerb zu finden hofften. Denn sie selber besäßen nichts mehr, als was sie auf dem Leibe trügen, und die Hoffnung auf das Kind, dem die Frau entgegensähe.

Der Vicomte von Turenne, der eben einen bestimmten Plan in seinem Innern wälzte, verstand von diesem auf deutsch geführten Verhör nur wenige Brocken. Immerhin fiel der eigentümliche Name des Dorfes, nach dem die zwei wollten, ihm auf. Er entließ sie und faßte einen sonderbaren Entschluß.

In einer Nacht dieses selben Winters, der entsetzlich kalt war, tauchte er mit einem Reitertrupp in der Gegend des untern Mains auf.

Er und seine Leute waren schwer bewaffnet und in Pelze und Mäntel gehüllt. Der Mond glänzte auf ihren

Helmen. Das Land rundum war verwüstet. Auf etwa hundert Schritt vor dem Trupp trabten, mit Karabinern in den Fäusten, zwei Reiter, die hin und wieder vor einem verschneiten Gebüsch oder den Resten eines verbrannten Gehöfts kurz anhielten und schrien: *»Qui vive?«* Allein es antwortete niemand. Die Gegend lag völlig tot, nur ein paar aufgescheuchte, verwilderte Hunde flohen über die Schneefelder davon und heulten noch lang in der Ferne. Vom Galgen eines Hochgerichts, an dem man vorbeikam, baumelten die Reste einer Mumie. Die Kavalkade trabte stetig weiter. Silberner Frostrauch spann in den vereisten Mulden.

An der Ecke eines Gehölzes hielten die Reiter an. Herr von Turenne saß von seinem Pferd ab, und zwei Diener, auf schon früher erfolgten Befehl offenbar, näherten sich ihm und nahmen ihm den Pelzmantel von den Schultern und den Hut vom Haupt. Das Mondlicht leuchtete auf seinem Panzer auf und auf der goldenen Kette, die er um den Hals trug.

Indessen waren auch mehrere von seinen Offizieren schon abgesessen, hatten sich ihm genähert, und die Diener zogen ihm ein sehr sonderbares Kleid über die Rüstung, ein mit Flittern und goldenen Sternen übersätes weißes Hemd, und über sein Gesicht hängten sie einen schwarzen Schleier. Das Ganze war ein Dreikönigsgewand, wie die Sternsinger es tragen.

Nun zogen die Diener auch beide Pistolen aus den Halftern seines Sattels und gaben sie ihm in die Hände. »Ich gehe jetzt«, sagte er zu seinen Offizieren. »Die Herren erwarten mich hier. Sollte ich bis drei Uhr morgens nicht wieder zurück sein, so lassen Sie das Dorf absuchen!« – »Jawohl, Monseigneur«, antworteten die Offiziere, und er ging über das Schneefeld davon.

Er mochte ein paar hundert Schritte weit gekommen sein, als die Umrisse eines Dorfes vor ihm auftauchten. Am Nordende des Dorfes erschien ein Licht. Er ging darauf zu.

Es strahlte von einer merkwürdigen Laterne aus Ölpapier aus, die sternförmig war und oben auf einer etwa acht Fuß hohen Stange stand. Zwei Männer, deren einer die Stange hielt, standen dabei. Auch sie hatten Sternsingergewänder an, jedoch weiße Schleier vor den Gesichtern.

Herr von Turenne, indem er die Pistolen erhob, trat auf sie zu und nannte seinen Namen. Die beiden andern antworteten: »Wrangel« und: »Melander«. Sie waren: der nach Torstensons Abgang neuernannte Oberbefehlshaber der Schweden und der der kaiserlichen Truppen, ein Reichsgraf Melander von Holzapfel.

Alle drei lüfteten nun die Schleier und sahen einander in die Gesichter, dann ließen sie die Schleier wieder vorfallen. Turenne versorgte die Pistolen in der Seidenschärpe, die er unter dem Dreikönigshemde trug, und sagte: »Ich habe die Herren in dieser Verkleidung hierher gebeten, damit wir, ungestört und ohne daß unsere Leute etwas davon erfahren, über die Dinge reden können, die uns angehen. Es ist der Dreikönigstag, und man wird uns für Sternsinger halten. Am besten gehn wir jetzt ins Dorf und suchen ein Quartier, in das wir eintreten und in dem wir die Verhandlungen beginnen können.« – »Das Dorf ist nicht mehr da«, sagte Melander. »Es ist niedergebrannt. Ihre eigenen Truppen, Graf, dürften es getan haben.« – »Es können«, sagte Turenne, »auch Ihre gewesen sein, Graf.« – »Oder die der Schweden«, sagte Melander. »Auf jeden Fall«, sagte Wrangel, »sollten wir nachsehen, ob wir nicht doch irgendwo ein Unterkommen finden. Denn hier in dieser Kälte wollen wir ja wohl nicht stehenbleiben.« Sie setzten sich also mit ihrem Stern in Bewegung.

Längs der Dorfstraße gab es an den Stellen, an denen früher Häuser gestanden hatten, nur mehr Schutthaufen. Aber in der Nähe der niedergebrannten Kirche fanden sie doch noch ein halbwegs erhaltenes Haus, dessen Fensterhöhlen mit Brettern vernagelt waren, und schwaches Licht schimmerte hindurch.

Sie traten vor die Tür und pochten an. Sie hatten mehrmals zu pochen, bis eine Stimme von innen her fragte, was es denn gäbe. Man solle öffnen, riefen sie, und daraufhin ging die Tür, die keine Angeln mehr hatte, knirschend ein wenig auf, und ein Mann streckte den Kopf heraus. »Was wollt ihr?« fragte er. »Wir sind«, sagte Melander, »Sternsinger. Laß uns eintreten.« – »Sternsinger?« fragte der Mann. »Heute schon?« – »Ja«, sagte Melander. »Laß uns also ins Haus.« Und damit trat er auch schon auf die Schwelle, und die beiden andern, nachdem sie die Stange mit der Laterne abgestellt hatten, folgten ihm.

»Aber es ist ja doch«, sagte der Mann, indem er die Tür hinter ihnen wieder zuzog, »erst Heiliger Abend!« – »Nein«, sagte Wrangel, »es ist Dreikönigstag. Glaubt ihr denn hier, es gelte noch der alte Kalender? Wir haben doch schon den neuen.« – »Was für einen neuen?« fragte der Mann.

»Der Papst«, sagte Melander, »hat doch den Kalender geändert. Der Kalender war ja schon um vierzehn Tage im Rückstand. Er stimmte mit dem Stand der Gestirne nicht mehr überein. Wißt ihr denn das hier nicht, hat denn euer Pfarrer euch das nicht gesagt?« – »Unser Pfarrer ist längst tot«, sagte der Mann. »Die Schweden haben ihn erschlagen. Das Dorf ist verwüstet, die ganze Gegend ist öde. Wie sollen wir wissen, ob der Papst den Kalender geändert hat oder nicht? Wir feiern heute den Heiligen Abend – wenn man das überhaupt noch feiern nennen kann.«

»Nun«, sagte Wrangel, »wie immer dem sei, wir wünschen hier ein wenig zu rasten. Bring uns was zu essen und ein paar Gläser Wein, wir werden dir's in anständigem Geld bezahlen.« – »Ich war einmal der Wirt hier im Ort«, sagte der Mann, »und mein Geschäft ging gut. Jetzt aber habe ich nicht einmal mehr Brot für uns selbst, und wenn wir trinken wollen, so müssen wir den Schnee schmelzen, denn unsere Brunnen sind verschüttet. Setzt euch, ein Sitz ist das einzige, das ich euch anbieten kann.

Was seid ihr denn aber überhaupt für Leute, daß ihr glaubt, euch durch Sternsingen Almosen verdienen zu können? Wo seid ihr denn her? Hier im Dorf sind wir die einzigen Menschen, und in der ganzen Gegend gibt es kein Körnchen Getreide mehr und kein einziges Stück Vieh. Alles ist im Krieg zugrunde gegangen. Im Hennebergischen sollen die Leute sogar schon die Leichen Gefallener aufgegessen haben. Wie lange wird dieser Krieg noch dauern?«

Die drei zuckten die Achseln und sahen sich im Raum um. Es gab da nichts als einen Herd, auf dem ein Feuer einen flackernden Schein verbreitete, und einen Tisch mit ein paar Bänken rundum. Auch war die Stube voll Rauch. Die Frau des Wirts und ein halbwüchsiger Junge, beide erschreckend abgemagert, sahen die Fremden an. Und dann gab es noch zwei Leute im Zimmer, einen jungen Mann und eine junge, blonde Frau, Turenne erkannte sie wieder. Es waren die beiden, die er auf seinem Erkundungsritt getroffen.

»Wer sind sie?« fragte er in seinem schlechten Deutsch. »Arme Leute«, sagte der Wirt, »die hier zugezogen sind und nirgends ein Unterkommen gefunden haben. Der Mann war von hier, dann ist er fort und hat geheiratet, aber er hat wieder zurück müssen, und nun gewähre ich den beiden ein Quartier im Stall. Die Frau erwartet ein Kind.« – »Was du nicht sagst!« meinte Turenne, und die drei setzten sich an den Tisch.

Indessen begannen die andern sich damit zu befassen, in der Nähe des Herdes aus Moos und kleinen Holzfiguren eine Weihnachtskrippe aufzubauen. Die Figuren, die der Wirt noch besaß, weil sie es keinem der plündernden Soldaten wert gewesen waren, sie mitzunehmen, waren bunt bemalt und stellten die Heilige Familie, die Engel, die Könige, die Hirten, den Ochsen und den Esel dar.

Die drei Feldherren sahen eine Zeitlang hin, dann begannen sie ihre eigenen Gespräche. Sie sprachen französisch.

»Die Friedensverhandlungen«, sagte Turenne, »die in Münster schon im vorigen Jahr begonnen haben, werden nicht im Sinn der Armeen geführt. Käme es wirklich zum Frieden, so wären die Heere überflüssig geworden. Aber der Soldat hat sich daran gewöhnt, davon zu leben, daß er eben Soldat ist, und wir, seine Führer, tragen die Verantwortung für den Soldaten. Und dann ist der Krieg, offen gestanden, ein Geschäft geworden wie jedes andere. Ich weiß nicht, wie die Herren darüber denken, aber ich für meine Person werde alles tun, um zu verhindern, daß er in einer Form ende, bei der wir und unsere Leute unsere prädominierenden Positionen verlieren und von heute auf morgen davongejagt werden können. Um Maßnahmen zu besprechen, die gegen einen übereilten Friedensschluß zu ergreifen sind, habe ich die Herren hierher gebeten. Denn wenngleich wir Feinde sind, so ziehen wir doch alle am selben Strang oder hauen in dieselbe Kerbe, ganz wie Sie es nennen wollen.«

Als die Leute, die die Krippe bauten, die fremde Sprache hörten, blickten sie erstaunt zu den dreien hinüber. Der Wirt hörte eine Zeitlang beunruhigt zu, dann kam er an den Tisch heran.

»Wer seid ihr?« fragte er. »Ihr seid keine gewöhnlichen Sternsinger. Ihr seid Ausländer und wahrscheinlich auch Soldaten. Was sucht ihr hier? Habt ihr euch nicht schon überzeugt, daß das Land, das Dorf, dies Haus verwüstet sind und daß es nichts mehr zu holen gibt? Was wollt ihr von uns? Wir haben euch nichts mehr zu geben. Seid ihr Marodeure? Seid ihr Spione? Kommt ihr vor denen einher, die uns auch noch das Leben nehmen wollen? Es ist das einzige, was ihr uns noch nehmen könnt.« – »Schweig«, sagte Melander, »wir sind die Heiligen Drei Könige, und damit basta! Stör uns nicht! Wir haben hier was zu reden.« Und er warf ihm ein Goldstück zu.

Der Wirt sah das blitzende Ding an, er hatte schon seit Jahren keines mehr gesehen. Dann nahm er es hastig und prüfte es zwischen den Fingern. Dabei verwandelte sein

Wesen sich völlig. Er wollte den dreien ins Gesicht sehen, doch konnte er mit den Blicken die Schleier nicht durchdringen. Auch merkte er nun erst die Stiefel und die Sporen, die unter den Dreikönigshemden der drei hervorsahen, und die Messingschuhe der ledernen Degenscheiden.

»Verzeihen die Herren!« sagte er katzbuckelnd. »Ich wollte nicht um alles ... ich wußte nicht ...« – »Schon gut«, sagte Melander, »scher dich weiter.« – »Dürfen wir«, fragte der Wirt, »den Herren wenigstens das Weihnachtslied vorsingen? Stört es die Herren nicht?« – »Singt meinetwegen«, sagte Melander, »aber bleibt leise. Macht kein Geplärr!« Der Wirt, rückwärts gehend und immerzu katzbuckelnd, zog sich zurück. Er flüsterte mit seinen Leuten und zeigte ihnen das Goldstück. Die andern sahen herüber, dann kam die Frau des Wirtes heran und küßte Melander die Hand, um ihm zu danken.

»Gut, gut«, sagte Melander und gab gar nicht auf sie acht. Das französische Gespräch ging indessen weiter. Nach einiger Zeit begannen die an der Krippe das Weihnachtslied zu singen. Sie sangen es leise und mit rührenden Stimmen. Gegen Ende des Liedes hörte die junge Frau zu singen auf, schwankte und hielt sich an der Schulter ihres Mannes fest. Die Wehen hatten sie befallen.

Es wäre wohl die Absicht des Wirtes gewesen, sie, wären die Fremden nicht dagewesen, in der Stube niederkommen zu lassen. Wegen Anwesenheit der Herren aber wagte er das nicht. Die Frau ward in den Stall geführt, wo sie auf einer Streu von Moos und welkem Laub ihr Lager hatte.

Die Feldherren, als das Lied unterbrochen ward, merkten es gar nicht und auch nicht, daß man die Frau fortführte. Sie waren es gewohnt, über andere Menschen hinwegzusehen wie über bloße Spreu. Sie sprachen weiter, und zwischen den französischen Sätzen hörte man die Namen Torstenson, Jan von Werth, Max Emanuel. Aus irgendeinem Grunde schienen die Feldherren plötzlich untereinander uneins geworden zu sein und sprachen nun ziemlich erregt. Gegen die Fortführung des Krieges hatte sich nämlich vor allem Melander ausgesprochen. Er sagte, das Land sei nun schon verwüstet genug, man möge doch sehen, wie bettelhaft arm auch hier die Leute geworden wären; und es sei etwas Wahres an dem, was der Wirt vorhin über Menschenfresserei gesagt: man erzähle sich längst, daß, nach gewissen Kämpfen, Leute nachts auf den Schlachtfeldern aufgetaucht und die Toten zerstückt, gebraten und gegessen hätten. – So stritten sie weiter, bis aus dem Stall ein Schrei zu vernehmen war und dann noch einer, da blickten sie auf.

»Was ist denn los?« fragte Wrangel. Aber nun blieb es still. »Wo sind denn die Kerle eigentlich?« fragte er. Er erhob sich, trat zur Tür, die zum Stall führte, und schlug mit einem Pistolenkolben dagegen.

Es dauerte einige Zeit, bis der Wirt erschien. »Wer«, fragte Wrangel, »hat da geschrien? Was tut ihr denn eigentlich da draußen?« – »Ach, Herr«, sagte der Wirt, »ach, Herr!« und er hatte einen ganz sonderbaren Ausdruck im Gesicht.

»Nun?« schrie Wrangel. »Was gibt's?« – »Denkt Euch bloß, Herr«, sagte der Wirt, »während ihr hier gesessen seid, ist etwas geschehen. Es ist schon so lange her, daß dergleichen nicht mehr geschehen ist. Immer nur sind fremde Soldaten gekommen und haben gemordet, gestochen und gebrannt, immer weniger Leute sind wir geworden. Nun aber sind wir wieder um eines mehr. Die junge Frau hat ein Kind geboren, es ist ein Knabe. Vielleicht kommt doch bald der Friede. Wollt ihr das Kind nicht anschauen kommen, ihr Herren?«

Die drei blickten einander an. Im ersten Augenblick mochten sie vielleicht noch im Begriff gewesen sein, den Wirt zu fragen, ob er verrückt geworden sei, daß er sie belästige, und er solle machen, daß er weiterkäme! Dann dachte vielleicht der eine oder der andere doch an die Zeit zurück, zu der, in ihren eigenen Familien, ein Kind geboren worden war, und welche Freude da geherrscht hatte. Oder sie dachten daran, wie sie selber Kinder gewesen waren. Und Turenne dachte vielleicht für einen Moment an das blonde Haar der Frau.

Auch war der Ton des Wirts ein solcher, wie sie schon lange nicht mehr einen Menschen hatten sprechen hören. Das Kind war ein fremdes Kind, es ging ihn nichts an, aber dennoch schien er so ergriffen, als ob es sein eigenes Kind gewesen wäre. Dennoch, in diesem Land, das ausgeplündert war und einer Eiswüste glich, auf der die Toten lagen, hatte ein Kind zu leben begonnen, es war, als wehte irgendein Frühling daher; mitten im Triumph des Todes, den die drei Feldherren täglich anbefahlen, war ein Kind geboren worden, als ob es auch ihnen geboren worden sei.

Der erste, der auf die Schwelle der Stalltür trat, war Melander, dann folgte Wrangel, schließlich Turenne. Da lag die Frau auf der Streu, sie war schneeweiß im Gesicht, im Licht des Kienspans aber flimmerte ihr Haar wie Gold-

gespinst, und die andern knieten bei ihr, wickelten das Kind in ein paar Lappen, die sie noch besaßen, und gaben es ihr in den Arm.

Die Feldherren standen schweigend und sahen die Mutter und das Kind lange an. Dann löste Turenne sich die Goldkette, die er unter dem Dreikönigshemd um den Hals hatte, ab und legte sie dem Kinde hin. Melander zog den Handschuh aus und streifte sich einen Ring mit einem Rubin vom Finger, und Wrangel legte einen gefüllten Geldbeutel auf die Streu.

Die Beschenkten glaubten, es sei ein Wunder geschehen, und der junge Mann wollte Danksagungen stammeln, brachte aber kein Wort heraus. Auch wehrten die Feldherren plötzlich fast hochfahrend ab. Überhaupt waren sie auf einmal ein wenig verlegen wegen dessen, was sie da getan hatten, entschuldigten sich aber vor sich selber damit, daß sie meinten, es sei eben nur eine Laune großer Herren gewesen. Auch gingen sie dann, unter Zurücklassung ihrer sonderbaren Laterne, sehr bald. Dem Wirt, der sie begleiten wollte und immerzu schwätzte, lachte und sich die Augen wischte, befahlen sie, zurückzubleiben. Vor dem Dorf, ohne die begonnene Unterredung zu Ende geführt zu haben, grüßten sie einander kurz, dann ging jeder seiner Wege.

In ihren Herzen aber hatten sie den Frieden.

XVII DER LANGE RUSSISCHE WINTER ANNO 1812

»Dreigespann in wilder Jagd,
Schneeverwehte Spuren,
Fern ein kleines Kirchlein wacht
Über weite Fluren ...
Plötzlich sich ein Sturm erhebt,
Flocken wirbeln nieder
Und ein schwarzer Rabe schwebt,
Schüttelt sein Gefieder:
Unheilbringend kündet er
Kummer, Not und Tränen.
Und die Pferde atmen schwer
Mit gesträubten Mähnen ...«

Wasilij Andrejewitsch Zukovskij,
›Der Schneesturm‹ (1813)

Alexander Puschkin
Der Schneesturm

Zu Ende des Jahres 1811, in dieser für uns Russen so denkwürdigen Epoche, lebte auf seinem Gut Nenaradowo der gute Gawrila Gawrilowitsch R . . . Er war im ganzen Bezirk wegen seiner Gastfreundschaft und Herzensgüte bekannt. Die Nachbarn suchten ihn häufig auf, um bei ihm zu essen, zu trinken und mit seiner Frau Praskowja Petrowna um fünf Kopeken Boston zu spielen. Nicht wenige stellten sich aber auch ein, um einen Blick auf seine Tochter Marja Gawrilowna zu werfen, ein schlankes, blasses, siebzehnjähriges Mädchen. Sie galt als wohlhabendes Mädchen. Mancher Junggeselle wollte sie heiraten, und mancher Familienvater wünschte sie sich zur Schwiegertochter.

Marja Gawrilowna hatte trotz ihrer Jugend schon viele französische Romane gelesen und war daher verliebt. Ihr Auserwählter war ein mittelloser Leutnant, der seinen Urlaub auf seinem Landgut verbrachte. Es liegt auf der Hand, daß der junge Mann ihre Liebe leidenschaftlich erwiderte und daß die Eltern des Mädchens, als sie die gegenseitige Neigung der beiden bemerkten, ihrer Tochter verboten, auch nur an ihren Liebsten zu denken, und diesen noch frostiger behandelten als einen verabschiedeten Gerichtsassessor.

Unser Liebespaar stand in regem Briefwechsel und traf sich heimlich in einem Fichtenwäldchen oder bei einer alten Kapelle. Dort schworen sie sich gegenseitig ewige Liebe, haderten mit dem Schicksal und schmiedeten die verschiedensten Zukunftspläne. In ihren Briefen und Gesprächen kamen sie, wie sich von selbst versteht, zu folgendem Schluß: Wenn wir also ohne einander nicht leben und nicht atmen können, der Wille unserer erbarmungslosen Eltern aber unserem Glück im Wege steht, dann müssen wir eben unser Geschick selbst in die Hand nehmen. Natürlich kam der junge Mann zuerst auf diesen glorreichen Einfall, aber ebenso selbstverständlich war es, daß er bei der romantischen Phantasie Marja Gawrilownas ein freudiges Echo fand.

Als es Winter wurde, nahmen ihre Begegnungen ein Ende, dafür schrieben sie sich um so häufiger. Wladimir Nikolajewitsch flehte Marja Gawrilowna in jedem Brief an, sie möge sich ihm zu eigen geben und sich heimlich mit ihm trauen lassen. Dann müßten sie sich einige Zeit verborgen halten und darauf den Eltern zu Füßen fallen, die, durch die heroische Standhaftigkeit der Liebenden gerührt, schließlich gewiß ausrufen würden: Kinder, kommt in unsre Arme!

Marja Gawrilowna schwankte lange; mehrere Fluchtpläne wurden gefaßt und wieder verworfen. Endlich willigte sie ein: an einem bestimmten Tag sollte sie nicht zum Abendessen erscheinen, sondern Kopfweh vorschützen und in ihrem Zimmer bleiben. Ihre Zofe war in die Verschwörung eingeweiht: beide sollten das Haus durch den rückwärtigen Ausgang verlassen, sich durch den Garten auf die Straße stehlen, wo sie einen Schlitten vorfinden würden, diesen besteigen und in das fünf Werst entfernte Dorf Shadrino fahren; dort werde Wladimir Nikolajewitsch sie vor der Kirche erwarten.

Am Vorabend des vereinbarten Tages schlief Marja Gawrilowna die ganze Nacht nicht, sondern räumte ihr Zimmer auf, packte Wäsche und Kleider und schrieb zwei lange Briefe, den einen an ein empfindsames Fräulein, ihre beste Freundin, und den andern an ihre Eltern. Sie verabschiedete sich mit den rührendsten Worten von ihnen, versuchte ihren Ungehorsam mit der unbezwinglichen Macht ihrer Leidenschaft zu rechtfertigen und schloß mit der Beteuerung, daß es der schönste Augenblick ihres Lebens sein werde, an dem sie die Erlaubnis erhielte, sich ihren teuren Eltern zu Füßen zu werfen. Nachdem sie beide Briefe mit einem Petschaft aus Tulasilber gesiegelt hatte, das zwei flammende Herzen und einen dazu passenden Spruch zeigte, warf sie sich kurz vor der Dämmerung auf ihr Bett und schlief ein, schreckte aber immer wieder auf, von den fürchterlichsten Träumen gequält. Bald träumte sie, daß sie gerade in dem Augenblick, als sie in den Schlitten stieg, um zur Trauung zu fahren, von ihrem Vater gepackt, durch den Schnee geschleift und in ein dunkles, bodenloses Loch gestoßen wurde. Sie stürzte mit dem Kopf voran hinein, wobei sich ihr Herz unsäglich zusammenkrampfte. Dann wieder sah sie ihren Wladimir totenblaß und blutüberströmt im Grase liegen. Noch im Sterben bat er sie flehentlich, sie möge sich schnell mit ihm trauen lassen. So jagte ein grauenvolles Traumbild das andere.

Schließlich erhob sie sich, bleicher als gewöhnlich, und begab sich zum Frühstück mit Kopfschmerzen, die jetzt nicht mehr vorgetäuscht waren. Ihre Unruhe entging den Eltern nicht. Ihre zärtliche Besorgnis und ihre wiederholten Fragen: »Was ist mit dir, Mascha? Du bist doch nicht am Ende krank?« zerrissen ihr das Herz. Sie bemühte sich, fröhlich zu erscheinen und Vater und Mutter zu beruhigen, aber sie vermochte es nicht.

Es wurde Abend. Der Gedanke, daß es der letzte Tag gewesen sei, den sie im Schoß der Familie verbracht habe, bedrückte sie tief, und heimlich nahm sie Abschied von allen Hausbewohnern und allen Dingen ihrer Umgebung. Als das Abendessen aufgetragen wurde, erklärte sie mit klopfendem Herzen und bebender Stimme, daß sie nicht essen könne und sich in ihr Zimmer zurückziehen wolle. Die Eltern küßten und segneten sie wie gewöhnlich, und Marja Gawrilowna konnte kaum die Tränen zurückhalten. In ihr Zimmer zurückgekehrt, ließ sie ihnen freien Lauf. Die Zofe redete ihr zu, sie möge sich doch beruhigen und wieder Mut fassen. Alles war fertig. Nach einer halben Stunde sollte Mascha das Elternhaus und ihr Zimmer für immer verlassen und ihrem stillen Jungmädchendasein entsagen ...

Draußen tobte der Schneesturm, der Wind heulte, die Fensterläden klapperten. Das Unwetter erschien ihr wie eine Drohung, wie der warnende Vorbote eines nahenden Unheils. Im Hause war es inzwischen still geworden, alle hatten sich zur Ruhe begeben. Mascha hüllte sich in einen Schal, zog einen warmen Mantel an, ergriff ihre Schatulle und verließ das Haus durch den rückwärtigen Ausgang. Die Zofe folgte ihr mit zwei Bündeln. Sie gingen in den Garten hinaus. Der Schneesturm hatte noch zugenommen. Der Wind wehte ihnen heftig entgegen, als böte er seine ganze Kraft auf, um die junge Übeltäterin zurückzuhalten. Nur mit Mühe erreichten die beiden Mädchen das Ende des Gartens. Auf der Straße erwartete sie die Troika. Die Pferde waren in der Kälte ungeduldig geworden. Wladimirs Kutscher ging vor ihnen auf und ab, bemüht, die hitzigen Gäule zu beruhigen. Er half dem Fräulein und der Magd beim Einsteigen, verstaute die Schatulle und die Bündel, ergriff die Zügel, und der Schlitten fuhr davon.

Wir überlassen jetzt das Fräulein ihrem Schicksal und der Geschicklichkeit des Kutschers Terjoschka und wenden uns dem jungen Bräutigam zu.

Den ganzen Tag war Wladimir unterwegs gewesen. Am Morgen hatte er den Geistlichen von Shadrino besucht und ihm fast gewaltsam die Einwilligung zur Trauung abgerungen. Dann war er auf der Suche nach Trauzeugen bei den benachbarten Gutsbesitzern herumgefahren. Der erste, bei dem er vorsprach, der vierzigjährige verabschiedete Kornett Drawin, hatte sich gleich bereit gefunden. Dieses Abenteuer, so sagte er, erinnere ihn an manche Husarenstückchen früherer Zeiten. Er überredete Wladimir, zum Essen bei ihm zu bleiben, und versicherte, daß es ein leichtes sein werde, auch die übrigen zwei Zeugen zu beschaffen. Tatsächlich erschienen gleich nach dem Mittagessen der Landmesser Schmidt, mit langem Schnurrbart und klirrenden Sporen, und der Sohn des Polizeihauptmanns, ein sechzehnjähriger Junge, der erst kürzlich bei den Ulanen eingetreten war. Sie nahmen den Vorschlag Wladimirs begeistert auf und schworen sogar, daß sie ihr Leben für ihn aufs Spiel setzen würden. Wladimir umarmte sie dankbar und fuhr nach Hause, um alle Vorbereitungen zu treffen.

Als es dämmerte, schickte er seinen zuverlässigen Terjoschka mit der Troika nach Nenaradowo und gab ihm genaue Anweisungen. Für sich selbst ließ er einen kleinen, einspännigen Schlitten anspannen und fuhr allein, ohne Kutscher, nach Shadrino, wo etwa zwei Stunden später Marja Gawrilowna ankommen sollte. Der Weg war ihm wohlbekannt, und die Fahrt dorthin konnte nicht mehr als zwanzig Minuten dauern.

Doch Wladimir hatte kaum die Umzäunung seines Hofes hinter sich gelassen, als es so heftig zu stürmen und zu schneien begann, daß er sich bald nicht mehr auskannte. In wenigen Augenblicken war die Straße verweht. Jede Sicht ging in dem trüben, gelblichen Nebel und in dem dichten Schneeflockenwirbel verloren. Himmel und Erde schienen ineinander zu verschwimmen. Wladimir war vom Wege abgekommen und konnte nicht mehr auf die Straße zurückfinden. Das Pferd tastete sich zögernd weiter, indem es bald über Bodenerhebungen stolperte und bald in einer Grube versank. Alle Augenblicke drohte der Schlitten umzukippen. Wladimir bemühte sich, wenigstens die Richtung einzuhalten. Dennoch schien ihm, daß er schon länger als eine halbe Stunde unterwegs war, und noch immer hatte er das Wäldchen von Shadrino nicht erreicht. Es vergingen weitere zehn Minuten, die Lage blieb unverändert. Er war auf eine von tiefen Schluchten durchschnittene Fläche geraten. Der Schneesturm hielt unvermittelt an, der Himmel klärte sich nicht auf.

Das Pferd war sichtlich erschöpft, er selbst in Schweiß gebadet, obgleich er immer wieder bis zum Gürtel im Schnee versank.

Schließlich wurde ihm klar, daß er die Richtung verfehlt hatte. Das Pferd blieb stehen. Er überlegte, dachte nach, suchte sich zu erinnern und kam zu der Überzeugung, daß er sich mehr rechts halten mußte. So lenkte er das Pferd, das sich kaum noch fortbewegen konnte, nach rechts. Jetzt war er schon über eine Stunde unterwegs. Bis Shadrino konnte es nicht mehr weit sein, aber er fuhr und fuhr, und das Feld nahm kein Ende. Immer nur Schluchten und Schneewehen. Alle Augenblicke kippte der Schlitten um und mußte wieder aufgerichtet werden. Die Zeit verging, und Wladimir war außer sich vor Aufregung.

Endlich sah er, daß sich seitwärts etwas Dunkles abzuzeichnen begann. Er hielt darauf zu und erkannte beim Näherkommen das Wäldchen. Gott sei Dank, dachte er, jetzt bin ich bald am Ziel. Er fuhr am Rande des Wäldchens entlang, in der Hoffnung, gleich auf den ihm wohlbekannten Weg zu stoßen oder um das Dickicht herumfahren zu können. Shadrino lag unmittelbar dahinter. Er fand auch wirklich den Weg und fuhr nun im Windschutz der dicht beieinanderstehenden Bäume hin. Hier war der Weg glatt, das Pferd erholte sich, und Wladimir begann ruhiger zu werden.

Aber er fuhr und fuhr, und Shadrino blieb unauffindbar, das Wäldchen hörte nicht auf. Wladimir begriff, daß er sich in einem fremden Wald befand. Verzweifelt schlug er auf das Pferd ein. Das arme Tier gab sein Äußerstes her, ließ aber bald wieder nach und fiel schon nach einer Viertelstunde in Schritt trotz aller Versuche des unglücklichen Wladimir, es immer von neuem anzutreiben.

Allmählich lichtete sich der Wald, Wladimir fand aus ihm heraus, aber von Shadrino war noch immer nichts zu sehen. Inzwischen mochte es Mitternacht geworden sein. Seine Augen füllten sich mit Tränen. Er fuhr aufs Geratewohl weiter. Der Sturm hatte sich gelegt, die Wolken verzogen sich. Vor ihm breitete sich eine weite, gleichsam mit einem gewellten weißen Teppich bedeckte Fläche aus. Die Nacht war ziemlich klar. In der Nähe sah er ein kleines Dorf, das aus vier oder fünf Bauernhöfen bestand. Als er die erste Hütte erreicht hatte, sprang er aus dem Schlitten und klopfte ans Fenster. Gleich darauf wurde der Fensterladen aufgestoßen, und ein alter bärtiger Mann schaute heraus.

»Was willst du?« brummte er. »Ist es noch weit bis Shadrino?« – »Ob es bis Shadrino weit ist?« – »Jawohl, ob es weit ist, will ich wissen!« – »Nicht sehr, zehn Werst vielleicht.«

Bei diesen Worten griff sich Wladimir an den Kopf und stand unbeweglich da, wie ein Mensch, der zum Tode verurteilt ist. »Wo kommst du her?« fuhr der Greis fort. Wladimir war nicht aufgelegt, Fragen zu beantworten. »Könntest du, Alter, mir nicht Pferde nach Shadrino beschaffen?« fragte er. »Woher sollten wir Pferde haben?« antwortete der Bauer. »Könnte ich nicht wenigstens einen Führer bekommen? Ich zahle, was er verlangt.« – »Warte, ich schicke dir meinen Sohn hinaus, er wird dir den Weg zeigen«, sagte der Alte.

Wladimir wartete, doch schon wenige Augenblicke später klopfte er abermals an die Fensterscheibe. Von neuem zeigte sich der Graubart. »Was willst du denn schon wieder?« – »Wo bleibt dein Sohn?« – »Gleich, gleich, er zieht sich die Stiefel an. Wenn du frierst, komm herein und wärm dich.« – »Danke, mach lieber deinem Sohn Beine!«

Das Hoftor knarrte: der Bursche erschien mit einem Knüppel in der Hand und ging voran. Er wies den Weg oder suchte ihn, wenn er im Schnee unsichtbar war. »Wieviel Uhr ist es?« fragte Wladimir. »Bald wird der Morgen dämmern«, antwortete der Bauernsohn. Wladimir sagte kein Wort mehr.

Die Hähne krähten, und es begann hell zu werden, als Wladimir in Shadrino ankam. Die Kirche war zugesperrt. Er entlohnte seinen Führer und fuhr auf den Hof des Geistlichen, fand aber seine Troika nicht vor. Was für eine Nachricht erwartete ihn dort! . . .

Doch kehren wir jetzt nach Nenaradowo zurück und sehen wir zu, was sich inzwischen bei den braven Eltern Marja Gawrilownas begeben hat.

Nun – gar nichts.

Die beiden Alten erwachten und begaben sich zum Frühstück ins Eßzimmer, Gawrila Gawrilowitsch in Käppchen und Flanelljacke, Praskowja Petrowna in einem wattierten Schlafrock. Der Samowar wurde aufgestellt, und Gawrila Gawrilowitsch schickte die Magd zu Marja Gawrilowna, um zu erfahren, wie es ihr ginge und wie sie geschlafen habe. Die Zofe kam mit der Nachricht zurück, daß das Fräulein eine schlechte Nacht verbracht habe, sich jetzt aber besser fühle und gleich erscheinen werde. Tatsächlich öffnete sich bald darauf die Tür, Marja Gawrilowna trat ein und wünschte Papachen und Mamachen einen guten Morgen.

»Wie steht es mit deinem Kopf, Mascha?« fragte Gawrila Gawrilowitsch. »Besser, Papachen«, antwortete Mascha. »Du wirst gestern Ofendunst in deinem Zimmer gehabt haben«, vermutete die Mutter. »Kann sein, Mamachen«, erwiderte Mascha.

Der Tag verlief ohne Zwischenfälle, aber in der Nacht erkrankte Marja Gawrilowna. Man schickte in die Stadt nach dem Arzt. Er kam gegen Abend und stellte fest, daß sie hohes Fieber hatte. Zwei Wochen lang lag die arme Kranke darnieder und befand sich am Rande des Grabes.

Von der beabsichtigten Flucht wußte niemand im Hause, mit Ausnahme der Zofe. Diese aber sagte nichts aus Furcht vor dem Zorn ihrer Herrschaft. Die Briefe, die Mascha am Vorabend ihrer Flucht geschrieben hatte, waren vorsorglich verbrannt worden. Der Priester von

Shadrino, der verabschiedete Kornett, der Landmesser mit dem üppigen Schnurrbart und der kleine Ulan hielten wohlweislich den Mund, und der schweigsame Kutscher Terjoschka pflegte selbst im Rausch keine unnützen Worte zu verlieren. So blieb das Geheimnis bewahrt, obwohl mehr als sechs Menschen darum wußten. Marja Gawrilowna hatte es in ihren Fieberphantasien zwar selbst verraten, aber was sie sagte, war äußerst verworren und unzusammenhängend. Ihre Mutter, die das Krankenlager keinen Augenblick verließ, verstand nur so viel, daß die Tochter bis über beide Ohren in Wladimir Nikolajewitsch verliebt war und daß man in dieser leidenschaftlichen Liebe wohl auch die Ursache ihrer Erkrankung zu sehen habe. Praskowja Petrowna beriet sich mit ihrem Mann und einigen Nachbarn darüber, und alle waren der gleichen Meinung: daß es sich hier um eine Schicksalsfügung handle, der Marja Gawrilowna nicht habe entgehen können; daß Armut keine Schande sei; daß man nicht mit dem Reichtum, sondern mit einem Menschen zusammen lebe und dergleichen mehr. Solche moralische Sentenzen pflegen ja immer dann besonders willkommen zu sein, wenn wir nichts zu unserer Rechtfertigung anzuführen haben.

Die Genesung des Fräuleins machte inzwischen rasche Fortschritte. Wladimir hatte sich schon lange nicht mehr in Nenaradowo sehen lassen. Er war verängstigt durch die Art, wie man ihn im Hause Gawrila Gawrilowitschs behandelt hatte. Man beschloß jetzt, nach ihm zu schikken, um ihm sein unerwartetes Glück, nämlich das Einverständnis der Eltern mit der Ehe, mitzuteilen. Aber wie bestürzt waren Gawrila Gawrilowitsch und Praskowja Petrowna, als Wladimir diese Einladung mit einem fast wahnsinnig zu nennenden Brief beantwortete! Er erklärte, daß er seinen Fuß niemals wieder in ihr Haus setzen werde, und bat, man möge ihn, den Unglücklichen, dessen einzige Hoffnung der Tod sei, so bald wie möglich vergessen. Einige Tage später hörten sie, daß er sich als Freiwilliger bei der Armee gemeldet habe und abgereist sei. Das war im Jahre 1812.

Lange wagte man nicht, der genesenden Mascha reinen Wein einzuschenken. Sie sprach niemals von Wladimir. Als sie einige Monate später seinen Namen in der Liste der Offiziere fand, die sich bei Borodino ausgezeichnet hatten und schwer verwundet worden waren, fiel sie in Ohnmacht. Man befürchtete schon einen Rückfall, aber die Ohnmacht hatte glücklicherweise keine schlimmen Folgen. Jedoch traf Mascha ein anderer Schicksalsschlag: Gawrila Gawrilowitsch starb. Er hatte seine Tochter zwar zur Erbin seines ganzen Vermögens eingesetzt, das konnte sie aber nicht trösten. Sie teilte von Herzen den Kummer der armen Praskowja Petrowna und schwor, sich niemals von ihrer Mutter trennen zu wollen. Beide Frauen verließen das mit so vielen traurigen Erinnerungen verknüpfte Nenaradowo und siedelten auf ein anderes Landgut über, das ihnen ebenfalls gehörte.

Auch dort bewarben sich viele Freier um die Hand des liebenswerten und reichen Mädchens, aber Mascha machte keinem von ihnen auch nur die geringsten Hoffnungen. Die Mutter versuchte manchmal, sie zu einer Sinnesänderung zu bewegen, aber Marja Gawrilowna schüttelte den Kopf. Wladimir war nicht mehr am Leben. Er war in Moskau kurz vor dem Einmarsch der Franzosen gestorben. Sein Andenken schien sie heiligzuhalten; jedenfalls bewahrte sie alles auf, was an ihn erinnerte: die Bücher, die er gelesen, seine Zeichnungen und Noten und die Verse, die er für sie abgeschrieben hatte. Die neuen Nachbarn, die von Maschas Erlebnissen erfuhren, wunderten sich über ihre Standhaftigkeit und erwarteten neugierig den Helden, der doch einmal kommen und über die schwermütige Treue dieser jungfräulichen Artemis triumphieren mußte.

Unterdessen war der Krieg ruhmreich beendet worden. Unsere Regimenter kehrten in die Heimat zurück.

Das Volk strömte ihnen entgegen. Die Regimentskapellen spielten Stücke, die sie aus dem Auslande mitgebracht hatten: Vive Henri quatre, Tiroler Walzer und Arien aus Gioconda. Offiziere, die fast noch als Knaben ins Feld gezogen waren, kamen als gereifte Männer und ordengeschmückt aus dem Kriege heim. Die Soldaten schwatzten munter miteinander, wobei sie deutsche und französische Brocken in ihre Reden einflochten. Es war eine unvergeßliche Zeit, eine Zeit des Ruhmes und der Begeisterung. Alle russischen Herzen schlugen höher beim Worte ›Vaterland‹. Wie süß waren die Tränen des Wiedersehens! Mit welcher Einmütigkeit verbanden wir das Gefühl des Nationalstolzes mit der Liebe zum Herrscher! Und für ihn selber – welch ein erhebender Augenblick!

Die russischen Frauen waren damals unvergleichlich. Ihre gewohnte Kühle war vollkommen verschwunden, ihre Begeisterung wahrhaft ergreifend, wenn sie die Sieger mit Hurrarufen begrüßten und dabei ›ihre Hauben in die Luft warfen‹. Wer von den damaligen Offizieren war nicht bereit zu bekennen, daß er der russischen Frau den schönsten und wertvollsten Lohn zu danken habe?

In dieser glorreichen Zeit lebten Marja Gawrilowna und ihre Mutter im Gouvernement . . . und waren daher nicht Augenzeugen des glanzvollen Empfangs, den die beiden Hauptstädte den heimkehrenden Truppen bereiteten. Aber in den Landkreisen und Dörfern äußerte sich die allgemeine Begeisterung vielleicht sogar noch stürmischer. Wenn damals ein Offizier auf einem Landgut erschien, feierte er wahre Triumphe, und ein Freier im Frack hatte es nicht leicht, neben ihm zu bestehen.

Wir erwähnten schon, daß Marja Gawrilowna trotz ihrer betonten Zurückhaltung von Bewerbern umschwärmt wurde. Aber sie alle mußten bescheiden in den Hintergrund treten, als im Herrenhaus der verwundete Husarenoberst Burmin mit dem Georgskreuz im Knopfloch erschien. Er war etwa sechsundzwanzig Jahre als und zeichnete sich durch jene ›interessante Blässe‹ aus, die auf die jungen Damen der damaligen Zeit einen so faszinierenden Eindruck machte. Er war auf seine Güter beurlaubt worden, die in der Nähe lagen, und ließ sich häufig bei Marja Gawrilowna blicken. In seiner Gegenwart verlor sie ihre sonstige Nachdenklichkeit, ja sie wurde lebhaft und gesprächig. Man konnte zwar nicht behaupten, daß sie mit ihm kokettierte, aber angesichts ihrer veränderten Haltung hätte ein Poet gesagt: »Se amor non è, che dunque?«

Burmin war in der Tat ein anziehender junger Mann. Er besaß alles, was Frauen gefällt: Geist, vorzügliche Manieren, eine gute Beobachtungsgabe und die Eigenschaft, sich ohne Bosheit und Schärfe über andere lustig zu machen. Die Art, wie er sich Marja Gawrilowna gegenüber gab, war schlicht und unbefangen. Aber was sie auch sagte und tat – er ließ sie nicht aus den Augen. Obwohl sein Benehmen still und bescheiden war, stand er im Ruf, früher ein ausgesprochener Leichtfuß gewesen zu sein; das tat ihm jedoch in den Augen Marja Gawrilownas keinen Abbruch, die, wie übrigens alle jungen Damen, bereitwilligst jeden Streich verzieh, wenn er nur Schneid und Schwung verriet.

Aber mehr noch als seine Ritterlichkeit, seine Unterhaltsamkeit, seine ›interessante Blässe‹ und der Verband seines blessierten Armes reizte das geheimnisvolle Schweigen des jungen Husaren über seine eigene Person ihre Neugier und beschäftigte ihre Phantasie. Sie konnte nicht verkennen, daß sie ihm sehr gefiel, und auch er war sicher klug und erfahren genug, um zu bemerken, daß sie ihn auszeichnete. Aber aus welchem Grunde hatte sie ihn noch nicht zu ihren Füßen gesehen, warum noch kein Liebesgeständnis von ihm vernommen? Was konnte ihn zurückhalten? War es die Scheu, die ja von echter Liebe nicht zu trennen ist, war es Stolz oder die Berechnung eines durchtriebenen Lebemanns? Sie konnte das Rätsel nicht lösen. Sie dachte lange darüber nach und kam zu der Überzeugung, daß es nur Unentschlossenheit sein könne, und sie nahm sich vor, ihn durch verstärkte Aufmerksamkeit zu ermutigen und dann eine überraschende Lösung herbeizuführen. Mit Ungeduld erwartete sie den Augenblick der romantischen Liebeserklärung; Geheimnisse, welcher Art sie auch sein mögen, sind weiblichen Herzen auf die Dauer unerträglich. Maschas Taktik hatte den ersehnten Erfolg: Burmin wurde so nachdenklich, und seine schwarzen Augen folgten Marja Gawrilowna mit einem solchen Feuer, daß sie unmittelbar vor der Entscheidung zu stehen glaubte. Die Nachbarn sprachen bereits von der bevorstehenden Hochzeit wie von einer beschlossenen Sache, und die gute Praskowja Petrowna freute sich, daß ihre Tochter endlich den ihrer würdigen Freier gefunden habe.

Als die Alte eines Tages im Wohnzimmer saß und eine Patience legte, trat Burmin ein und fragte nach Marja Gawrilowna. »Sie ist im Garten«, antwortete Praskowja Petrowna, »gehen Sie zu ihr, ich werde Sie hier erwarten.« Burmin ging hinaus, und die alte Dame machte das Zeichen des Kreuzes und dachte: ›Vielleicht wird jetzt die Entscheidung fallen.‹

Burmin fand Marja Gawrilowna unter einer Weide am Rande des Teiches, wo sie, ein Buch in der Hand, wie eine richtige Romanheldin saß. Nachdem sie die ersten Worte gewechselt hatten, ließ Marja Gawrilowna das Gespräch absichtlich ins Stocken geraten, damit so auf beiden Seiten die Verwirrung noch größer wurde, die dann nur noch durch eine unvermittelte Erklärung gelöst werden konnte.

So geschah es denn auch: Burmin, der das Peinliche seiner Lage fühlte, sagte, er habe schon lange auf eine Gelegenheit gewartet, ihr sein Herz zu eröffnen, und bitte sie, ihn jetzt einen Augenblick anzuhören. Marja Gawrilowna schloß ihr Buch und senkte den Blick, als Zeichen ihrer Zustimmung.

»Ich liebe Sie«, sagte Burmin, »ich liebe Sie mit der ganzen Glut meines Herzens ...« Marja Gawrilowna errötete und neigte den Kopf noch tiefer. »Es war unrecht von mir, daß ich es zu einer lieben Gewohnheit werden ließ, Sie täglich zu sehen und zu hören ...« Marja Gawrilowna fiel St. Preux' erster Brief ein. »Jetzt aber ist es zu spät, mich gegen mein Schicksal aufzulehnen. Die Erinnerung an Sie, Ihr geliebtes, unvergleichlich reizendes Bild wird für immer die Qual und zugleich die einzige Freude meines Lebens sein. Doch mir bleibt noch die schwere Pflicht, Ihnen ein schreckliches Geheimnis zu enthüllen und damit eine unübersteigbare Mauer zwischen uns beiden aufzurichten ...«

»Sie war schon immer vorhanden«, unterbrach ihn Marja Gawrilowna, »nie hätte ich Ihre Frau werden können ...«

»Ich weiß«, antwortete er leise, »ich weiß, daß Sie geliebt haben, aber der Tod und eine dreijährige Trauer ... liebe, teure Marja Gawrilowna, berauben Sie mich nicht meines letzten Trostes: der Gedanke, daß Sie eingewilligt hätten, mich glücklich zu machen, wenn ...« – »Schweigen Sie, um Gottes willen, schweigen Sie! Sie zerreißen mir das Herz.« – »Ja, ich weiß, ich fühle es, daß Sie die Meine geworden wären, aber ich Unglücklicher – ich bin schon verheiratet!«

Marja Gawrilowna sah ihn erstaunt an.

»Ich bin schon seit bald vier Jahren verheiratet«, fuhr Burmin fort, »aber ich weiß nicht, mit wem. Ich kenne meine Frau nicht, ich weiß nicht, wo sie ist und ob ich sie jemals wiedersehen werde.« – »Was sagen Sie da?« rief Marja Gawrilowna aus. »Wie ist das doch merkwürdig! Sprechen Sie weiter, ich werde Ihnen dann nachher erzählen ... fahren Sie nur fort, tun Sie mir den Gefallen.«

»Zu Anfang des Jahres 1812«, erzählte Burmin, »reiste ich nach Wilna, wo mein Regiment stand. Eines Abends kam ich spät auf einer Poststation an und bestellte sofort

Pferde zur Weiterreise. Doch da erhob sich plötzlich ein fürchterlicher Schneesturm, und der Postmeister und seine Leute rieten mir zu warten. Ich ging darauf ein, aber eine rätselhafte Unruhe bemächtigte sich meiner; mir schien, als stieße mich jemand vorwärts. Der Sturm nahm immer noch zu. Ich hielt es nicht aus, befahl, dennoch anzuspannen und auf das Unwetter keine Rücksicht zu nehmen. Der Kutscher beschloß, auf dem Eis des gefrorenen Flusses zu fahren, um auf diese Weise den Weg um drei Werst abzukürzen. Die Ufer waren jedoch so stark verweht, daß wir die Stelle, wo wir aus dem Flußbett wieder auf die Straße hätten hinauffahren müssen, verfehlten. So gerieten wir in eine unbekannte Gegend. Der Sturm hielt an. Ich bemerkte ein Licht und befahl, in dieser Richtung zu fahren. Wir kamen in ein Dorf; die hölzerne Kirche war erleuchtet, die Tür stand offen. Vor dem Eingang hielten einige Schlitten, und Menschen liefen hin und her.

›Hierher! Hierher!‹ riefen mehrere Stimmen. Ich ließ den Kutscher vorfahren. ›Aber ich bitte dich, wo bleibst du so lange?‹ fragte mich jemand. ›Die Braut ist ohnmächtig geworden, der Priester weiß nicht, was er tun soll. Wir waren schon im Begriff zurückzufahren. Beeile dich jetzt!‹

Ich sprang schweigend aus dem Schlitten und betrat die nur spärlich von zwei oder drei Kerzen beleuchtete Kirche. Die Braut kauerte auf einer Bank in einer dunklen Ecke. Eine Magd rieb ihr die Schläfen. ›Gott sei Dank, daß Sie endlich gekommen sind‹, sagte sie. ›Sie hätten ja unser Fräulein bald umgebracht.‹

Der alte Pope trat auf mich zu mit der Frage: ›Befehlen Sie anzufangen?‹ – ›Fangen Sie nur an, Batjuschka‹, antwortete ich zerstreut.

Man half dem Mädchen auf. Sie schien mir nicht übel auszusehen ... Ein unbegreiflicher, unverzeihlicher Leichtsinn ... ich stellte mich neben sie vor das Pult. Der Priester beeilte sich. Die Männer und das Dienstmädchen

stützten die Braut und kümmerten sich allein um sie. Wir wurden getraut.

›Küssen Sie sich jetzt‹, sagte man uns. Meine Frau wandte mir ihr bleiches Gesicht zu. Ich schickte mich an, sie zu küssen ...

›Er ist es ja gar nicht!‹ schrie sie auf und brach ohnmächtig zusammen. Die Zeugen blickten mich bestürzt an. Ich drehte mich um, verließ ungehindert die Kirche, warf mich in den Schlitten und rief: ›Fahr zu!‹«

»Mein Gott!« stöhnte Marja Gawrilowna. »Und Sie wissen nicht, was aus Ihrer armen Frau geworden ist?«

»Nein, ich weiß es nicht«, antwortete Burmin, »ich weiß nicht, wie das Dorf hieß, in dem ich getraut wurde, und ich erinnere mich auch nicht, von welcher Poststation ich abgefahren war. Zu jener Zeit nahm ich mein verbrecherisches Abenteuer so wenig ernst, daß ich nach dem Verlassen der Kirche einschlief und erst frühmorgens, drei Poststationen weiter, wieder erwachte. Mein Bursche, der mich damals begleitete, ist im Krieg gefallen, so daß ich nicht hoffen kann, jemals zu erfahren, wem ich eigentlich so übel mitgespielt habe und wer jetzt auf so grausame Weise gerächt ist.«

»Mein Gott, mein Gott«, sagte Marja Gawrilowna und ergriff seine Hand. »Sie sind es also gewesen! Und Sie erkennen mich nicht?«

Burmin erbleichte ... und warf sich ihr zu Füßen ...

August H. Hoffmann von Fallersleben
Napoleons 29. Bulletin

Der Winter hatte sich im Jahr 1812 ungewöhnlich früh eingestellt, die Kälte hatte bald einen hohen Grad erreicht und hemmte allen Verkehr. Die Wege waren zum Teil durch Schneefall unfahrbar geworden. Trotzdem bat ich meine Eltern, mich holen zu lassen, ich wollte gar zu gern die Ferien bei und mit ihnen zubringen. Da kam denn eines Tages unser Wagen. Den andern Morgen legte ich mich auf den Wagen in das Stroh, dicht eingepackt in Mantel und Fußsack und fuhr hinüber wie ein Lebendigbegrabener, von dem nur etwas Gesicht zu sehen war. Nach einigen Stunden hatte ich die gefährliche Winterreise glücklich vollendet. Ich trat in die große Wohnstube, es ward mir angst und bange, als ich nur die Blumen erblickte, die alle kränkelnd das Haupt hangen ließen. Da kamen hinter dem Ofen fröhlich und wohlgemut die Meinigen hervor, und der kalte Winter war vergessen.

Am zweiten Weihnachtstag war großer Ball in unserem Hause. Gegen Abend war eben der westfälische ›Moniteur‹ angekommen, niemand kümmerte sich um ihn. Er lag vor mir auf dem Tisch noch zusammengefaltet, ich las. Über mir rauschte die Musik, die ganze Gesellschaft war im lustigsten Tanzen. Da las ich Napoleons 29. Bulletin vom 3. Dezember.* Ich eilte hinauf in den Saal und verkündete die große Botschaft. Alles ward mit Angst und Entsetzen erfüllt, das Unglück war zu schrecklich, als daß man sich bei uns hätte freuen kön-

* Das kaiserliche ›29. Bulletin‹ vom 3. Dezember 1812 löste in halb Europa große Bestürzung aus. Ohne jede Beschönigung legte Napoleon darin Rechenschaft ab über die verheerende Situation, in die seine ›Große Armee‹ im Rußlandfeldzug geraten war: keine Reiterei mehr, keine Artillerie, keine Transportwagen und – beißende Kälte. Allein der Übergang über die Beresina am 26./27. November kostete 20000 Franzosen das Leben. Das 29. Bulletin schließt mit dem denkwürdigen Satz: »Die Gesundheit seiner Majestät war nie besser.«

nen. Beklommen fragte man sich: ›Was mag aus unseren Leuten geworden sein! Die armen Westfalen! Die sind gewiß auch alle verloren!‹ – Doch bald erholte man sich von der Trauerbotschaft, griff das Freudige auf, was für uns in diesem Ereignis lag, jubelte dann über die Niederlage der Franzosen und tanzte lustig weiter bis an den lichten Morgen. Es war des Jammers und Elends so viel in der Welt, daß man jede Gelegenheit zur Fröhlichkeit festhielt.

XVIII SELTSAME GESCHICHTEN AUS DEM HOHEN NORDEN

Wie keine Jahreszeit sonst ist der Jul ein Tummelplatz für Trolle, Huldren, Elbenwesen.
Jul als Bezeichnung für das Weihnachtsfest kennt man bei uns auch in Mecklenburg – vor allem den Julklapp, das Geschenkpaket, von dem keiner weiß, wo es herkommt.

Das Ulta-Mädchen
Lappisches Märchen

Es waren einmal zwei junge Männer, die um dasselbe Mädchen freiten. Als das Frühjahr kam, zogen die beiden Männer und das Mädchen in Gemeinschaft mit anderen Leuten zu einer weit im Meer draußen gelegenen Insel, um auf Fischfang zu gehen. Auf der Insel waren nämlich Fischerhütten erbaut, da dieser Ort von alters her als ausgezeichneter Fischplatz bekannt war und die Leute in der Regel bis zum Herbst dort verblieben.

Das Mädchen und die beiden jungen Männer bewohnten dieselbe Hütte und fischten in demselben Boot. Allmählich begann jedoch der eine zu bemerken, daß das Mädchen ihm weniger Aufmerksamkeit schenkte als seinem Kameraden. Hierüber wurde er sehr verdrossen, und er sann darüber nach, auf welche Weise er wohl seinen Nebenbuhler am besten aus dem Weg räumen könnte.

Als die Fischer wieder die Heimreise antraten, richtete er es so ein, daß er, das Mädchen und sein Kamerad, die Letzten waren, die den Fischplatz verließen. Als nun auch sie alle ihre Sachen in das Boot gebracht hatten und schon zum Abrudern bereit waren, sagte der Mann, um den das Mädchen sich nicht kümmerte, zu seinem Kameraden:

»Ah, ich habe mein Messer oben in der Hütte vergessen; spring doch hinauf und hol es mir, dann bist du ein guter Kerl!«

Dieser tat dies, ohne den geringsten Verrat zu ahnen, war jedoch noch nicht weit gekommen, als der Kamerad das Boot abstieß und mit dem Mädchen davonruderte.

Er war nun ganz allein auf der Insel und besaß nichts anderes, womit er sich forthelfen konnte, als das Messer, das der Kamerad zurückgelassen hatte. Er machte sich einen Bogen und schoß damit Strandvögel, die er am

Feuer briet. Auf diese Weise fristete er sein Leben fort bis Weihnachten. Am Weihnachtsabend trug er eine größere Menge Brennholz zusammen und stapelte es vor der Tür der Hütte zu einem großen Haufen auf, um nicht während der Weihnachtstage Holz holen zu müssen.

Abends, als er mit dem Holzstoß fertig war, saß er eine Weile vor der Tür und blickte sehnsuchtsvoll nach dem Festland hinüber. Da bemerkte er plötzlich ein Boot, welches auf die Insel zusteuerte. Der Mann war darüber sehr erfreut, denn er glaubte, daß es Menschen wären, die auf die Insel kämen. Als aber das Boot näherkam, schien es ihm allerdings etwas sonderbar auszusehen, und als es anlegte und die Leute an Land stiegen, erkannte er bald, daß es nicht ›Albma-olbmuk‹ (d. h. Leute von dieser Welt oder richtige Menschen), sondern Ulta-Leute waren. Er kroch deshalb hinter den Holzstoß und versteckte sich, jedoch so, daß er sie ungesehen beobachten konnte.

Es stiegen nun alle an Land. Es war eine große Gesellschaft, die allerlei Kram bei sich hatte. Unter den Frauen befanden sich zwei junge Mädchen, die sehr schön und dabei auch hübsch gekleidet waren. Jede von beiden trug einen Proviantkasten in der Hand, als die ganze Schar auf die Hütte zuging. Nachdem der ganze Kram in die Hütte geschafft war, kamen die beiden Mädchen wieder heraus, um sich auf der Insel umzusehen; dabei entdeckten sie den jungen Mann, der hinter dem Holzstoß lag. Anfangs fürchteten sie sich ein wenig und wären beinahe wieder davongelaufen; da der Jüngling aber ganz ruhig dalag, traten sie näher an ihn heran und begannen zu kichern und zu lachen und allerlei Scherz mit ihm zu treiben.

Der Jüngling hatte eine Stecknadel in dem einen Ärmel seiner Jacke. Als sie nun so um ihn herumsprangen und ihn von Zeit zu Zeit zupften, paßte er einen günstigen Augenblick ab und stach die eine in die Hand, so daß diese zu bluten begann. Die Gestochene begann nun laut zu schreien und zu jammern. Da kamen auch die Übrigen aus der Hütte gelaufen, um zu sehen, was geschehen sei; sowie sie aber des Jünglings ansichtig wurden, stürzten sie wieder hinein, rafften in größter Eile und Hast von dem mitgebrachten Kram zusammen, was ein jeder erwischen konnte, und eilten davon.

In einem Augenblick war alles verschwunden: die Leute, der Kram und das Boot; nur ein Schlüsselbund war auf dem Tisch liegengeblieben und auch das Mädchen, das der Jüngling blutig gestochen hatte, stand noch da; es war ganz kraft- und hilflos. »Nun mußt du mich zu deiner Frau nehmen«, sagte das Mädchen, »da du mich blutig gestochen hast!« – »Ja, ja, warum nicht«, antwortete der junge Mann, »das will ich gern tun; aber wie glaubst du, daß wir den Winter über auf der Insel hier werden leben können?« – »Damit hat es keine Not«, meinte das Mädchen, »wenn du mir nur versprechen willst, daß du mich zur Frau nimmst; du bekommst ja reiche Verwandte!«

Der junge Mann versprach es, und so lebten sie denn miteinander auf der Insel bis zum Frühjahr, wo wieder Leute hinauskamen, mit denen sie nach dem Festland hinüberfuhren.

»Wohin sollen wir uns jetzt begeben?« fragte das Mädchen den Mann. »Das weiß ich nicht«, sagte der Mann, »was meinst du dazu?« Das Mädchen meinte, daß es ihr am liebsten wäre, sich an einem Ort niederzulassen, wo ihre Eltern wohnten. »Aber nur, wenn du willst«, fügte sie hinzu. »Warum nicht?« antwortete der Mann, und so reisten sie dahin und suchten sich einen bequemen Wohnplatz aus.

»Nun mußt du selbst den Platz für das Haus ausmessen«, sagte das Mädchen, »du kannst ihn groß oder klein nehmen, wie du willst.« Der junge Mann maß den Platz aus.

Als sie sich des Abends schlafen legten, sagte das Mädchen: »Wenn du in der Nacht, während wir liegen und schlafen, etwas hören solltest, so darfst du nicht aufstehen und auch nicht nachsehen, was es sei.« In der Nacht hörte er, wie gemauert, gezimmert, gespalten und gehämmert wurde; er rührte sich aber nicht. Des Morgens, als er und das Mädchen aufstanden und sich umsahen, stand das Haus in allen Teilen fertig da.

»Nun mußt du den Platz für den Kuhstall ausmessen«, sagte das Mädchen am nächsten Tag, »aber nimm den Platz nicht zu groß und auch nicht zu klein.« Der junge Mann maß. In der Nacht hörte er wieder, wie gezimmert, gespalten und gehämmert wurde. Am Morgen stand der Kuhstall vollkommen fertig da mit Ständern, Milcheimern und Kloben; nur Kühe waren nicht darin. Nun bat das Mädchen den Mann, er möchte den Platz für ein Vorratshaus ausmessen; dieses könne er so groß haben, wie er selbst wolle. Als auch das Vorratshaus fertig war, forderte sie ihn auf, zu ihren Eltern zu reisen. Sie wanderten denn auch dahin und blieben dort, so lange es sie freute.

Als sie aber wieder nach Hause reisen sollten, sagte das Mädchen zu dem jungen Mann: »Wenn wir Abschied genommen haben und dabei sind, aus dem Haus zu treten, so gib gut acht und eile so schnell du kannst über die Türschwelle.«

Der Mann tat, wie das Mädchen gesagt hatte, und gerade in dem Augenblick, als er über die Schwelle stieg, warf der Vater des Mädchens einen großen Hammer nach ihm. Wäre er nicht so schnell gewesen, wie er war, sondern hätte er nur einen Augenblick stillgestanden, so würde ihr Vater ihm beide Beine abgeschlagen haben.

Als sie eine Strecke weit auf dem Heimweg gewandert waren, sagte das Mädchen: »Nun darfst du dich nicht früher umsehen, als bis du in das Haus getreten bist, was immer du auch zu hören und zu sehen bekommst.«

Der junge Mann versprach es; als er aber schon bei der Haustür angelangt war, konnte er sich nicht länger zurückhalten, sondern sah sich um. Da war gerade die

Hälfte einer großen Viehherde, welche die Schwiegereltern ihnen nachgeschickt hatten, innerhalb des Zaunes gekommen, die andere Hälfte stand noch außerhalb; die aber, welche außerhalb stand, war in demselben Augenblick verschwunden.

Hierauf ließ sich das Paar von dem Priester trauen und sie bekamen Kinder und lebten glücklich und zufrieden. Das einzige, was dem Mann nicht gefiel, war, daß seine Frau bisweilen verschwand, ohne daß es ihm möglich war zu erforschen, wohin sie gekommen sei. Als er sich daher eines Tages hierüber beklagte, sagte die Frau, welche ja ihren Gemahl recht lieb hatte: »Lieber Mann, wenn es dir nicht recht ist, daß ich manchmal fort bin, so schlage nur einen großen Nagel in die Türschwelle; ich kann dann weder hinaus noch hinein, es sei denn, daß du selbst es willst.«

Finna, die Vorausschauende
Isländisches Märchen

Es war einmal ein Mann, der hieß Thrandur und war Gesetzessprecher. Seine Frau war schon gestorben, als diese Geschichte sich ereignete, und er selbst war bereits alt geworden. Er war ein recht kluger Mann und hatte zwei Kinder, einen Sohn namens Sigurd und eine Tochter, die Finna hieß. Sie war ein sehr verständiges Mädchen und es ging die Rede unter den Leuten, daß sie mehr wisse als ihr Vaterunser.

Als ihr Vater einmal fortreiste, sagte sie zu ihm: »Ich vermute, Vater, daß man während deiner Reise um meine Hand anhalten wird, und ich bitte dich, daß du sie keinem versprichst, es sei denn, daß dein Leben davon abhängen sollte.«

Er versprach es ihr und reiste hierauf fort. Es hielten

nun viele angesehene Männer um Finnas Hand an, Thrandur aber wies sie alle ab.

Als er seine Geschäfte beendigt hatte, machte er sich wieder auf den Heimweg, und eines Abends, als er ganz allein seinen Knechten weit vorausritt, begegnete ihm ein Mann auf einem dunkelbraunen Pferd, der ein sehr wildes Aussehen hatte. Der andere stieg ab, griff dem Pferd Thrandurs in die Zügel und sagte: »Sei gegrüßt, Thrandur!«

Thrandur erwiderte seinen Gruß und fragte ihn nach seinem Namen. Er heiße Geir, sagte er, und wolle um Finna, die Tochter Thrandurs, freien. Thrandur entgegnete ihm: »Ich kann sie dir nicht zur Frau geben, denn sie will selbst über ihr Schicksal bestimmen.«

Da zog Geir das Schwert und setzte es Thrandur auf die Brust, ihm die Wahl lassend, daß er entweder Finna ihm zur Frau gebe oder sogleich von ihm getötet werde.

Thrandur sah nun keinen anderen Ausweg, als ihm die Tochter zu versprechen; er solle nach Verlauf eines halben Monats kommen, um sie abzuholen, sagte er. Hierauf ritt Thrandur heim, Geir aber zog seiner Wege.

Als Thrandur daheim ankam, stand Finna vor dem Haus, begrüßte ihren Vater und sagte: »Ist es so, wie mein Geist es mir verkündet, daß du mich einem Manne verheiratet hast?«

Er antwortete ihr, dies sei wirklich der Fall, und sagte, daß sein Leben davon abgehangen habe. Finna meinte, daß es dann auch so sein möge; ihr Geist verkünde ihr jedoch, daß ihr daraus keine große Freude erwachsen werde.

Zur festgesetzten Zeit kam Geir, um seine Frau zu holen, und es wurde ihm ein freundlicher Empfang bereitet. Er sagte, daß er nicht lange verweilen könne, und bat Finna, sie möge sich rasch fertig machen, denn am nächsten Morgen wolle er wieder fort. Sie tat dies auch. Aus dem Haus ihres Vaters nahm sie niemanden mit sich außer ihren Bruder Sigurd.

Sie nahmen alle drei Abschied von Thrandur und ritten ihres Weges, bis sie zu einer Gebirgsweide kamen, auf der Rinder grasten. Finna fragte Geir, wem diese Weide und die Rinder gehörten. Er antwortete ihr, sie gehörten niemand anderem als ihm und ihr.

Am zweiten Tag kamen sie zu einer anderen Weide; auf ihr standen lauter Pferde. Finna fragte Geir, wem diese Pferde gehörten. Er antwortete ihr, sie gehörten niemand anderem als ihm und ihr.

So ritten sie weiter den ganzen Tag. Am Abend kamen sie zu einem großen Gut; hier stieg Geir vom Pferd und bat Finna ihm zu folgen, denn hier, sagte er, sei sein Heim.

Finna wurde gut aufgenommen und übernahm sogleich die ganze Hauswirtschaft. Geir war wenig freundlich gegen sie, doch nahm sie sich dies nicht sonderlich zu Herzen. Ihr Bruder Sigurd wurde ebenfalls gut behandelt.

Am Weihnachtsabend wollte Finna dem Geir den Kopf waschen lassen; man suchte ihn daher überall, konnte ihn aber nirgends finden. Finna fragte Geirs Pflegemutter, die auch im Hause war, ob dies eine Gewohnheit von ihm sei. Sie sagte, er sei seit langer Zeit schon niemals zu Weihnachten daheim gewesen, und brach dann in heftiges Weinen aus.

Finna bat die Leute, nicht nach ihm zu suchen; wenn seine Zeit gekommen sei, werde er schon von selbst zurückkommen, sagte sie. Sie bereitete das Mahl und machte sich wenig daraus, daß Geir nicht zugegen war.

Als das Essen zu Ende war und alle Leute sich zu Bett begeben hatten, stand Finna auf und nahm ihren Bruder Sigurd mit sich. Sie gingen zur See hinab, stiegen in ein Boot und ruderten hinaus zu einer Insel, die nicht weit entfernt lag.

Finna bat Sigurd, er möchte auf das Boot achtgeben, während sie an Land gehe; und dies tat er auch. Finna betrat nun die Insel und ging solange landeinwärts, bis sie zu einem kleinen aber wohlgebauten Haus kam. Die Tür stand halb offen; in der Stube brannte ein Licht und ein schön bereitetes Bett befand sich darin. In diesem Bett nun sah sie Geir, ihren Mann, liegen, und in seinen Armen eine Frau. Finna setzte sich neben das Bett auf den Boden und sang eine Strophe.

Dann ging sie zurück zu ihrem Bruder und bat ihn, wieder heimzufahren und niemandem zu sagen, wo sie gewesen seien. Er versprach ihr dies auch und ruderte heim, und beide stellten sich, als ob nichts vorgefallen wäre.

Als Weihnachten vorüber war, stand Finna eines Morgens zeitig auf und ging in die Kammer, in der Geir und sie zu schlafen pflegten, wenn er daheim war. Da befand sich Geir darin, und er ging auf und ab, im Bett aber lag ein Kind.

Geir fragte, wem das Kind gehöre. Sie antwortete ihm, daß es niemand anderem gehöre als ihm und ihr, nahm sodann das Kind und übergab es Geirs Pflegemutter, damit sie es aufziehen möge.

Das Jahr verstrich, ohne daß sich sonst etwas Besonderes ereignete. Zu Weihnachten geschah dasselbe wie im Jahr zuvor, nur daß Finna sich diesmal auf den Schemel vor dem Bett setzte und eine Strophe sang.

Und als das dritte Mal Weihnachten kam, wurde wieder das Mahl bereitet, und man suchte abermals nach Geir, aber man fand ihn nicht, und Finna bat seine Leute, nicht weiter nach ihm zu suchen.

Als das Essen vorüber war und alle sich zu Bett begeben hatten, ruderten Sigurd und Finna wieder hinaus zur Insel. Sigurd bat Finna, daß er diesmal mit ihr an Land gehen dürfe. Sie erlaubte es ihm, trug ihm aber auf, nicht ein einziges Wort zu sprechen.

Als sie zu dem Haus kamen, bat Finna den Sigurd, er möchte draußen warten, während sie hineingehe. Er blieb denn auch draußen. Finna aber ging in das Haus hinein, setzte sich auf den Rand des Bettes und sang folgende Strophe:

»Verlassen sitz ich hier am Rand,
Das Glück der Freude von mir schwand.

Geraubt hat mir's der kluge Mann,
Daß ich mich nimmer freuen kann.

Ein anderes Weib den Mann mir nahm –
Ganz unverhofft das Unglück kam.«

Da erhob sich Geir und sagte: »Es soll auch nicht länger geschehen.«

Die Frau aber, die bei ihm im Bett lag, fiel in Ohnmacht. Finna holte Wein und träufelte ihn auf die Lippen der Ohnmächtigen. Da kam sie wieder zur Besinnung, und es war das schönste Mädchen.

Da sprach Geir zu Finna: »Nun hast du mich von einer schweren Not erlöst; denn es war bereits das letzte Jahr, in dem ich befreit werden konnte. Mein Vater war ein König und herrschte über Gardariki. Als meine Mutter gestorben war, heiratete mein Vater eine unbekannte Frau. Nachdem sie kurze Zeit zusammengelebt hatten, tötete sie meinen Vater durch Gift; da ich und diese meine Schwester, welche Ingibjörg heißt, ihr nicht Gehorsam leisten wollten, legte sie den Fluch auf mich, daß ich mit meiner Schwester drei Kinder zeugen sollte; und wenn ich nicht eine Frau bekäme, die von all dem wisse, aber dazu schweige, sollte ich zu einer Schlange, meine Schwester aber zu einem ungezähmten Fohlen werden, das mit anderen Pferden auf die Weide geht. Aber jetzt hast du mich von dieser Not befreit, und darum will ich diese meine Schwester mit deinem Bruder Sigurd verheiraten und ihr als Mitgift das ganze Reich geben, welches mein Vater besaß.«

Sie fuhren hierauf alle an Land zurück und begaben

sich in Geirs Haus. Es wurde nun erneut ein großes Festmahl vorbereitet und man schickte nach Thrandur, dem Vater der Finna; hierauf wurde Sigurds und Ingibjörgs Verlobungsbier getrunken. Sigurd zog sodann nach Gardariki und unterwarf es sich ganz.

Geirs Stiefmutter aber wurde ergriffen und zwischen zwei Pferde gebunden, die sie in zwei Stücke auseinanderrissen.

Sigurd und Ingibjörg herrschten lange über Gardariki, und Geir wurde Gesetzessprecher nach Thrandur.

Per Gynt
Norwegisches Mythenmärchen

In alten Zeiten lebte in Kvam ein Schütze, der hieß Per Gynt. Er lag beständig droben im Gebirge und schoß dort Bären und Elche, denn damals gab es noch mehr Wälder auf dem Fjäll, und in ihnen hielten sich solche wilden Tiere auf. In einem Jahr nun, spät im Herbst, nachdem das Vieh schon längst von den Bergweiden herabgetrieben war, wollte Per Gynt wieder einmal hinauf in den Fjäll. Außer drei Sennerinnen hatten schon alle Hirtenleute das Gebirge verlassen. Als Per Gynt die Hövringalm erreichte, wo er in einer Sennhütte übernachten wollte, war es schon so dunkel, daß er die Hand nicht vor Augen sehen konnte. Da fingen die Hunde plötzlich so fürchterlich zu bellen an, daß es Per Gynt ganz unheimlich zumute wurde. Plötzlich stieß er mit dem Fuß an etwas an, und als er es anfaßte, war es kalt und groß und schlüpfrig. Da er aber nicht glaubte, vom Wege abgekommen zu sein, konnte er sich gar nicht erklären, was das sein könnte; aber geheuer war es ihm nicht.

»Wer ist denn das?« fragte Per Gynt, denn er fühlte,

daß es sich bewegte. »Ei, ich bin Böig (der Krumme)*«, lautete die Antwort. Damit war aber Per so klug wie vorher. Er ging nun daran entlang, ›denn einmal muß ich doch daran vorbeikommen‹, dachte er.

Im Weitergehen stieß er plötzlich wieder an etwas, und als er es anfühlte, war es wieder kalt und groß und schlüpfrig. »Wer ist das?« fragte Per Gynt. »Ich bin der Krumme«, lautete die Antwort wieder. »Ei, ob du gerade oder krumm bist, du mußt mich doch weiterlassen«, sagte Per Gynt, denn er merkte, daß er im Kreise herumging und der Krumme sich um die Sennhütte herumgeschlängelt hatte. Bei diesen Worten schob sich der Krumme ein wenig auf die Seite, so daß Per Gynt an die Sennhütte hingelangen konnte. Als er hineinkam, war es da drinnen nicht heller als draußen; er stolperte und tastete an den Wänden umher, denn er wollte seine Flinte abstellen und seine Jagdtasche ablegen. Aber während er so suchend umhertappte, spürte er wieder das Kalte, Große und Schlüpfrige. »Wer ist das denn jetzt?« rief Per Gynt. »Ach, ich bin der große Krumme«, lautete die Antwort. Und wohin er auch faßte und wohin er den Fuß setzte, überall fühlte er den Ring, den der Krumme um ihn gezogen hatte.

›Hier ist nicht gut sein‹, dachte Per Gynt, ›denn dieser Krumme ist draußen und drinnen, aber ich werde diesen Querkopf bald zurechtmachen.‹ Er nahm seine Flinte, ging wieder hinaus und tastete an dem Krummen entlang, bis er den Kopf fand. »Wer bist du denn eigentlich?« fragte er. »Ach, ich bin der große Krumme von Etnedal«, sagte der große Troll. Da machte Per Gynt kurzen Prozeß und schoß ihm drei Kugeln mitten durch den Kopf.

»Schieß noch einmal!« rief der Krumme. Aber Per Gynt wußte es besser, denn wenn er noch einmal ge-

* Böig oder Bø-yg, ein gespenstisches Ungeheuer des Nordens, das sich dem Wanderer als ein unsichtbares, kaltes, schleimiges Etwas um die Füße legt.

schossen hätte, wäre die Kugel auf ihn selbst zurückgeprallt. Als dies getan war, faßten Per Gynt und die Hunde fest zu und zogen den großen Troll aus der Sennhütte hinaus, damit sie es sich in der Hütte bequem machen könnten. Währenddessen lachte und höhnte es von allen Bergen ringsum. »Per Gynt zog viel, aber die Hunde zogen mehr!« ertönte es.

Am Morgen wollte Per Gynt hinaus auf die Jagd. Als er tief in den Fjäll hineinkam, sah er ein Mädchen, das Schafe und Ziegen über einen Berggipfel trieb. Als er aber den Gipfel erreicht hatte, war das Mädchen mit seiner Herde verschwunden, und Per Gynt sah nichts als ein großes Rudel Bären.

»Ich habe doch noch nie Bären in Rudeln beisammen gesehen«, dachte Per Gynt. Als er aber näher kam, waren alle bis auf einen wie weggepustet. Da klang es von einem Berg dicht neben ihm:

»Nimm in acht den Bären dein,
Per Gynt steht draußen
Mit dem Stutzen sein!«

»Ach, dann geht es Per Gynt schlecht, nicht aber meinem Bären, denn er hat sich heute nicht gewaschen«, rief es aus dem Berge. Per Gynt wusch sich die Hände mit seinem eigenen Urin und schoß den Bären tot. In den Bergen erhob sich ein schallendes Gelächter. »Du hättest auf deinen Bären achtgeben sollen«, rief die eine Stimme. »Ich habe nicht daran gedacht, daß er die Waschschüssel in den Hosen hat«, erwiderte die andere.

Per Gynt zog dem Bären die Haut ab und vergrub den Körper im Geröll; aber den Kopf und das Fell nahm er mit. Auf dem Rückweg begegnete er einem Bergfuchs.

»Sieh, mein Lämmchen, wie fett du bist!« rief es von einem Hügel her. »Seht nur, wie hoch Per Gynt den Stutzen trägt!« tönte es von einem andern Hügel, als Per Gynt die Flinte zum Schießen an die Backe legte und den

Fuchs erschoß. Er zog auch diesem den Balg ab und nahm ihn mit; und als er an der Sennhütte ankam, nagelte er die Köpfe mit aufgesperrten Rachen außen an die Wand. Darauf machte er Feuer und stellte einen Suppentopf darüber; aber es rauchte so fürchterlich, daß er kaum die Augen offenhalten konnte, und er mußte deshalb eine Luke öffnen. Da kam gleich ein Troll herbei und steckte seine Nase durch die Luke herein; die Nase war so lang, daß sie bis an den Herd reichte.

»Hier kannst du sehen ein Riechhorn«, sagte er.

»Hier kannst du schmecken ein Suppenkorn«, sagte Per Gynt und goß ihm den ganzen Topf Suppe über die Nase. Der Troll stürzte davon und jammerte laut; aber ringsum von allen Höhen lachte und spottete und rief es:

»Gyri Suppenrüssel, Gyri Suppenrüssel!«

Hierauf war eine Weile alles still; doch dauerte es nicht lange, da erhob sich draußen wieder Lärm und Getöse. Per Gynt sah hinaus, und da erblickte er einen mit Bären bespannten Wagen; der große Troll wurde aufgeladen, und dann ging es hinauf in den Fjäll mit ihm. Plötzlich wurde ein Eimer Wasser durch den Schornstein herabgegossen; das Feuer erlosch und Per Gynt saß im Dunkeln. Da begann es in allen Ecken zu lachen und zu spotten, und eine Stimme sagte: »Jetzt wird es Per Gynt nicht besser gehen als den Sennerinnen in der Val-Hütte.«

Per Gynt zündete das Feuer wieder an, rief seine Hunde herbei, verschloß die Sennhütte und ging weiter nach Norden bis zu der Val-Hütte, in der die drei Sennerinnen waren. Als er eine Strecke zurückgelegt hatte, sah er ein Feuer, als wenn die ganze Val-Hütte in hellen Flammen stünde, und in demselben Augenblick stieß er auf ein Rudel Wölfe, von denen er einige niederschoß und die anderen erschlug. Als er die Val-Hütte erreicht hatte, war es da stockfinster und von einer Feuersbrunst keine Spur zu entdecken, aber es waren vier fremde Männer in der Hütte, die es auf die Sennerinnen abgesehen hatten; das waren vier Bergtrolle, die hießen Gust i Väre, Tron Valfjeldet, Tjöstöl Aabakken und Rolf Eldförpungen.* Gust i Väre stand vor der Tür und sollte Wache halten, während die anderen bei den Sennerinnen drinnen waren und zudringlich werden wollten. Per Gynt schoß auf Gust i Väre, verfehlte ihn aber, und da lief er davon. Als dann Per Gynt in die Stube kam, waren die Sennerinnen in großer Not; zwei von ihnen waren ganz außer sich vor Schrecken und flehten zu Gott um Hilfe und Rettung, die dritte aber, die man die tolle Kari nannte, hatte keine Angst. Sie sagte, sie sollten nur kommen, sie hätte wirklich Lust, zu sehen, ob solche Kerle auch Schneid hätten. Als aber die Trolle merkten, daß Per Gynt im Zimmer war, fingen sie zu jammern an und sagten zu Eldförpungen, er solle Feuer machen. In demselben Augenblick fielen die Hunde über Tjöstöl Aabakken her und warfen ihn kopfüber auf den Herd, daß Asche und Funken umherstoben.

»Hast du meine Schlangen gesehen, Per Gynt?« fragte Tron Valfjeldet – so nannte er die Wölfe. »Ja, und nun sollst du denselben Weg gehen wie deine Schlangen!« rief Per Gynt und erschoß ihn. Dann schlug er Aabakken mit dem Flintenkolben tot; aber Eldförpungen war durch den Schornstein entflohen. Nachdem Per Gynt dies getan hatte, begleitete er die Sennerinnen zu ihrem Dorf, denn sie trauten sich nicht länger in der Hütte zu bleiben.

Als nun die Weihnachtszeit herankam, war Per Gynt wieder unterwegs. Er hatte von einem Hof auf Dovre gehört, wo sich am Christabend so viele Trolle einfänden, daß die Bewohner flüchten und auf anderen Höfen Unterkunft suchen müßten; dieses Gehöft wollte Per Gynt aufsuchen, denn es gelüstete ihn, diese Trolle zu sehen. Er zog zerrissene Kleider an, nahm einen zahmen

* Die Namen der vier Trolle deuten auf die vier Elemente: Väre = Luft; Fjeld = Berg, Erde; Aa = Bach, Wasser; Eld = Feuer.

weißen Bären, der ihm gehörte, sowie einen Pfriemen, Pech und Draht mit.

Als er den Hof erreicht hatte, ging er ins Haus hinein und bat um Obdach. »Gott steh uns bei!« sagte der Mann. »Wir können dir kein Obdach geben, wir müssen selbst den Hof verlassen, denn an jedem Heiligen Abend wimmelt es hier von Trollen.«

Aber Per Gynt meinte, er werde das Haus schon von den Trollen säubern. So wurde ihm erlaubt, dazubleiben, und er bekam eine Schweinshaut noch obendrein. Darauf legte sich der Bär hinter den Herd, Per holte Pech, Pfriemen und Draht hervor und machte sich daran, aus der ganzen Schweinshaut einen einzigen großen Schuh zu machen. Als Schnürband zog er einen dicken Strick hindurch, so daß er den Schuh rundherum zuschnüren konnte, und überdies hatte er noch zwei Handspeichen bereit. Kaum war er fertig, da kamen die Trolle auch schon mit Fiedeln und Spielleuten dahergezogen, und die einen tanzten, die andern aßen von dem Weihnachtsessen, das auf dem Tisch stand, einige brieten Speck, andere brieten Frösche und Kröten und ähnliches ekelhaftes Zeug – dieses Weihnachtsessen hatten sie selber mitgebracht. Inzwischen bemerkten einige den von Per Gynt verfertigten Schuh. Da er für einen großen Fuß bestimmt zu sein schien, wollten die Trolle ihn anprobieren, und als jeder von ihnen einen Fuß hineingestellt hatte, zog Per Gynt den Schuh zu, zwängte eine Speiche hinein und schnürte ihn so stark zu, daß alle miteinander

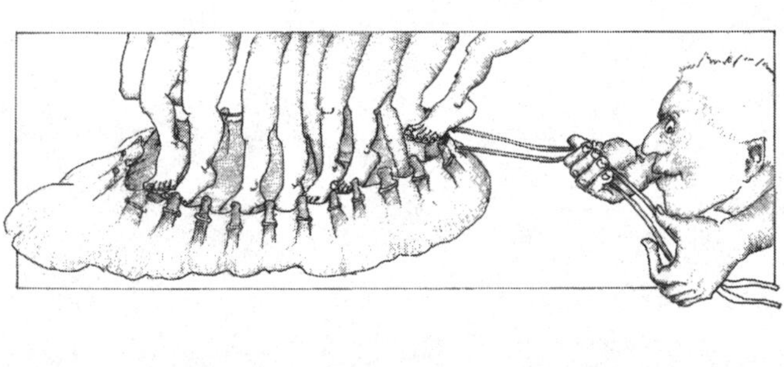

in dem Schuh festsaßen. Aber jetzt streckte der Bär die Nase vor und schnupperte nach dem Braten.

»Möchtest du Kuchen haben, mein weißes Kätzchen?« sagte einer der Trolle und warf dem Bären einen noch brennendheißen gebratenen Frosch in den Rachen.

»Schlag los, Bärchen!« rief Per Gynt. Da wurde der Bär so bös und wild, daß er auf die Trolle losfuhr und nach allen Seiten Hiebe austeilte und sie kratzte. Und Per Gynt schlug mit der anderen Speiche in den Haufen hinein, wie wenn er allen den Schädel einschlagen wollte. Da mußten die Trolle die Flucht ergreifen; Per Gynt aber blieb da und schmauste die ganze Weihnachtszeit über von dem Weihnachtsessen, und nun hörte man viele Jahre lang nichts mehr von den Trollen. Der Bauer aber hatte eine weiße Stute; da gab ihm Per Gynt den Rat, von dieser Stute Füllen aufzuziehen, diese dann in den Bergen herumstreifen und sich da vermehren zu lassen.

Nach vielen Jahren war die Weihnachtszeit wieder einmal vor der Tür. Der Bauer war im Walde und fällte Holz zum Fest. Da kam ein Troll herbei und rief ihm zu: »Hast du deine große weiße Katze noch?« – »Ja, sie liegt daheim hinter dem Ofen«, sagte der Mann, »und sie hat sieben Junge bekommen, die noch viel größer und böser sind als sie selbst.«

»Dann kommen wir nie mehr zu dir!« rief der Troll.

XIX SCHWEIZERISCHE WEIHNACHT 1839

»Es isch emal es fromms fromms Chind gsi, das sine Eltere nie Verdruß gmacht het und nie mit sine Geschwüsterti zangget und nie briegget het um nüt u wider nüt . . .«

Otto Sutermeister, ›s' Wiehnechtchindli‹ (1869), mundartlich nach Albert Bitzius (d. i. Jeremias Gotthelf), ›Leiden und Freuden eines Schulmeisters‹ (1839)

Jeremias Gotthelf
Von Leiden und Freuden eines Schulmeisters

Es war Weihnacht, kalt und schneeig war es draußen. An selbem Tag hatten wir kein Fleisch gegessen, ein Kaffee machte unser Mittagbrot aus. Der Bube hatte Lebkuchen erhalten von der Großmutter, die ihm das Christkind gebracht hätte, wie sie ihm sagte. Wir saßen auf dem Ofentritt zwischen Tag und Nacht, und zwischen Tag und Nacht war es auch in unserm Gemüte. Unsere Armut und Not dunkelte vor unsern Augen auf und wob Finsternis um uns her, und wie es finsterte in jedem, sagte keins dem andern, und wie es jedem unheimlich ward in der Finsternis, auch nicht.

Als ich an das nächste Jahr dachte, fiel mir ein, daß der Pfarrer gesagt hatte heute in der Predigt: die Sonne entferne sich von uns nach und nach, weit und immer weiter, aber ihre Entfernung hätte immer ihre Grenzen, »bis hierher«, sage ihr der Herr, »und nicht weiter«; dann kehre sie um und komme, immer wärmer und glänzender werdend, wieder zurück.

So zeigte ich freundlich und leise Mädeli das Lämpchen, das mir schien in die Finsternis. Und Mädeli sprach: »Schau doch, Peter, welchen guten warmen Ofen wir haben, und die Wärme hat mir so wohlgetan, wie ich vom Brunnen reingekommen bin. Und da hab ich an die Mutter von unserm Heiland denken müssen, sie ist doch die beste von allen Frauen gewesen und hat doch keinen warmen Ofen gehabt in ihrem kalten Stall und kein Bett für sich und nicht einmal einen Korb für ihr liebes Kind. Und da hab ich dran denken müssen, daß ich dies doch alles habe und noch alle Tage warmes Essen und keinen Herodes, der nach unseren Kindern langt. Und doch wär ich nichts gegen die Mutter Maria und sündigte immer noch soviel. Da ist mir ganz leicht geworden ums Herz, daß wir es doch eigentlich ganz gut hätten, wenn man richtig hinschaute, und wir meinen doch immer, es gehe uns bös. Und da hab ich zum lieben Gott gebetet, daß wir immer so unnötig klagen, und hab ihm gesagt, er solle nur machen, wie er wolle, wir wollten mit allem zufrieden sein. Es schien mir, als ob ich ihm das nicht genug sagen könnte, wie sehr ich zufrieden sein wollte und Vertrauen in ihn hätte, und da ist mir ganz wohl geworden und ich mußte immer denken: Oh, die arme, arme Frau in ihrem kalten Stall, wenn ich ihr doch nur ein bißchen von unserer Wärme hätte geben können!«

So wies mir auch Mädeli leise und freundlich das Lämpchen, das helle Lichtstrahlen geworfen hatte über den dunkeln Hintergrund ihrer Seele. Die Großmutter hatte gehustet und die Kinder gespielt. Da kam unser älteres Mädchen weinend gelaufen, und das kleinere watschelte ihm nach, weinend, und das ältere dolmetschte ihren Schmerz: »Mutter, der Peterli hat Lebkuchen und will uns nichts abgeben. Die Großmutter sagt, das Christkind hat's ihm gebracht und nicht uns; wenn wir nicht unartig wären, hätte es uns auch welche gebracht. Mutter, wir sind nicht unartig, geh und sag dem Christkind, wir seien nicht unartig, und es solle uns auch Lebkuchen bringen! Mutter, geh geschwind und sag es ihm!«

Die Mutter fühlte die Bitte im Herzen, aber in mütterlicher Besonnenheit nahm sie die beiden Kinder auf die Knie, wischte ihnen die Tränen ab und bat sie, doch zu schweigen. Bis sie das konnten, dauerte es etwas lange. Da konnten sie endlich vor lauter Schnupfen wieder sagen: »Mutter, wir sind jetzt still, aber lauf geschwind!« Da sagte ihnen die Mutter, das Christkind sei mit seinem Eselein nun schon sehr weit weg. Wie das Eselein das Weinen und Plärren gehört habe, sei es ganz schnell weggesprungen; nichts weniger möge es leiden als Weinen, und nun vermöge die Mutter das Eselein nicht mehr einzuholen. Sie müsse jetzt das Nachtessen kochen, und das Christkind habe sicher schon seine ganze Ladung verschenkt. »Aber Mutter, warum hat uns das Christkind nicht gleich anfangs Lebkuchen gegeben, als es da war und als es noch welche hatte? Da haben wir nämlich nicht geweint.« – »Das Christkind war eben nur einmal hier und hat nicht gewußt, daß ihr auch da seid. Es hat euch nicht gesehen und darum auch nichts für euch zurechtgemacht.« – »Aber Mutter, warum hast du es ihm nicht ausrichten lassen, und jetzt haben wir keine Lebkuchen, und Mutter, du bist schuld – « und das Weinen ging von vorne an.

»Sei still, mein Töchterlein, sei still!« sagte die Mutter, die keinen halben Batzen hatte, um den Lebkuchen nachzulaufen. »Und wenn mein Töchterlein still ist, will ich ihm etwas vom Christkind erzählen, woher es kommt und wohin es geht.«

Da schwiegen die Töchterlein, lehnten ihre Köpfchen an der Mutter Brust und sahen ihr lauschend ins Auge. Und die Mutter erzählte ihnen von einem frommen, frommen Kind, das seinen Eltern nie Verdruß gemacht, nie mit seinen Geschwistern sich gezankt und geweint habe um nichts und wieder nichts. Und alle Kinder habe das Kind gar liebgehabt, und wenn es einem etwas zu Gefallen hätte tun können, so wäre dies seine größte Freude gewesen. Da hätte einmal eine böse Schlange sich um viele, viele Kinder geringelt und hätte sie alle, alle fressen wollen. Da sei das Kind gerade von ferne dazuge-

kommen und hätte gesehen, wie die Schlange das Maul aufgetan, und wie es wie Feuer aus ihren Augen gefahren sei. Da habe das fromme Kind gar großes Erbarmen mit den andern Kindern gehabt und sei herzugesprungen und habe geschrien: »Friß, Schlange, friß mich, aber verschon die anderen!« Da habe sich plötzlich die Schlange aufgerichtet, habe die andern laufen lassen, sei auf das Kind zugesprungen mit weit, weit offenem Maul und feurigen Augen, groß wie Pflugräder. Und das Kindlein hätte die Hände gefaltet und das »Walt Gott!« gebetet und die Augen zugetan und geglaubt, die Schlange hätte es verschlungen in einem Schluck, und jetzt liefe sie davon oder fliege mit ihm durch die Lüfte. Da habe es endlich bei sich gedacht, es wolle doch die Augen auftun und sehen, wie es im Bauch einer Schlange sei. Und da sei es heiter und hell ringsherum gewesen, und eine Sonne hätte geschienen, aber eine viel schönere als die, welche hier scheine, und auf den Armen eines Engels sei es gewesen, und der Engel hätte gar hold und freundlich es angelächelt und ihm gesagt: es solle sich ja nicht fürchten, er führe es an einen schönen und guten Ort, wo es Freude haben werde wie noch nie, und wo keine böse Schlange sei.

Weit, weit sei er mit ihm geflogen, immer der schönen Sonne zu, so daß das arme Kind vor lauter Glanz die Augen wieder habe zutun müssen. Da habe der Engel es endlich abgestellt in einen herrlichen Garten, wo lauter Dinge gewesen, die es nie gesehen, und wo es Meien (Blumen) gesehen habe, schön wie das Morgenrot und das Abendrot, und die weit, weit geschienen hätten wie Sonnenschein und Mondschein zusammen. Und viele tausend Engelein seien ihm zugesprungen und hätten ihm ihre Hände gegeben und ihm gesungen so schön, so schön, daß es ihm schien, der liebe Gott selbst müsse sie singen gelehrt haben. Aber unter all denen Engelein sei keins der Kinder gewesen, die es hier von der Schlange gerettet, keins, das es gekannt. Da habe es zu weinen angefangen und gejammert, es möchte doch zu seinen kleinen Kindern, sonst könnte ja vielleicht die Schlange sie doch noch fressen.

Da habe eine Stimme, die nicht von hierher, nicht von dorther, sondern aus jeder Blume, aus Abendrot und Morgenrot, aus Sonnenglanz und Mondenschein zu kommen schien, und die klang, wie Sonnenglanz klingen muß, es gefragt: »Aber gefällt es dir hier denn nicht, es ist doch so schön hier?« – »Ja!« habe das Kind geantwortet, »mir gefällt es hier, aber ich muß doch zu meinen Brüdern und Schwestern und den andern Kindern; was sollen die anfangen, wenn sie mich nicht mehr haben? Aber wenn ich die mitbringen darf, dann will ich mit ihnen kommen und mich freuen hier; o wie schön wäre das!« Da hätte es vernommen, das könne noch nicht sein; und wieder hätte es geweint, daß man die Hände unter ihm hätte waschen können. »Liebes Kind«, hätte darauf die Stimme gesagt, »weine nicht, hier oben darf nicht geweint werden. Wenn du nicht mehr weinen wirst, darfst du von Zeit zu Zeit zu den Kindern hinunter, und für die darfst du Lebkuchen und andere gute Sachen kaufen, aber nur denen, die auch lieb sind, und alle die, denen du das Weinen abgewöhnen kannst, die will ich dann auch hierher nehmen, und dann kannst du ja immer bei ihnen sein, und alle sollt ihr mir lieb sein.« Und die Stimme tat dem Kinde so wohl, daß es nie mehr weinte und schön ward wie die andern Engelein.

Dann zog es auf die Welt und kramte den Kindern (schenkte ihnen Leckereien) und immer mehr nur denen, die nicht weinen, und ein Kind nach dem andern konnte hinauf zu ihm und wurde dann auch ein Engelein. Aber es gab immer wieder Kinder auf der Welt und immer mehr, und alle diese liebte es und wollte sie zu sich führen in seinen schönen, schönen Garten, der Himmel heißt. Da mußte es ein Eselein anstellen, um all den schönen Kram zu bringen, und weil es zu so vielen Kindern muß, so kann es nur einmal im Jahre zu einem kommen; aber wo es von weitem weinen hört, da springt das Eselein mit ihm weiter, was gibst du, was hast du! Und von Mal zu Mal kann es allein nicht mehr an alle Orte, wenn es gar zu viele Kinder zu besuchen hat oder es viel Schnee ist, daß das Eseli nicht recht durchkann. Da nimmt es dann die Kinder mit, die ihm die liebsten Engelein geworden sind, und gibt einem jeden ein Eselein und Kram dazu, und die gehen auch seinen Kindern nach und berichten es ihm, wo sie gute und wo sie böse Kinder angetroffen, und welche einst in seinen schönen Garten kommen werden. Darum, Töchterlein, seid lieb, dann kommen die lieben Engeli auch zu euch, bringen euch Kram Jahr um Jahr und nehmen euch einst mit in den schönen Garten.

So sprach die Mutter zu den zwei Kindern, die an ihrer Brust lagen, und sah auf sie herab. Der Mond war aufgegangen, und sein Licht bahnte sich einen Weg bis zu den zwei Kindern auf der Mutter Schoß, wo das kleinere entschlummert war bei der Mutter süßer Rede. Recht lieblich und heimelig ward es in der Stube, aber am lieblichsten doch die Mutter und ihre beiden Kinder, mit deren Locken die Mondesstrahlen spielten und sie verklärten, als ob die Kindlein schon im schönen Garten wären. Zwischen meine Knie hatte sich der Knabe gestellt, auf ihn fiel des Mondes Licht nicht, aber der Mutter Rede war ihm ins Herz gegangen, er sagte: »Vater, ich will nicht mehr plärren und nicht mehr bös sein und will den andern von meinen Sachen abgeben.«

Wir hatten einen recht glücklichen Augenblick. Die Reden meines Weibchens waren wie Honigtau in mein Herz gefallen; es war so zauberisch heimelig im Stübchen, und die Kinderchen schienen so hold, die ganze Armut war versteckt und nur unser Reichtum beleuchtet, daß manche Fürstin und mancher Prinz in ihren zum Tag erleuchteten goldenen und glänzenden Sälen viel ärmer waren ums Herz als wir und vielleicht trotz allen Ehren und allen Genüssen keine so reiche Stunde hatten ihr Leben lang.

XX WEIHNACHTEN VON UNTEN

»Morgen, Kinder, wird's nichts geben!
Nur wer hat, kriegt noch geschenkt.
Mutter schenkte euch das Leben.
Das genügt, wenn man's bedenkt.
Einmal kommt auch eure Zeit.
Morgen ist's noch nicht soweit.«

Erich Kästner, ›Weihnachtslied, chemisch gereinigt‹ (1928) – mit der Anmerkung: »Dieses Lied wurde vom Reichsschulrat für das Deutsche Einheitslesebuch angekauft.«

Carl Fischer
Ein ehrliches Besäufnis

Der letzte Tag vor Weihnachten kam, der Weihnachtsheiligabend. Es war schönes Wetter, still, und gelinder Frost. Ich kriegte Feiertagsgedanken und wollte mir einen Schnaps trinken und ging um zehn Uhr nach der Budike und kaufte mir für zweieinhalb Silbergroschen Schnaps in die Flasche und ging wieder nach meiner Arbeit. Aber um elf Uhr besuchte mich der Schachtmeister, der war im nächsten Ort in einer Wirtschaft in Quartier, der nahm mich mit nach dem Abbruchholz und zeigte mir einen Haufen und sagte: »Sieh einmal hier diesen Haufen, den hat gestern mein Wirt gekauft, den will er gleich nach den Feiertagen abfahren, den wollen wir aber heut erst noch etwas gut machen.«

Da gingen wir hin neben die Schmiede, wo den Unternehmern ihre Schreibstube gestanden hatte, und alles war schon abgebrochen, aber der Fußboden lag noch und die Dielen waren noch festgenagelt, da nahm der Schachtmeister meine Hacke und zwängte damit eine Diele los und ich trug sie nach dem Haufen hin, und als er ein Stücker sechs losgemacht hatte, da sagte er: »So, das reiße nur alles los und trage es bei den Haufen bei und die Pfosten darunter auch und alles, was du kriegen kannst, und sieh nach in den verlassenen Buden, und hänge die Türen aus und packe alles dabei, es ist alles bezahlt. Nachmittag wird's ja nicht mehr viel mit der Arbeit heut, aber was du noch tun kannst, das tue, und verstärke den Haufen ordentlich.«

Da ging er wieder weg, und ich wußte wohl, daß er nachmittag nicht wieder kam, und war heute wenig von der Sache erbaut, weil ich es für Spitzbubenarbeit hielt, aber ich ging bald kräftig dabei, und als ich alle Dielen losgerissen hatte, machte ich Mittag, aber nicht lange, sondern ging bald wieder an die Arbeit, um desto eher

Feierabend zu haben, und hatte noch einen Schluck Schnaps in der Flasche und wollte ihn nicht länger verwahren und trank ihn aus. Da mochte ich wohl beinah eine Stunde gearbeitet haben, da kam der Knecht von dem Wirt, der das Holz gekauft hatte, und brachte mir eine dreiviertel Liter Weinflasche voll Schnaps, die war bis unter den Korken voll. Da bekam ich großen Appetit danach und nahm bald ein paar gehörige Schluck, und was ich nach dem Holzhaufen hingeschleppt hatte, das hatte ich hingeschleppt, und kam wenig mehr dabei, denn mir war bald gar behaglich zumute, und ich ging und sah nach den Buden hin, die alle leer standen, und dachte an die Brüder, die darin gehaust hatten, und wo sie heut wohl alle wären und wie es ihnen zu Weihnachten gehen möchte, und kehrte wieder zu meiner Flasche und trank und bedachte nicht richtig, daß das für zwei Mann wäre und nicht für einen. Und nahm die Hacke auf die Schulter und ging hinunter in den Einschnitt und überschritt das Gleis und legte die Hacke an die Böschung und ging langsam unten umher und besah mir alles und ging wieder nach oben zur Flasche und vergaß, die Hacke mitzunehmen. Und ich trank, und es schmeckte je länger je besser, und die Flasche war bald dreiviertel leer, und ich nahm sie mit und setzte mich in die Bude und war noch immer gut imstande und dachte an die Brüder und an die Vergänglichkeit.

Da bemerkte ich, daß es draußen anfing zu dämmern, und wollte Feierabend machen, da fiel mir meine Hacke ein, und daß sie unten an der Böschung lag und daß ich sie holen müßte. Da trank ich den letzten Rest aus, nahm die leere Flasche mit und steckte sie in den Holzhaufen. Aber ich hatte den Schnaps zu schnell getrunken, das wäre was für den ganzen Tag gewesen, und ich konnte dazumal so viel noch nicht vertragen und konnte mit einem Male nicht mehr auf den Beinen stehn, und wollte dennoch die Hacke holen, und kam die Böschung schnell genug herunter. Aber, wiewohl noch immer bei voller

Besinnung, war ich nicht mehr fähig, wieder aufzustehn, und machte nutzlose Versuche, aber ich gedachte immer noch, die Böschung wieder heraufzukommen, und wollte über das Gleis kriechen und meine Hacke mitnehmen. Da kroch ich nach dem Gleise, aber da blieb ich mit der Brust auf der ersten Schiene liegen und kam nicht weiter und war machtlos, mich zu regen, und merkte, daß ich einschlafen wollte, und hatte nichts dagegen, und war schon einen Augenblick lang weg, da fühlte ich einen argen Schmerz auf der Brust, da drückte mich die Schiene grade auf die Stelle, wo ich war im Frühjahr auf den Keil gefallen, da kam ich noch einmal zur Besinnung, und daß ich auf der Schiene lag und erschrak, und strengte mich gewaltig an und zog mich zurück, bis ich die Böschung spürte, und schlief gleich ein. Da wachte ich auf und hörte von weitem den Zug rollen, da schmiegte ich mich ganz an die Böschung an und dachte, der Zug käme, aber er kam nicht, sondern er war eben schon vorbeigefahren, und davon war ich aufgewacht. Da kam mir erst schaudernd zum Bewußtsein, wie ich dahin gekommen war, und zitterte vor Kälte, und war zwar nicht bitter kalt, aber weil der Zug immer um acht Uhr da durchkam, mußte ich wenigstens drei gute Stunden lang geschlafen haben und war ganz erstarrt. Da half ich mir mühsam hoch; aber ich konnte den Böschungsweg nicht hinaufkommen, da fiel mir die Hacke ein, und ich taumelte danach hin und half mir glücklich damit hoch bis zu meinem Lager und verkroch mich in das Stroh, und am andern Morgen um zehn hatte ich meinen Rausch ausgeschlafen; aber ich hatte doch einen mächtigen Käfer gehabt, und erst am dritten Feiertag war ich wieder ganz fix.

Adelheid Popp

Wie Vater den Weihnachtsbaum zerschlug

Ein Weihnachtsabend, an dem ich noch nicht ganz fünf Jahre alt war, ist mir noch immer in Erinnerung. Beinahe hätte ich dieses eine Mal einen Weihnachtsbaum bekommen. Meine Mutter wollte mir, ihrem jüngsten Kind, auch einmal zeigen, was das Christkind ist. Wochenlang hatte sie immer einige Kreuzer zu erübrigen getrachtet, um ein kleines Kochgeschirr für mich zu kaufen. Der Weihnachtsbaum war geschmückt mit bunten Papierketten, vergoldeten Nüssen und mit dem bescheidenen Spielzeug behängt. Mit dem Anzünden der Lichter wurde auf den Vater gewartet, der zum Fabrikanten gegangen war, um Ware abzuliefern. Er sollte Geld bringen. Es wurde sechs Uhr, dann sieben und endlich acht Uhr, der Vater kam nicht. Wir waren alle hungrig und verlangten zu essen. Wir mußten die guten Mohnnudeln, Äpfel und Nüsse, allein ohne den Vater essen, worauf ich zu Bett gehen mußte, ohne daß die Lichter auf dem Weihnachtsbaum gebrannt hätten. Die Mutter war zu mißgestimmt und zu sorgenvoll, um den Baum anzuzünden. Ich lag schlaflos in meinem Bett; ich hatte mich so auf das Christkind gefreut, und nun war es ausgeblieben. Endlich hörte ich den Vater kommen, er wurde nicht freundlich empfangen, und es kam wieder zu einer heftigen Szene. Er hatte weniger Geld gebracht, als die

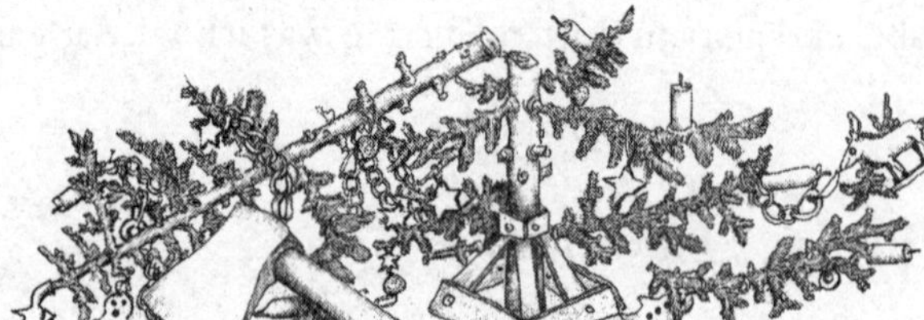

Mutter erwartet hatte, dann war er unterwegs in ein Gasthaus gegangen. Er hatte fast zwei Stunden zu gehen und wollte sich einmal erwärmen. Er war dann länger sitzen geblieben, als er zuerst gewollt, und kam angetrunken nach Hause. Ich guckte bei dem Lärm, der sich nun erhob, von meiner Schlafstelle nach den Eltern – und da sah ich, wie der Vater mit einer Hacke den Weihnachtsbaum zerschlug. Zu schreien wagte ich nicht, ich weinte nur, weinte, bis ich einschlief.

Am nächsten Tag empfand mein Vater wohl Mitleid mit mir, denn er gab mir einige Kreuzer, wofür ich mir Blechgeschirr kaufen durfte. Mitleidige Menschen schenkten mir dann auch eine Puppe und anderes Spielzeug, das für ihre Kinder schon durch schöneres, prächtigeres ersetzt worden war.

Und noch an eine Bescherung kann ich mich erinnern. Als ich schon in die Schule ging, wurde von einem reichen Mann, der eine große Fabrik besaß, in der viele Hunderte Männer und Frauen arbeiteten, für die armen Schulkinder eine Weihnachtsbescherung veranstaltet. Auch ich gehörte zu den Glücklichen, die mit Naschwerk und wollenen Kleidungsstücken beschenkt wurden. Die große, mächtige Tanne gab mehr Licht, als ich je gesehen hatte, und der Festschmaus, der uns gegeben wurde, brachte uns alle in glückselige Stimmung. Wie dankbar war ich dem guten, reichen Mann, der ein so mildtätiges Herz für die Armen hatte. Als später meine verwitwete Mutter in seiner Fabrik für drei Gulden Wochenlohn täglich zwölf Stunden arbeiten mußte, konnte ich noch nicht beurteilen, daß darin die Quelle für seine ›Großmut‹ gelegen war.

Erst viel später kam ich zu dieser Erkenntnis.

Germanus Theiss
Glasmachers Weihnachten

So traurig es im Winter zu Hause mit dem Gelde auch oft bestellt war, Weihnachten wurde doch so gut es ging gefeiert. Es gab einen Christbaum behängt mit Zeitungspapierketten; einige Lichter und für jedes Kind ein Herz (Gebäck), das war der ganze Schmuck. Weihnachtslieder wurden gesungen, Großmutters kleine Geschenke ausgepackt, und zum Essen gab es Mohnklöße. Die Vorfreude aufs Fest war immer groß. An ein Weihnachtsfest erinnere ich mich noch besonders lebhaft. Ich war in der Zeit davor öfters bei Vaters Freund F. Piewonka Formehalten in der Glashütte gewesen, und er hatte mir dafür ein Weihnachtsgeschenk versprochen. Weihnachten kam, und ich durfte abends zu Piewonka in die Wohnung kommen. Da gab es Mohnklöße und auch ein Glas Grog, und dann schenkte er mir grünen Stoff für ein Paar Jägerhosen. Die Freude war riesengroß! Aber das Elend kam hinterher. Ich hatte wohl zuviel von den Mohnklößen gegessen, dazu der Grog, es wurde mir jedenfalls fürchterlich übel, und ich mußte an Weihnachten ins Bett. Das war ein Katzenjammer!

An ein anderes Weihnachtsfest erinnere ich mich auch noch oft. Am 15. November 1886 war der Ofen ausgelöscht und der letzte Lohn gezahlt worden. Ein Winter ohne Arbeit und Verdienst stand vor der Familie. Obgleich der Vater Guthaben bei der Firma hatte, gab es kein Geld. – Weihnachten kam heran, und es sah traurig aus. Da ging Vater zum Chef und bat um etwas Geld; er bekam vier Taler, weil er so viele Kinder hatte. Es war gegen zwölf Uhr mittags, Vater kam voller Freude heim und sagte: »So, nun können wir doch noch Weihnachten feiern!« Schnell liefen die Mädchen nach Alt-Karwen und holten Weizenmehl und sonstige Sachen, die man zum Kuchenbacken braucht. Ich ging in den Wald und holte einen Christbaum, der in der üblichen Weise geputzt wurde. Es war ein harter Winter mit viel Schnee und Eis. Der Backofen lag am Abhang des Berges, Vater sorgte, daß er angeheizt wurde. Als Mutter nun mit dem Kuchen zum Ofen ging – es war schon dunkel –, da fiel sie hin und brach sich den linken Arm; da war es mit der Weihnachtsfreude vorbei. Glücklicherweise war es kein schwerer Bruch. Am andern Tag wurde der ›kluge Mann‹ geholt und schiente den Arm. Nach langen Wochen war er wieder geheilt.

Mit großer Freude und Begeisterung hat unsere große Familie Weihnachtslieder gesungen, unvergessen ist das Lied:

»Heil'ge Nacht auf Engelsschwingen
Nahst Du leise Dich der Welt,
Und die Glocken hör ich klingen,
Und die Fenster sind erhellt ...
Selbst die Hütte trieft von Segen
Und der Kindlein froher Sang ...«

Weil das Lied die Hütte in seiner innigen Melodie ansprach – wobei wir natürlich an unsere Glashütte dachten –, betrachteten wir es daher als ›unser Glasmacher-Weihnachtslied‹. Auch in Döbern haben wir an jedem Heiligen Abend dieses Lied gesungen, mit der frohen Begeisterung aller Kinder und Erwachsenen. Viele unserer Nachbarn kamen allein wegen unseres Singens am Heiligen Abend zu uns und feierten mit uns das Fest.

XXI OFENGESCHICHTEN

»Doch wenn die Füchse bellen sehr,
Wenn's Holz im Ofen knittert,
Und um den Ofen Knecht und Herr
Die Hände reibt und zittert;
Wenn Stein und Bein vor Frost zerbricht
Und Teich' und Seen krachen;
Das klingt ihm gut, das haßt er nicht,
Denn will er tot sich lachen.«

Matthias Claudius, ›Ein Lied hinterm Ofen zu singen‹. Aus dem ›Wandsbekker Boten‹ (1775).

Die zwei Brüder und der Frost
Estnisches Märchen

Es waren einmal zwei Brüder, davon war der eine reich und der andere arm. Der reiche hatte viele Äcker und Vieh die Fülle, aber der arme nur ein einzig Stücklein Feld, darauf säte er Roggen. Da kam der Frost und verdarb ihm auch die geringe Saat. Blieb dem armen Bruder nichts anders, er machte sich auf und zog dem Frost nach. Wie er eine Strecke Weges gegangen war, traf er auf ein Häuschen und trat ein. Da saß eine alte Frau, die fragte ihn nach seinem Begehr. Der Mann sagte: »Ich hatte ein Äckerchen bestellt, da kam der Frost und nahm mir auch das Geringe. Nun bin ich ihm nachgegangen und will ihn fragen, warum er mir das getan.« Die Alte antwortete: »Die Fröste sind meine Söhne, die bringen alles um; eben sind sie aber nicht zu Hause. Wenn sie heimkommen und finden dich hier unten, werden sie auch dich umbringen. Mach dich auf den Ofen hinauf, da magst du bleiben.«

Der Mann kroch hinauf, da trat grade ein Frost ein. »Sohn«, sprach die Alte zu ihm, »warum hast du eines armen Mannes Acker verdorben, dem es auch sonst schon knapp ging?« – »Ach«, sprach der Sohn, »ich probierte nur mal, ob meine Kälte beißen könnte.« Da fragte der arme Mann auf dem Ofen: »Gib mir nur soviel wieder, daß ich mir kümmerlich forthelfen kann, sonst muß ich über kurz Hungers sterben, denn ich habe nichts zu brechen und beißen.« Der Frost sprach: »Wir wollen ihm geben, daß er genug hat für sein Lebtag.« Sie gaben ihm einen Schnappsack und sagten: »Wenn es dich hungert, so sprich nur ›Säckchen auf‹, so wirst du Speise und Trank vollauf haben. Wenn du aber satt bist, so sprich ›Säckchen zu‹, alsbald fährt alles zurück und der Sack wird sich schließen.«

Der Mann dankte herzlich für die Gabe und zog seiner

Wege. Wie er eine Strecke Weges gegangen war, sprach er: »Säckchen auf«, und alsbald tat sich das Säckchen auf und gab Essen im Überfluß. Wie er satt war, sprach er: »Säckchen zu«, und das Essen sprang in den Sack, der Sack aber schloß sich von selbst. Auch daheim tat er so nach der Weisung des Frostes.

Wie er so eine Zeit mit seiner Frau gelebt hatte, begann es den reichen Bruder nach dem Sack zu gelüsten, und er wollte ihn kaufen. So gab er dem armen hundert Ochsen und Kühe und ebensoviel Pferde und Schafe dafür. Also wurde nun der arme Bruder reich, es half ihm aber wenig, denn er hatte den Tieren kein Futter zu geben. Sie kamen ihm alle um, und nun war er so arm wie zuvor. Da wußte er sich nicht anders zu helfen, ging abermals zum Frost und bat ihn um einen neuen Sack. Der Frost sprach: »Wie warst du so einfältig, einen solchen Sack wegzugeben, nun bist du doch so arm wie zuvor!« Endlich gab er ihm aber einen schönen Sack, weit stattlicher als der erste. Der arme Bruder dankte abermals und ging frohen Sinnes davon, denn er vermeinte, einen Sack zu haben wie den ersten.

Als ihn nun hungerte, sprach er wie zuvor: »Säckchen auf!« Alsbald tat sich der Sack auf, und es sprangen zwei Leute heraus, die hielten Prügel in der Hand, damit klopften sie ihn, daß es eine Art hatte. Der Mann konnte in der Bedrängnis kaum das Wort hervorbringen: »Säckchen zu!« Da fuhren die beiden zurück, und das Säckchen fiel zu. Da dachte der Mann bei sich: ›Nur Geduld, jetzt will ich mit dem Bruder tauschen.‹ Daheim merkte der Bruder bald, wie der neue Sack so schön sei und begehrte zu tauschen. Der andere wandte nichts ein, und so war der Tausch geschehn. Nun rief der reiche Bruder alle Verwandten und Vornehmen herbei, denn er gedachte, aus dem Sack zuerst ein prächtiges Fest auszurichten.

Sobald sie alle beisammen waren, rief der Wirt: »Säckchen auf!« Da tat sich der Sack auf, aber die beiden mit den Prügeln sprangen heraus unter die Leute und schlugen so wacker zu, daß sie alle auseinander stoben, und einige trugen kaum das Leben davon. So bekamen sie da vollauf, der Wirt und die Gäste. Wie der Wirt endlich in der Not »Säckchen zu« rief, sprangen die beiden zurück und der Sack tat sich zu. Nun schlugen aber noch die wackeren Gäste auf den Wirt ein, eh sie gingen, dann erst zogen sie ab.

So geriet es denn jetzt dem reichen Bruder so übel wie zuvor dem armen. Den schönen Sack behielt er wohl, aber auch die Prügelknechte darin, und gedachte er einmal, aus dem Sack zu essen, saß ihm der Knüppel gleich auf dem Rücken. Aber der arme Bruder hatte für sich und seine Frau aus dem getauschten Sack genug, solang er lebte.

Der Hausgeist
Noch ein estnisches Märchen

Ein Gutsherr hieß seinen Koch ein leckeres Gericht zubereiten. Da wurde denn gleich ein großer Kessel aufs Feuer gesetzt, der sott allerlei Lammfleisch. Vor dem Kessel saß der Koch und schürte das Feuer.

Plötzlich kam unter dem Ofen aus dem Boden ein kleines Männchen hervor und bat den Koch: »Lieber Freund, laß mich ein wenig von der schönen Speise kosten. Ich bin so hungrig, und es ist mir flau zumute wie einem Fischer.« – »Darf's nicht tun«, versetzte der Koch, »wir haben selbst ein großes Hausgesinde.« – »Gib mir nur ein Tröpfchen von der Suppe!« bat der Kleine von neuem. »Nun so nimm!« sagte der Koch und reichte ihm den gefüllten Schöpflöffel hin. Kaum war aber der Löffel in des Kleinen Hand, so hatte er im Augenblick den ganzen Kessel leer gegessen und war unter dem Ofen verschwunden.

Der Koch erschrak. Was sollte er jetzt beginnen?

Ging also der Ärmste hin zu seinem Herrn und erzählte ihm unter Jammern und Klagen den Hergang der Sache. Der Herr wollte seiner Rede anfangs keinen Glauben schenken, als aber der Koch bei Leib und Leben die Sache beschwor, ließ der Herr seinen Ärger fahren und befahl dem Koch, den Kessel von neuem aufzusetzen, fügte aber streng hinzu: »Sollte das kleine Männchen wiederkommen, so gib ihm mit dem Löffel tüchtig vor den Kopf!« Der Koch machte sich ans Werk und bald stand denn auch ein neues Festgericht auf dem Feuer.

Wieder kam das Männchen unter dem Ofen hervor und bat den Koch, etwas von der Speise in das Säckchen zu füllen, das er am Halse trug. »Darf's nicht tun«, sagte der Koch. »Der Herr befahl mir, dich mit dem Löffel auf den Kopf zu schlagen!« – »Schlage mich nicht, lieber Freund!« bat der kleine Mann. »Ich will dir auch wieder beistehen, wenn du einmal in Not gerätst. Mein Weib daheim ist krank. Ich habe niemanden, der mir ein Essen anrichtet oder Wasser herbeiträgt. Laß mich nur einen Schöpflöffel voll Suppe in diesen Sack gießen, um die arme Dulderin etwas zu erquicken.« Der Koch dachte bei sich: ›Er wird ja nicht so unverschämt sein wie vorhin und wieviel wird denn sein krankes Weib aufessen können!‹ – Er reichte also dem Männchen den Löffel hin. Im Augenblick war die ganze Suppe samt dem Fleisch in des kleinen Mannes Sack, er selbst aber verschwunden und der Kessel leer.

Was nun?

Der Koch klagte seine Not wieder seinem Herrn und jammerte noch lauter als das erste Mal, aber der Herr wurde über die Maßen zornig, schalt ihn heftig und drohte ihn sogleich aus dem Hause zu jagen, wenn er noch ein drittes Mal seines Amtes nicht besser zu walten wüßte. Den kleinen Mann aber solle er augenblicklich totschlagen, wenn er sich wieder in der Küche zeigen würde.

Abermals stand ein neuer Kessel auf dem Feuer und abermals erschien das kleine Männchen. Der Koch ergriff den Schöpflöffel und rief: »Du Schelm, der Herr hat mir befohlen, dich auf der Stelle totzuschlagen.« Der Kleine bat: »Tu es nicht, lieber Freund! Wer weiß, ob dich nicht auch Mangel und Hunger dereinst erwartet! Dann will ich wiederum dir helfen, wenn ich es vermag. Mein kleines Kind daheim ist siech und mein krankes Weib gestorben; so habe ich jetzt niemanden, der mir Speise kochen oder einen Trunk herbeischaffen könnte. Gib mir doch für mein hilfloses Kind wenigstens einen halben Löffel Suppe!« Dem Koch ward's wieder weich ums Herz, und wieder meinte der gute Mann: ›Wieviel kann denn solch ein elendes Kind essen?‹ – »Da, greif denn zu!« sagte er. Augenblicklich war aber der ganze Kessel wieder leer und der Kleine verschwunden.

Jetzt hatte der Koch seinen Lohn zu erwarten.

Mit zitternder Stimme meldete er seinem Herrn: »Der kleine Mann hat zum dritten Mal die Suppe vom Feuer gestohlen!« – »Fort mit dir, du Bösewicht!« schrie der Herr. »Da du mir aber bisher treu gedient hast, will ich dir noch gestatten, über Nacht im Hause zu bleiben. Morgen früh aber schnüre dein Bündel und troll dich fort!« Darauf gab der Herr dem Fronvogt Befehl, die Suppe zu kochen, und sagte: »Wenn der Kleine sich abermals zeigen sollte, so schlage ihn auf der Stelle tot!« – »Schon gut, Herr«, versetzte der Vogt, »ich will ihn tüchtig treffen.«

Der Kessel kam wieder aufs Feuer und da war auch schon der kleine Mann zur Stelle und bettelte um Suppe. »Also Suppe willst du Schelm?« schrie der Vogt und gab dem Kleinen mit dem Schöpflöffel einen solchen Schlag vor den Kopf, daß er wie ein Knäulchen zurück unter den Ofen rollte. Darauf wurde die Suppe fertig und der Herr hatte seine Lust daran. »Jetzt wird der Kleine wohl nicht wiederkommen, um sich die Finger zu verbrennen«, sagte er.

Am nächsten Tag lud sich der Koch ein Säckchen mit seinen Sachen auf und schickte sich an, die Küche zu verlassen. Plötzlich stand der Kleine mit verbundenem Kopf vor ihm und sprach: »Komm, Freund, nimm auch von mir Abschied, ich will dir auch etwas auf den Weg mitgeben.« Der Koch folgte auch wirklich dem Männchen.

Unter dem Ofen befand sich ein schönes, geräumiges Haus, wo allerlei seltsame Sachen und Geräte umherstanden. Der Kleine führte den Koch durch das erste Gemach in eine Kammer, blieb vor einem Bretterfach stehen und langte eine Schachtel herunter. »Hier, mein Freund«, sprach er zum Koch, »nimm den Lohn für deine Wohltat! Hast du irgend etwas nötig, so klopfe nur mit dem Zeigefinger auf den Deckel der Schachtel und nenne deinen Wunsch.« Der Koch bedankte sich für das Geschenk und kam wieder in die Küche zurück.

Da stand auch gerade der Vogt in der Küche. Der Koch zog sein Schächtelchen hervor, klopfte mit dem Zeigefinger auf den Deckel und sprach: »Einen Brotsack für den Wandersmann!« Augenblicklich war der Brotsack zur Stelle. So schaffte der Koch mit Hilfe des Schächtelchens noch viele andere Dinge herbei, und der Vogt konnte sich nicht genug darüber wundern. Endlich fragte er: »Sage doch, Freund, wo hast du dies prächtige Schächtelchen her?« Der Koch teilte dem Vogt alles mit und ging dann seines Weges.

›Wenn es so steht‹, dachte der Vogt, ›so muß ich von dem kleinen Mann auch solch ein Schächtelchen haben. Den Backenschlag von gestern will ich schon wieder gut machen. Warte nur, der Kessel muß wieder aufs Feuer!‹ Da stand nun der Vogt am Kessel, kochte und wartete, aber der Kleine zeigte sich nicht. Endlich rief der Vogt: »Freund, so komm doch zu Gast!« Sofort war der Kleine da. »Warum rufst du mich?« fragte er. »Ich habe vom Koch noch Speise in Fülle zu Hause.« – »So koste doch nur, es ist dir ja geschenkt«, sagte der Vogt. Der Kleine

kostete von der Speise und sprach: »Schönen Dank! Aber komm jetzt mit mir, ich will Dir alles vergelten.« – »Was braucht's da vieler Vergeltung!« fragte der Vogt und folgte dem Kleinen mit Freuden.

Jetzt erhielt auch der Vogt ein Schächtelchen, verließ aber den kleinen Mann ohne ein Wort des Dankes. Dann lief er zu seinem Herrn und bat ihn achtzugeben, was geschehen würde, wenn er mit dem Finger auf den Dekkel klopfte. Und so begann er zu klopfen.

Da flog aus der Schachtel ein kleines Männchen mit einer Eisenkeule heraus, fiel über den Herrn und den Vogt her und hieb so lange auf sie ein, bis beide halbtot am Boden lagen. Dann verschwand er samt der Schachtel.

Den Kleinen unter dem Ofen hat aber nachher niemand wiedergesehen.

XXII HEITERE EMPFINDUNGEN AUF DEM LANDE

»Daß die Aussicht auf ›Reiswurst mit Rosinen‹ mitgewirkt hätte, kann ich nicht sagen, denn so sehr ich sonst für gute Bissen war, so war ich doch in den der Weihnachtszeit voraufgehenden Wochen immer halb krank von dem unausgesetzt das Haus durchziehenden Fettwrasen. Jedenfalls konnte von gutem Appetit um diese Zeit nie recht die Rede sein, besonders dann nicht, wenn, um Anfang Dezember, wie fast regelmäßig geschah, auch noch ein Hirsch von der Oberförsterei her eingeliefert war, der nun – aufgebrochen wie man ein Rind aufbricht – an die Giebelwand des Gesindehauses gehängt wurde.«

Theodor Fontane, ›Meine Kinderjahre‹ (1894)

Helene Voigt-Diederichs
Weihnachten auf Marienhoff

Näherte sich der Heilige Abend, so kündigte hin und wieder das Christkindlein seine Nähe durch feinen Glokkenlaut vor den abendlichen Fenstern an. Sichtbar wurde es nie, auch der Weihnachtsmann in Person zeigte sich nicht, doch es sickerte durch, daß er ebenso wie die Geburtstagsfrau seinen Wohnsitz in der stundenweit entfernten Stadt habe und von dort aus den Krämer beschicke. Hier kehrten die Eltern regelmäßig ein zu einem vorfestlichen, bis tief in die Nacht währenden Besuch. Ladenschluß mitsamt Sonntagsruhe waren noch nicht erfunden; solange Käufer da waren – an Sonnabenden, wenn die Landwagen kamen, gar bis Mitternacht –, wurde verkauft, wobei die Mutter manchesmal bemerkte, daß der junge Mann sehr angegriffen ausgesehen habe. Fräuleins bedienten damals nirgends, abgesehen von Putzgeschäften, in denen die Mutter keine eifrige Kundin war.

Wenn die Eltern von solcher Stadttour heimkamen und die dampfenden Pferde im Schein von Fenstern und Laternen vor dem Herrenhause prusteten, sprang ein Kind wohl aus dem dunklen Bett, preßte seine Stirn gegen die Scheiben und empfand ein Wonnegrausen vor Zahl und Form der Pakete, die aus Kästen von Wagen oder Schlitten ins Haus getragen wurden. Immer gab es davon übergenug, trotz des im voraus bedenklichen Gesichtes des Vaters – die Neujahrsrechnungen und vor allem der Kieler Umschlag, an dem die Zinsen der Grundschuld bezahlt werden mußten, standen bevor!

Von diesem Tage an blieb der weiße Saal, die Brutstatt alles Ungewöhnlichen, für jedes Späherauge verriegelt. Manchmal kramte die Mutter in Agathens Stube, die Schranktür knarrte; wenn sie zurückkam, war ihre Schürze mit verborgenen Dingen gefüllt. Die Tannenbaumschublade, aus der sich manchmal ein Goldfaden verlor, wurde nächtlicherweile vom Boden geholt. Hin und wieder sang die Mutter mit ihrer klaren Stimme: ›O du fröhliche!‹ und freute sich, wenn die Kinder einfielen, begeistert, weil sie die Mutter singen hörten.

Das wahrhaft und ganz verdichtet Geheimnisvolle trug sich zu am Morgen des 24. Dezember, wenn die Eltern sich in der Weihnachtsstube einschlossen. Geisterhaft drang es heraus von leisem Summen und Schurren und Klappern und Schieben, nur auf kurze Weile kam die Mutter zur Erledigung häuslicher Geschäfte ans Licht. Übrigens wurde auch für Weihnachten selten von oben her nach etwa vorhandenen Wünschen gekundschaftet. Einen Zettel zu schreiben, wie es bei andern Kindern oder in Geschichten üblich war, galt für unerträglich krämerhaft. Davon abgesehen, auf die Frage: was soll dir der Weihnachtsmann bringen? hätte es nur die einzige stets gleichlautende Antwort gegeben: ein Taschenmesser! Alljährlich ging jedem der Kinder mindestens eins verloren, was die Mutter wohl erriet, aber sie sagte: »Ich geniere mich, bei meinem Kaufmann so oft nach Messern zu fragen!« Schließlich wurde sie ihm untreu und holte den begehrten Gegenstand in einem andern Laden; ein ungestillter Wunsch in einem der kleinen Herzen hätte ihr selber die Weihnachtsfreude verdorben.

Am Nachmittag, wenn schon der Himmel rot wurde vom frühen Untergang der Dezembersonne, kamen die ärmsten Kinder des Dorfes, schlichen scheu an den wütenden Hunden vorbei, reihten sich auf der Diele und sangen zum Rummelputt. Auf und ab quaggelte in der Hand des Vorsängers der in den schweinsblasenen Dekkel gebundene Rohrstock. Das Geknarr gab einen festen Takt, der schnell einmal aussetzte, wenn der Obmann in seine Hand spucken mußte. Von frierenden Lippen klangen unverzagt die alten Lieder auf: vom Engel, der durch alle Lande geht, von ›O Tannebaum‹ und von den schönsten Schäfchen, die hat der goldene Mond. »Morgen Kinder, wird's was geben, morgen werden wir uns freun

...« Immer munterer brummte der Rummelputt. Auf der Treppe lauschten, wonnig ergriffen, Kinder und Hausgesinde, die Mutter aber wußte, was am meisten not tat. Sie nahm den Sängern Beutel und Bummelkorb ab und verschwand in der Speisekammer. Mit köstlich milden Händen gab sie Fleisch, Mehl, Brot, Äpfel, Kuchen und alte Kleider heraus, nahm nie etwas zurück, eher noch ein bißchen dazu – oh, sie hatte es wohl gesehen, daß durch die Knopflöcher in des kleinen Mädchens Kleid die nackte Haut schimmerte!

Später kamen dann noch die Tagelöhnerfrauen, brachten bescheiden nicht allzu große Körbe mit, die niemals ausreichten für das, was die Mutter weihnachtlich bereitgelegt hatte; auch der Korb, den sie herleihen mußte, war schon im voraus bedacht.

Mit der ersten Dämmerung rotteten die Kinder sich in der Wohnstube zusammen, und die Großen schmückten den Tisch für die Eltern. Dem Vater konnte man ehrfürchtig etwas zeichnen, aber die Mutter durfte beprikkelt, benäht, bestickt, behäkelt und beflochten werden; alles, was Hände zu schaffen und Herzen zu fühlen vermochten, fand sichere Wege zu ihr.

Schließlich, nachdem sich endgültig herausgestellt hatte, daß der Tag des Wartens niemals ein Ende nahm, tat sich doch die Tür zum Saal auf. Vater und Mutter er-

schienen, feierlich glänzten ihr Gesicht und ihre Stimme: »Kinder, nun dürft ihr hereinkommen!«

Eine kurze Weile stand alles um den Baum, voll wunschloser Sammlung, dunkel umbrandet vom Wunder der Weihnachtsstube. Die Flämmchen auf den Zweigen sangen mit hörbarem Engelslaut. Und dann begannen mit verschämtem Staunen die Blicke seitwärts zu flirren. Rechtzeitig brach die Mutter den Bann, führte jedes Kind an seinen Platz, zuerst die Kleinsten, denen aus Stühlen und Tischbrettern ein dreikäsehoher Stand geschaffen war. Auch der Vater beugte sich herzu, ließ das Pferdchen rollen, prüfte das Taschenmesser, stellte den botanischen Namen der Blume fest auf dem handgemalten Teller, den Tante Hulda gespendet, oder blätterte in einem Buch. Denn Bücher fehlten auf keinem Tisch, von solchen mit unzerreißbaren Bildern über die Balladen von Mondkarlchen und dem Fünkchen, das spazierenging, bis zu Lederstrumpf und Herzblättchens Zeitvertreib und schließlich gar Schillers Werken. Die Mutter hatte eine wundertätige Art, mit einem Geschenk unbewußter Sehnsucht vorzugreifen, so daß jedes Kind sich für das auserwählt beglückte hielt. Hatte es sich nach dem ersten Überschwang mit seinen eigenen Schätzen vertraut gemacht, führte es die Geschwister herbei oder ließ sich selber staunend von Tisch zu Tische laden. Für die Gaben der älteren hatten die jüngeren meist etwas wie bedauernde Nachsicht. Armer Bruder, die lederne Brieftasche, was war sie für ein graues schusternes Ding hier mitten im Weihnachtslicht! Und konnten die Schwestern sich wirklich freuen über die Handtücher, mochten sie noch so selbstgewebt sein, die die Mutter sich ›gerupft‹, das heißt aus dem eigenen Leinenschrank entwendet hatte für den Hamsterkasten der heranwachsenden Töchter?

Abgesehen von diesen, allerdings mehr für eine schwingende Zukunft als für die Notdurft der Gegenwart berechneten Dingen schenkte die Mutter kaum je ausdrücklich nützliche Sachen zu Festtagen. Diese waren dazu da, Schmuck und Wärme ins Leben zu tragen. Was an Alltagskram gebraucht wurde, bekam man zu andern Stunden. Freilich, die Mutter grübelte nicht lange an solchen Fragen, sondern handelte hier wie überall aus sicherem Trieb und hellen, schnellen Gedanken. Wenn der Vater einmal, angesichts der geringen Fuderzahl auf der Ernteliste, meinte, in diesem Jahr dürften bestimmt keine Süßigkeiten zu Weihnachten gekauft werden, so wußte die Mutter es doch einzurichten, daß wenigstens keiner auf seinem mit Kuchen und Nüssen gefüllten Freßteller den kleinen runden Marzipan vermißte; mit seinem aufgepreßten Füllhorn voller Blumen gehörte er nun einmal in den lebendigen Ring der Überlieferung.

So wenig wie der bescheidene Marzipan durften die Weihnachtsgedichte fehlen. Nachdem der erste Freudensturm ruhigere Wellen schlug und Vater und Mutter ein wenig unter den Lichtern rasteten, kam ein Kind nach dem andern geschlichen, stellte sich auf und sagte sein Verslein her. Leicht geschah es, wenn es auch noch so gut auswendig gelernt hatte, daß der festliche Augenblick seinen Sinn verwirrte, so daß es ins Stottern geriet. Leise half die Mutter nach; im Lauf der vielen Christabende vererbten sich die Verse und saßen ihr selber von Jahr zu Jahr sicherer im Gehör. War das letzte Kind mit einem Kuß entlassen und glühenden Gesichtes doppelt selig an seinen Tisch zurückgekehrt, sagte die Mutter wohl: »Theodor, was meinst du, jetzt können vielleicht die Leute hereinkommen?«

Bald klopfte es an der Tür, eine festliche Schar quoll herein. Alle waren sie da, Pferdeknechte, der Kuhhirt und der Schweinejunge, mit wasserglatten Scheiteln, die Gesichter rot gespannt vom Waschen und Bartabnehmen; einige Messerschrammen steigerten den sauberen Anblick. In frischen Hemdsärmeln kamen sie, die Sonntagsmütze unter den Arm geklemmt, lautlos auf dicken, blauen Socken; Holzschuhe und Pantoffeln blieben draußen im Küchengang stehen. Ihnen folgten, verlegen staunend, die sechs, sieben weißgeschürzten Mädchen.

Freundlich machte die Mutter Mut zum Nähertreten, indem sie vom runden Mitteltisch jedem aus dem Kreis der Gaben die seine herausnahm. Weste und Tabakpäckchen für die Männer, buntstreifigen Beiderwand zum Rock und dunklen Jackensamt für die Mädchen. Zuletzt wurde jedem auf die gefüllten Hände ein Kuchenteller gesetzt, auch ein reichlicher Apfelkorb nicht vergessen. Zum Schlusse stellte die Mutter sich neben den Vater, legte auch wohl ihren Arm in den seinen; Dank und Handschlag wurden lächelnd entgegengenommen ...

Alle Jahre am zweiten Weihnachtstag wurde die Schar der Tagelöhnerkinder geladen. Jedes trug auf seinem Leib das Kleidungsstück, mit dem die Mutter es bedacht hatte. »Ja, es paßt wirklich!« freute sie sich. Die kleinen Gäste brachten ihre Lieder und Spiele selber mit. ›Schön Anne saß auf einem Stein, einem Stein, einem Stein‹ oder ›Wo ist Mutter Marie? – Eben achter mi!‹ Sie bekamen Kaffee und Kuchen und hatten eine treuherzige Art, wenn ihre Tassen leer waren, diese umzustülpen und den Löffel quer darüber zu legen, für den Gastgeber zum Zeichen, daß nicht der kleinste Tropfen mehr Platz in ihrem Bauch hätte.

Wladyslaw St. Reymont
Das Weihnachtsmahl in Lipce

Das Dorf verschwand in grauen Schneedämmerungen, als wäre es zerronnen, man sah weder Häuser, Zäune noch Gärten, nur die Lichter allein glimmten scharf und dichter wie sonst, denn überall bereitete man sich zum Weihnachtsmahl. In jedem Haus, beim Reichen und beim Kätner sowie bei den Ärmsten der Armen, schmückte man sich und wartete feierlich, und in jedem Haus stellte man in der Stubenecke nach Osten zu eine Getreidegarbe, bedeckte die Bänke oder Tische mit gebleichtem Linnen, unter das man Heu gebreitet hatte, und spähte durch die Fensterscheiben nach dem ersten Stern.

Man sah die Sterne nicht gleich am frühen Abend, wie das sonst gewöhnlich bei Frostwetter ist, denn als die letzten Abendgluten erloschen waren, fing der Himmel an sich wie in bläulichen Dunst einzuspinnen und verschwand dann ganz im Grau.

Fine und Witek, die Wachtposten vor der Galerie standen, waren schon ganz durchfroren, als sie endlich den ersten Stern erblickten. »Er ist da! Er ist da!« schrie Witek auf einmal los. Darauf sah Boryna hinaus, dann die anderen und zuletzt auch Rochus noch. Natürlich war er es, gerade im Osten waren die grauen Wolkenvorhänge wie durchgerissen und aus den tiefen dunkelblauen Gründen gebar sich ein Stern und schien zusehends zu wachsen; er kam, sprühte Licht, leuchtete immer schärfer und schien immer näher, bis Rochus auf den Schnee niederkniete und nach ihm die anderen. »Das ist der Stern der drei Könige, der Stern von Bethlehem, bei dessen Schein unser Herr geboren wurde, möge sein Name gelobt sein!« Sie wiederholten fromm seine Worte und starrten auf das ferne Leuchten, auf diesen Zeugen des Wunders, in dieses sichtbare Zeichen des göttlichen Erbarmens für die Welt.

Ihre Herzen begannen voll inniger Dankbarkeit, voll heißen Glaubens und voll Zuversicht zu schlagen, sie nahmen dieses reine Licht in sich auf, wie heiliges Feuer, das alles Böse vernichtet, wie ein Sakrament.

Und der Stern wurde größer und schwebte schon wie eine helle Kugel. Bläuliche Strahlen gingen von ihm aus, wie Speichen eines heiligen Rades, glitzerten über die Schneemassen dahin und zerrissen mit ihren Lichtsplittern das Dunkel. Diesem Stern folgten am Himmel wie getreue Diener viele andere, zu einem unzählbaren, undurchdringlichen Schwarm gehäuft, daß der Himmelsdom wie mit Lichttau bedeckt war und sich über die Welt breitete wie ein blaues mit silbernen Nägeln beschlagenes Tuch.

»Es ist Zeit zu abendmahlen, da das Wort Leib geworden ist«, sagte Rochus. Sie traten ins Haus und besetzten gleich die hohe, lange Bank. Zuerst setzte sich Boryna, dann die Dominikbäuerin mit den Söhnen, sie hatte ihr Teil dazu gegeben, um gemeinsam das Weihnachtsmahl zu feiern; Rochus setzte sich in der Mitte, es setzte sich der Pjetrek, es setzte sich Witek neben Fine, und nur Jaguscha nahm kaum auf einen Augenblick Platz, da sie ans Auftragen und Zulegen der Speisen denken mußte.

Eine feierliche Stille erfüllte die Stube.

Boryna bekreuzigte sich und verteilte die Oblate unter alle. Sie aßen sie mit Ehrfurcht, als wäre es der heilige Leib des Herrn. »Christus ist in dieser Stunde geboren, so will jedes Geschöpf sich mit diesem heiligen Brot laben«, sagte Rochus. Und obgleich sie Hunger hatten, denn den ganzen Tag waren sie bei trockenem Brot geblieben, aßen sie langsam und würdevoll.

Zuerst gab es mit Pilzen gekochte saure Rübensuppe mit ganzen Kartoffeln darin, dann kamen in Mehl gerollte Heringe, die auf Hanföl gebraten waren, dann Weizenklöße mit Mohn, Kraut mit Pilzen, auch mit Öl übergossen, und zuletzt gar trug Jagna einen wahren Leckerbissen auf: Ölkuchen aus Buchweizengrütze mit Honig eingerührt und in Mohnöl gebraten; sie aßen gewöhnliches Brot dazwischen, denn weder Kuchen noch Stollen, die mit Butter und Milch angerührt waren, durfte man an diesem Tag zu sich nehmen.

Sie speisten lange, und selten daß einer ein Wort sagte, so daß nur das Schaben der Löffel gegen die Schüssel und Schmatzen zu hören waren. Boryna wollte immer wieder aufspringen, um Jaguscha zu helfen, ihr die Arbeit abzunehmen, so daß die Alte ihn ermahnen mußte: »Bleibt sitzen, der geschieht nichts, das ist noch weit, bis ihre Zeit kommt; die ersten Festtage sind es auf ihrem Eigenen, laß sie sich daran gewöhnen ...«

Waupa aber winselte leise und stupfte die Sitzenden von hinten mit dem Kopf an, strich herum und schmeichelte sich ein, daß man ihm eher etwas geben solle, während der Storch, der seinen Platz im Hausflur hatte, gar oft gegen die Wand mit dem Schnabel stieß und klapperte, so daß ihm die Hühner von den Staffeln antworteten.

Sie waren noch nicht fertig, als jemand gegen das Fenster klopfte. »Nicht hereinlassen, nicht umsehen, das ist das Schlechte, kommt es herein, so bleibt es das ganze Jahr über!« rief die Dominikbäuerin.

Sie ließen die Löffel sinken und horchten geängstigt auf, das Klopfen wiederholte sich abermals. »Jakobs Seele!« flüsterte Fine. »Red nicht dummes Zeug, es ist ein Bedürftiger; an diesem Tag darf niemand hungrig sein oder ohne Dach bleiben«, sagte Rochus, sich erhebend, um die Tür zu öffnen.

Es war Gusche; sie blieb demütig auf der Schwelle stehen, und durch Tränen, die ihr erbsengroß über die Wangen liefen, bat sie leise: »Gebt mir eine Ecke und was ihr sonst dem Hund hingeworfen hättet! Erbarmt euch der Verlassenen ... Ich habe gewartet, daß mich meine Kinder einladen werden ... ich habe gewartet ... in der Hütte ist es kalt ... umsonst hab ich gefroren ... umsonst ... Mein Jesus ... und jetzt, wie ein Bettelweib ... wie eine ... die eigenen Kinder ... haben mich allein gelassen ohne ein Krümchen Brot ... schlimmer selbst wie einen Hund ... aber da bei denen geht es laut zu, das ganze Haus voll Menschen ... ich bin rundum gegangen ... habe in die Fenster geguckt ... umsonst.« – »Setzt euch zu uns. Ihr hättet gleich abends kommen sollen und nicht auf die Gnade der Kinder warten ... nur in den Sarg schlagen sie euch gern die letzten Nägel, um sich zu vergewissern, daß ihr nicht mehr wiederkommt, sie zu holen.« Und mit großer Güte machte ihr Boryna neben sich selber Platz.

Aber sie konnte kaum schlucken, obgleich Jaguscha es an nichts für sie fehlen ließ und sie aufrichtig zum Essen nötigte; was half das, sie konnte nicht, saß still, in sich gekehrt und zusammengesunken da, daß man nur aus dem Zucken des Rückens sah, welcher Kummer an ihr zehrte.

Es wurde in der Stube still, warm, gemütlich und so andachtsvoll, als läge das heilige Jesuskind zwischen ihnen. Ein gewaltiges, ständig aufrecht gehaltenes Feuer knatterte lustig auf dem Herd und erhellte die ganze Stube, daß die Gläser der Heiligenbilder schimmerten und die zugefrorenen Scheiben rot blinkten. Sie saßen jetzt nebeneinander auf der Bank vor dem Feuer und besprachen sich leise und ernst. Dann kochte Jaguscha Kaffee, den sie sich reichlich süßten und langsam tranken ...

Bis Rochus ein Buch unter dem Rock hervorzog, das mit einem Rosenkranz umwickelt war, und mit leiser, tiefgerührter Stimme zu lesen begann: »... und also ward die neue Zeit erkoren, die Jungfrau hat einen Sohn geboren; weit im Judäischen Lande in Bethlehem, der sehr ärmlichen Stadt, ist der Herr in Armut auf die Welt gekommen; auf Heu, im elendigen Stall, zwischen Vieh, das ihm in dieser stillen, frohen Nacht verbrüdert wurde. Und derselbe Stern, der heute leuchtet, entbrannte damals für das heilige Kindelein und weisete den Weg den drei Königen, die, wenn auch Heidentröpfe und schwarz wie Küchentöpfe, doch ein fühlendes Herz hatten und aus fernen Ländern von weither hinter den unübersehbaren Meeren, hinter den grausigen Bergen herbeigeeilt kamen mit Gaben, um von der Wahrheit Zeugnis abzulegen.«

Er las diese Erzählung und seine Stimme steigerte sich, wurde zu einem Beten und ging fast in ein Singen über, so daß es war, als ob er die heilige Litanei verkündete, und alle saßen sie im andächtigen Schweigen, in der Stille ihrer lauschenden Herzen, im Beben ihrer wundergeblendeten Seelen, im lautersten Erfühlen der Gnade des Herrn, die dem Volk geschenkt ward!

XXIII LEGENDEN VOM ERFÜLLTEN LEBEN

»Ich leb und weiß nit wie lang,
Ich stirb und weiß nit wann,
Ich fahr und weiß nit wohin:
Mich wundert, daß ich fröhlich bin.«

Spruch des Martinus in Bibrach
(1498)

Der Stein der Wahrheit oder der Kaufmann mit den sieben Säcken
Irische Legende

Vor hundert und aberhundert Jahren lebte einmal ein Mann, und sein Name war Paudyeen O Kerwin, und er wohnte nah dem Ort Cong in West-Connacht.

Paudyeen war ein seltsamer Mensch; er glaubte nicht an Gott und an nichts, was mit ihm zusammenhing. Oft gedachte der Priester, ihn zum Besuch der Messe zu bewegen, doch konnte er nicht das mindeste ausrichten, denn auf den Rat des Priesters oder des Bischofs gab Paudyeen nichts. Er war des Glaubens, der Mensch gliche dem Tier, und mit dem Tod sei alles für ihn aus.

Paudyeen lebte ein übles Leben: tagsüber ging er für gewöhnlich betteln von Haus zu Haus, und in der Nacht stahl er.

Nun, zu der Zeit, als sich St. Patrick in West-Connacht aufhielt, um die Heiden zum Christentum zu bekehren, kniete er eines Tages auf einer großen Steinplatte nieder, um zu beten, und er hinterließ in eben diesem Stein eine große Kraft, so daß jeder, der auf dem Stein stand und sprechen wollte, nur die lautere Wahrheit sagen konnte, und es ihm unmöglich war zu lügen; deshalb gaben die Leute dieser Steinplatte den Namen ›Stein der Wahrheit‹.

Paudyeen hatte vor diesem Stein beständig große Angst, und er dachte öfters daran, ihn zu stehlen. Eines Nachts, als die Gelegenheit günstig schien, lud er sich den Stein auf seinen Rücken, schleppte ihn fort und warf ihn in ein tiefes Tal zwischen zwei Hügeln, an die sieben Meilen von dem Ort entfernt, wo er ursprünglich gelegen hatte.

Und der Schurke dachte, somit sei es gut; aber noch in der gleichen Nacht kehrte der Stein an seinen alten Platz zurück, ohne daß Paudyeen davon wußte.

In einer Nacht danach stahl er die Gänse des Gemeindepfarrers, und als dann jedermann ihn verdächtigte, wollte man ihn zum Stein der Wahrheit führen. Paudyeen lachte innerlich, denn er wußte ja, er hatte den Stein gestohlen; doch wie war er verwundert, als er den Stein vor sich sah, wie immer an seinem Platz. Als man ihn auf den Stein treten ließ, war er gezwungen zu sagen, er und kein anderer habe die Gänse gestohlen, und der Priester verabreichte ihm eine ordentliche Tracht Prügel. Da nahm er sich fest vor, daß er, wenn er wieder Gelegenheit dazu bekäme, den Stein an einen Ort verbringen würde, von wo er niemals wieder zum Vorschein käme.

Einige Nächte später ergab sich diese Möglichkeit, und er stahl den Stein zum zweiten Mal. Er warf ihn hinab in eine große tiefe Höhle, und zufrieden mit sich kehrte er heim. Aber er war noch keine Viertelmeile gegangen, da hörte er hinter sich einen Riesenlärm. Er sah sich um und erblickte eine Menge kleinen Volks, mit Kleidern angetan so weiß wie Schnee. Da überkam Paudyeen solche Angst, daß er nicht einen Schritt mehr tun konnte, bis die Zwerge ihn erreicht hatten, und mit sich schleppten sie den Stein der Wahrheit. Einer von ihnen redete ihn an und sprach: »O du verfluchter Paudyeen, trag den Stein dorthin zurück, wo du ihn hergebracht hast, oder du wirst teuer dafür bezahlen!« – »Das mach ich, und auch gerne«, sagte Paudyeen.

Sie legten ihm nun den Stein auf den Rücken und kehrten den gleichen Weg zurück, den sie gekommen waren. Aber der Teufel gab dem Paudyeen ein, es anders zu machen, und so ging er und warf den Stein in eine Höhle, die noch viel tiefer war als die erste. Der Stein blieb in dieser Höhle mehr als sieben Jahre lang, und niemand außer Paudyeen wußte, wo er geblieben war.

Gegen Ende dieser Zeit ging Paudyeen einmal am Kirchhof vorbei, und als er auf ein Kreuz schaute, das dort stand, fiel er ohnmächtig nieder. Als er wieder zu sich kam, sah er einen Mann vor sich stehen, angetan mit Kleidern so weiß wie Schnee. Er redete ihn an und sagte: »O du verfluchter Paudyeen, der sieben Todsünden bist du schuldig, und wenn du nicht Buße tust, mußt du zur Hölle! Ich bin ein Engel Gottes, und ich werde dir eine Buße auferlegen. Sieben Säcke werde ich auf dich legen, und einundzwanzig Jahre mußt du sie tragen. Danach geh vor das große Kreuz, das in der Stadt Cong aufgerichtet sein wird, und sprich dreimal: ›Meine Seele Gott und Maria anbefohlen‹; und nun lebe ein frommes Leben, so wirst du in den Himmel kommen. Geh jetzt zu deinem Pfarrer, sofern du gehorchen willst und bereit bist, meinen Rat anzunehmen.« – »Ich will gehorchen«, sagte Paudyeen, »aber die Leute werden mich verspotten.« – »Kümmere dich nicht um den Spott, er wird nicht lange währen«, sagte der Engel.

Nach diesem Gespräch fiel Paudyeen wieder in tiefen Schlaf, und als er erwachte, lasteten sieben Säcke auf ihm, der Engel aber war verschwunden. Zwei Säcke waren auf seiner rechten, zwei auf seiner linken Seite, und die drei anderen auf seinem Rücken; und sie klebten so fest auf ihm, daß ihm schien, sie wären ihm angewachsen. Sie hatten die Farbe seiner Haut, und sie waren wie mit Haut überzogen. Als Paudyeen am nächsten Tag unter die Leute ging, wunderten sie sich über ihn und nannten ihn den ›Kaufmann mit den sieben Säcken‹, und dieser Name blieb ihm bis zu seinem Tod.

Paudyeen begann von nun an ein neues Leben. Er suchte den Priester auf, zeigte ihm die sieben Säcke, die ihn beschwerten, und nannte ihm auch den Grund dafür. Der Priester gab ihm gute Ratschläge und dazu einen großen Mantel, mit dem sich die sieben Säcke bedecken ließen. Danach ging Paudyeen von Haus zu Haus, von Dorf zu Dorf und bat um Almosen, und es verging kein Sonntag und kein Feiertag, an dem er nicht die Messe besucht hätte, und überall, wo er hinkam, hieß man ihn willkommen.

Ungefähr nach sieben Jahren führte sein Weg an der Höhle vorbei, in die er den Stein der Wahrheit geworfen hatte. Er kam an den Rand der Höhle, fiel nieder auf beide Knie und flehte zu Gott, er möge den Stein emporheben. Kaum hatte er sein Gebet beendet, sah er den Stein heraufkommen, und Hunderte weißer Tauben umflatterten ihn. Der Stein schwebte höher und höher, bis er bei Paudyeen angelangt war, dann flogen die Tauben wieder zurück.

Am nächsten Tag ging er zum Priester und sagte ihm alles über den Stein der Wahrheit, und auf welche Weise er aus der Höhle heraufgelangt war. »Ich gehe mit dir«, sagte der Priester, »um das große Wunder mit eigenen Augen zu sehen.« Der Priester ging also mit ihm zur Höhle und sah wirklich den Stein der Wahrheit. Und er sah noch etwas, das ihn mit Staunen erfüllte: Tausende und Tausende von Tauben umflogen den Eingang zur Höhle. Da taufte der Priester den Ort *Poll na gColum* oder die Taubenhöhle, und dies ist ihr Name bis auf den heutigen Tag. Den gesegneten Stein brachte man nun nach Cong, und es dauerte nicht lange, so ward über ihm ein großes Kreuz errichtet, und von Stund an kamen die Leute von überall her, um die Taubenhöhle zu sehen, und vor allem die Alten glaubten, es seien die Engel des heiligen Patrick in den Tauben verkörpert.

Der Stein der Wahrheit blieb lange Zeit in Cong, und es ist erwiesen, daß er viel Gutes tat und viele Menschen davon abhielt, Verbrechen zu begehen. Doch schließlich hat man ihn gestohlen, und man hat nichts weiter von ihm gehört.

Paudyeen aber lebte, bis er achtzig war, und die ihm zugemessene Buße ertrug er in Demut. Als die einundzwanzig Jahre um waren, die der Engel ihm auferlegt, und er die sieben Säcke die ganze Zeit getragen hatte, da erschien ein Bote ihm im Traum und sagte ihm, sein Leben in dieser Welt sei nun zu Ende, und er solle anderntags vor das Kreuz von Cong treten und seine Seele Gott und Maria anbefehlen. Früh am nächsten Morgen suchte er den Priester auf und berichtete ihm von der Botschaft, die er in der Nacht erhalten. Die Leute sagen, der Priester habe ihm keinen Glauben geschenkt, doch jedenfalls hat er Paudyeen geraten, so zu handeln, wie ihm der Bote aufgetragen hatte.

Paudyeen machte sich nun auf, segnete seine Nachbarn und Verwandten, und als die Glocke eben zwölf schlug und die Leute das ›Angelus‹ beteten, trat Paudyeen vor das Kreuz und sagte dreimal »Meine Seele Gott und Maria anbefohlen«, und auf der Stelle sank er tot um.

Dieses Kreuz stand in Cong viele Jahre. Der Bischof, einer von den O'Duffys, pilgerte nach Rom, erhielt dort einen Splitter vom wahren Kreuz und trieb ihn in das Kreuz von Cong. Es stand so lange, bis die Fremden kamen und es zu Boden warfen. Das Kreuz von Cong befindet sich aber noch in Irland, und die Leute sind festen Glaubens, daß es dereinst in der Stadt Cong wieder aufgerichtet werden wird, mit Gottes Hilfe.

Das Land, wo man niemals stirbt
Legende aus Verona

Eines Tages sagte ein junger Mann: »Mir gefällt die Geschichte nicht, daß wir alle sterben müssen. Ich will hingehen und das Land suchen, wo man niemals stirbt.«

Und er ging hin und verabschiedete sich von Vater und Mutter und von allen Verwandten, und dann machte er sich auf die Wanderschaft. Überall fragte er nach dem Lande, wo man niemals stirbt, aber so oft er auch fragen mochte, keiner konnte ihm die richtige Antwort geben. So wanderte er landauf, landab und fand doch keinen, der es wußte. Eines Tages begegnete er einem alten Mann, der hatte einen langen, langen Bart und schob auf einem Schubkarren Steine vor sich her. Er fragte den Alten: »He, könnt Ihr mir nicht den Weg in das Land zeigen, wo man niemals stirbt?« – »Willst du nicht sterben? So komm mit mir! Solange ich nicht jenes Gebirge Stein um Stein abgetragen habe, wirst du nicht sterben.« – »Und wieviel Jahre werdet Ihr brauchen, um das Gebirge abzutragen?« – »Hunderttausend Jahre oder etwas mehr.« – »Und dann muß ich sterben?« – »Natürlich.« – »Nein, dann ist das nicht der richtige Ort für mich, denn ich suche das Land, wo man nie, niemals stirbt.«

Er grüßte den Alten und machte sich wieder auf den Weg. Er wanderte und wanderte, und endlich kam er in einen großen, großen Wald. Der Wald war so groß, daß er niemals ein Ende zu nehmen schien. Da traf er einen alten Mann, der hatte einen noch längeren Bart als jener Alte mit dem Schubkarren. Der Alte aber schnitt mit einem Messerchen Zweige von einem Baum. Der Jüngling fragte ihn: »He, Alterchen, könnt Ihr mir den Weg sagen zu dem Lande, wo man niemals stirbt?« – »Bleib bei mir!« sagte der Alte. »Ehe ich nicht mit meinem Messerchen alle Zweige dieses Waldes abgeschnitten habe, wirst du nicht sterben.« – »Und wie lange wirst du dazu brauchen?« – »Mindestens zweihunderttausend Jahre, vielleicht aber auch mehr.« – »Und dann muß ich sterben?« – »Ja, sicher. Ist es dir denn nicht genug?« – »Nein, wenn das alles ist. Ich suche das Land, wo man niemals stirbt.«

Er grüßte den Alten und wanderte weiter. Nach vielen Monden kam er schließlich ans Ufer eines Meeres. Da traf er einen Alten, der hatte einen langen, langen Bart, der ihm bis zu den Knien reichte. Der Alte aber hütete eine Ente, die auf dem Wasser schwamm. »He, Alterchen«, fragte der Jüngling, »könnt Ihr mir vielleicht den Weg sagen zu dem Lande, wo man niemals stirbt?« – »Wenn du Angst vor dem Tode hast, dann bleibe bei mir! Solange diese Ente nicht das Meer ausgetrunken hat, wirst du nicht sterben.« – »Und wieviel Zeit braucht sie dazu?« – »Über den Daumen gepeilt: fünfhunderttausend Jahre.« – »Und dann muß ich sterben?« – »Ja, was willst du machen! Wieviel Jahre willst du dich denn auf dieser Erde herumtreiben?« – »Dann ist auch das nicht der rechte Fleck für mich, denn ich suche das Land, wo man niemals stirbt.«

Und er grüßte den Alten höflich und lenkte seine Schritte weiter. Er ging und ging, und eines Abends kam er zu einem herrlichen Palast. Er klopfte an, da öffnete ihm ein alter Mann, der hatte einen langen, langen Bart, ja der Bart war so lang, daß er ihm bis auf die Fußspitzen herabreichte. Der Alte aber fragte: »Was willst du, Jüngling?« – »Ich suche das Land, wo man niemals stirbt.« – »Bravo! Ich kann dich gut verstehen. Du hast Glück gehabt und den rechten Ort gefunden. Solange du hier bei mir bleibst, wirst du niemals sterben.« – »Endlich! Das war aber ein gutes Stück Weg! Das ist also endlich der Fleck, den ich so lange gesucht habe! Aber Ihr, seid Ihr selbst zufrieden, hier zu sein?« – »Aber ja, vor allem dann, wenn du mir Gesellschaft leistest.«

So ließ sich der Jüngling in dem Palast nieder, leistete dem Alten Gesellschaft und führte das Leben eines großen Herrn. Es vergingen die Jahre im Fluge, ohne daß man es merkte. Jahre, Jahre, Jahre ... Eines Tages sagte der Jüngling zum Alten: »Hier bei Euch lebt es sich wirklich sehr gut, aber ich habe Sehnsucht, einmal zu den Meinen zu gehen und zu schauen, wie es meiner ganzen Verwandtschaft geht.« – »Was für eine Verwandtschaft willst du denn besuchen? Die sind doch alle schon eine ganz schöne Zeit tot!« – »Gut. Dann möchte ich wenigstens meine Heimat sehen. Wer weiß, wem ich begegnen werde. Wenn schon nicht meinen Verwandten, dann deren Söhnen oder Enkeln.« – »Na, wenn du dir den Gedanken in den Kopf gesetzt hast, will ich dich nicht davon abbringen, sondern dir sagen, wie du es machen mußt. Geh in den Stall, nimm meinen Schimmel, der hat die Gabe, so schnell wie der Wind zu laufen. Aber vergiß nicht: du darfst niemals absteigen! Auf gar keinen Fall! Wenn du den Sattel verläßt, mußt du sofort sterben!« – »Seid nur ruhig! Ich werde schon nicht absteigen, denn ich habe nicht den geringsten Wunsch nach dem Tode.«

Er ging also in den Stall hinunter, sah dort den Schimmel stehen, den zog er heraus, sattelte ihn und ritt wie der Wind davon. Er durchritt alle Landschaften, die er einst durchwandert hatte.

Da kam er zuerst zu dem Ort, wo der Alte die Ente gehütet hatte, die auf dem Meere schwamm. Doch, wo erst ein weites Meer gewesen war, fand er jetzt eine große Ebene. Und am Rande lag ein kleines Häuflein Knochen, die waren das Gerippe jenes Alten. »Da schau her«, sprach der Jüngling bei sich, »ich habe doch gut getan, weitergewandert zu sein. Sonst wäre ich jetzt schon längst tot.«

Er ritt seine Straße fort. Dort, wo einst der große, große Wald gewesen war, erstreckte sich nun eine Wüste, und es war auch nicht ein Baum zu sehen. »Auch bei diesem wäre ich schon ein gutes Stück Zeit tot!« sagte der Jüngling.

Dann ritt er weiter und kam dorthin, wo einst sich das Gebirge erhoben hatte. Das hatte der Alte ganz abgetragen, es war nicht mehr die kleinste Erhebung zu erkennen, der Ort war flach wie ein Tisch. »Auch hier wäre ich schon längst gestorben«, sagte der Jüngling und lenkte sein Pferd weiter.

Er ritt und ritt bis zu seiner Heimat. Aber da hatte sich alles verändert, so daß er nichts mehr erkannte. Er suchte vergeblich sein Elternhaus, er fragte vergeblich nach den Seinen. Niemand mehr kannte auch nur den Namen. Da wurde ihm weh ums Herz. »Höchste Zeit, daß ich umkehre«, sprach er bei sich. Er wandte das Pferd und ritt zurück zum Palast des Alten. Aber er war noch nicht weit gekommen, da begegnete er einem Fuhrmann, der hatte seinen Wagen voller alter Schuhe geladen. Der Fuhrmann hielt den Jüngling an und sagte: »Ach Herr, könnt Ihr mir nicht einen Augenblick helfen! Mir ist das Rad aus der Achse gegangen.« – »Tut mir leid«, sagte der Jüngling, »ich habe große Eile und kann nicht absteigen.« – »Ach«, sagte der Fuhrmann, »seid doch so gütig und habt Mitleid mit mir. Ihr seht, daß ich ganz allein bin und daß es schon Abend wird. Wenn Ihr mir nicht helft, komme ich nimmer heim.«

Da erfaßte den Jüngling Mitleid mit dem Fuhrmann und er schwang sich aus dem Sattel. Aber kaum hatte er mit einem Fuß den Boden berührt, als ihn der Fuhrmann mit einem Arm umschlang und sagte: »Ah, endlich habe ich dich erwischt! Weißt du denn nicht, wer ich bin? Ich bin der Tod! Siehst du alle diese vielen Schuhe auf dem Karren? Die habe ich alle durchgelaufen, um dich zu fassen. Jetzt bist du mir endlich in die Falle gegangen. – Früher oder später müßt ihr ja alle in meinen Armen enden. Da gibt es keinen Ausweg.«

Und da hatte auch für den armen Jüngling die Todesstunde geschlagen.

XXIV AUF EIN GUTES NEUES JAHR

»A guats neis Jor,
A Christkindl im grausladn Hor,
A gsunds Lebn, a langs Lebn
Und an Himme danebn.«

Neujahrsspruch aus dem
Bayerischen Wald

Matthias Claudius
Speculations am Neujahrstage

'n fröhlichs Neujahr, 'n fröhlichs Neujahr für mein liebes Vaterland, das Land der alten Redlichkeit und Treue! 'n fröhlichs Neujahr, für Freunde und Feinde, Christen und Türken, Hottentotten und Kannibalen! für alle Menschen, über die Gott seine Sonne aufgehen und regnen läßt! und für die armen Mohrensklaven, die den ganzen Tag in der heißen Sonne arbeiten müssen! 's ist ein gar herrlicher Tag, der Neujahrstag! ich kann 's sonst wohl leiden, daß einer 'n bisgen patriotisch ist und andern Nationen nicht hofiert. Bös muß man freilich von keiner Nation sprechen; die Klugen halten sich allenthalben stille, und wer wollte um der lauten Herren willen 'n ganzes Volk lästern? Wie gesagt, ich kann 's sonst wohl leiden, daß einer so 'n bisgen patriotisch ist, aber Neujahrstag ist mein Patriotismus mausetot, und 's ist mir an dem Tage, als wenn wir alle Brüder wären und Einer unser Vater, der im Himmel ist, als wären alle Güter der Welt Wasser, das Gott für alle geschaffen hat, wie ich mal habe sagen hören usw.

Ich pflege mich denn wohl alle Neujahrsmorgen auf einen Stein am Weg hinzusetzen, mit meinem Stab vor mir im Sand zu scharren und an dies und jen's zu denken. Nicht an meine Leser; sie sind mir aller Ehren wert, aber Neujahrsmorgen auf dem Stein am Wege denk ich nicht an sie, sondern ich sitze da und denke dran, daß ich in dem vergangnen Jahr die Sonne so oft hab aufgehn sehen, und den Mond, daß ich so viele Blumen und Regenbogen gesehn, und so oft aus der Luft Odem geschöpft und aus dem Bach getrunken habe; und denn mag ich nicht aufsehn, und nehm mit beiden Händen meine Mütz ab und kuck hinein.

So denk ich auch an meine Bekannte, die in dem Jahr starben, und daß sie nun mit Socrates, Numa (der Sage nach der zweite König Roms, ein Friedensfürst) und andern Männern sprechen können, von denen ich so viel Gutes gehört habe, und mit Johann Huß; und denn ist's, als wenn sich rund um mich Gräber auftun und Schatten mit kahlen Glatzen und langen grauen Bärten heraussteigen und 'n Staub aus'm Bart schütteln. Das muß nun wohl der ewige Jäger tun, der übern Zwölften sein Tun so hat. Die alten frommen Langbärte wollen wohl schlafen, aber Eurem Andenken und der Asch' in Euren Gräbern ein fröhlichs fröhlichs Neujahr!

Quellennachweis

I Herr des Himmels, Herr der Hölle. Ein Vorspiel

In Sachen Gott und der Teufel. J. Vazov i K. Velitschkov, Balgarska Christomatija. Plovdiv 1884, S. 46–49. Übersetzung nach Adolf Strausz. Aus: Adolf Strausz, Die Bulgaren. Leipzig 1898, S. 6–9.

Gevattern unter sich. Übersetzung nach Oskar Kallas. Aus: Oskar Kallas, Achtzig Märchen der Ljutziner Esten. Dorpat 1900, Nr. 64 (dort unter dem Titel ›Gott und der Böse‹).

II Winterfreuden

Bogumil Goltz: Wintermummerei. Bogumil Goltz, Das Becker'sche Noth- und Hülfsbüchlein, und die Ausdeutung seiner Titelvignette mit kindlichem und mit politischem Humor. Vorauf eine Wintermummerei. In: Bogumil Goltz, Buch der Kindheit. Fünfte Auflage, Berlin 1905, S. 157–158.

Dylan Thomas: Walisische Weihnacht. (A Child's Christmas in Wales.) Dylan Thomas, Quite Early One Morning. London 1954. Zuerst deutsch: Am frühen Morgen. Autobiographisches und Radio-Essays. Gedichte und Prosa. Heidelberg 1957, S. 23–29 (dort unter dem Titel ›Weihnachtserinnerungen‹). Aus dem Englischen von Erich Fried. Mit freundlicher Genehmigung des Carl Hanser Verlages, München, Wien. Aus: Dylan Thomas, Unter dem Milchwald. Ganz früh eines Morgens. Ein Blick aufs Meer. München und Wien 1973.

III Weihnachtsmarkt

Ludwig Tieck: Weihnacht-Abend. Auszug aus Ludwig Tieck, Weihnacht-Abend (1835). In: Ludwig Tieck's Gesammelte Novellen. Vollständige auf's Neue durchgesehene Ausgabe. Fünfter Band. Berlin 1853, S. 173–179.

Wilhelm Raabe: Gang über den Weihnachtsmarkt. Erstdruck: Die Chronik der Sperlingsgasse. Hrsg. von Jakob Corvinus. Berlin 1857 (recte: 1856). Zitiert nach: Wilhelm Raabe, Die Chronik der Sperlingsgasse. 62. Auflage. Berlin 1910, S. 57–61.

IV In der Schlauraffenzeit

ERNST MORITZ ARNDT: KLAS IM PFANNKUCHENBERG. Erstdruck: Ernst Moritz Arndt, Märchen und Jugenderinnerungen. Berlin 1818. Zitiert nach: Ernst Moritz Arndt, Märchen aus dem Norden. Frankfurt a. M. 1990, S. 62–77 (aus Kap. 4: Klas Avenstaken).

HEINRICH SEIDEL: NE, WIE ISSES EINMAL MÖGLICH ... Erstdruck: Heinrich Seidel, Weihnachten. (Aufsatz 1904). Zitiert nach: H. Wolfgang Seidel, Erinnerungen an Heinrich Seidel. Mit ungedruckten Briefen, persönlichen Aufzeichnungen und Mitteilungen aus dem Nachlaß. Zweite Auflage. Stuttgart und Berlin 1912, S. 378–382.

V Weihnachten und das liebe Geld

POVERELLO. J. B. Fédéric Ortoli, Les contes populaires de l'île de Corse. Paris 1883. Teil 1, Nr. XXV (Erzählt 1881 von Madame Marini aus Porto-Vecchio). Aus dem Französischen von Ulf Diederichs.

FJODOR M. DOSTOJEWSKIJ: DER CHRISTBAUM UND DIE HOCHZEIT. Aus den Aufzeichnungen eines Unbekannten (Elka i svad'ba. Iz Zapisok neizvestnogo). Erstdruck in: Otecestvennye zapiski. Jg. 1848, Nr. 9 (September). Aus dem Russischen von Arthur Luther. Aus: F. M. Dostojewskij, Erzählungen. München 1962, S. 199–208. Mit freundlicher Genehmigung des Artemis & Winkler Verlages, München.

VI Weihnachten in Russland oder warten auf Christus

LEO N. TOLSTOJ: WO LIEBE IST, DA IST AUCH GOTT. (Gda ljubov', tam i bog.) Lev. N. Tolstoj, Narodnye rasskazy (Volkserzählungen). Moskau 1881. Aus dem Russischen von Raphael Löwenfeld. Aus: Leo N. Tolstoj, Volkserzählungen. (Tolstoj, Sämtliche Werke. III. Serie: Dichterische Schriften, Band 16). Jena 1907, S. 133–151.

VII Hochromantische Weihnachtsmärchen

HEINRICH PRÖHLE: DAS KLEINE TANNENBÄUMCHEN. Erstdruck: Heinrich Pröhle, Kinder- und Hausmärchen. Leipzig 1853, Nr. 81 (Anhang – dort unter dem Titel ›Weihnachtsmärchen‹).

DR. BERTRAM: DER WACHSAME JÄGER. Erstdruck: Dr. Bertram (d. i. Georg Julius von Schultz), Jenseits der Scheeren oder: der Geist Finnlands. Eine Sammlung finnischer Volksmärchen und Sprichwörter. Leipzig 1854, S. 30–36 (dort unter dem Titel ›Der vigilante Jäger‹).

VIII Des Dichters Weihnachtsfest

Wilhelm Raabe: Weihnachtsgeister. Erstdruck: Jakob Corvinus (d. i. Wilhelm Raabe), Weihnachts-Geister. In: Hausblätter, hrsg. von F. W. Hackländer und Edmund Hoefer, 1. Jahrg. 1858 (Stuttgart), S. 321–339. Erste Buchausgabe: Halb Mähr, halb mehr. Erzählungen, Skizzen und Reime von Jakob Corvinus. Berlin 1859, S. 77–109.

IX Verkorkste Weihnacht

Fritz von Herzmanovsky-Orlando: Onkel Tonis verpatzter heiliger Abend. Erstdruck: Fritz von Herzmanovsky-Orlando, Erzählungen und Anekdoten (aus dem Nachlaß). München und Wien 1963, Band 4, S. 70–75. Zitiert nach: Fritz von Herzmanovsky-Orlando, Das Gesamtwerk in einem Band. Hrsg. von Friedrich Torberg. München und Wien 1978, S. 614–618. Mit freundlicher Genehmigung des Langen-Müller/Herbig Verlages, München.

X Weihnachtszeit – Gespensterzeit

Lord Dunsany: Das Weihnachtsessen. Aus dem Englischen von Elisabeth Schnack. Aus: Die Gabe der Weisen. Weihnachtsgeschichten aus England, Irland und Amerika. München 1955, S. 115–124. Mit freundlicher Genehmigung der Literarischen Agentur Hans Hermann Hagedorn, Hamburg.

Karl Hans Strobl: Johann Burgstallers Photographischer Apparat. Erstdruck: Karl Hans Strobl, Die Eingebungen des Arphaxat. Novellen. Minden 1904, S. 236–245. Zitiert nach: Karl Hans Strobl, Erzählungen (Geschichten um Mitternacht – Eine Reihe phantastischer Erzählungen). Wien und Leipzig 1923, S. 115–127. Mit freundlicher Genehmigung des Staackmann Verlages, Linden.

XI Weihnachtlicher Exorzismus

Guy De Maupassant: Das Wunder in der Normandie. (Conte de Noël.) Erstdruck: Guy de Maupassant, Conte de Noël. In: Le Gaulois vom 25. Dezember 1882. – Innerhalb Maupassants Oeuvres Complètes abgedruckt in Band 22: Clair de lune. Paris 1909, S. 61–70. Aus dem Französischen von Ulf Diederichs.

XII Provençalische Freuden

DAS BÜBCHEN AUS SCHNEE. (Le petit garçon de neige.) Henry Carnoy, Contes Français. Paris 1885, Nr. XX (Erzählt im Jahr 1883 von Emile Ulry in Donzenac, der dieses Märchen von seiner Amme aus dem Limousin gehört hatte.) Aus dem Französischen von Ulf Diederichs.

FRÉDÉRIC MISTRAL: UNSER JULKLOTZ STEHT IN BRAND. Frédéric Mistral, Moun espelido, memòri e raconte. 1906. Aus dem Französischen von E. von Kraatz. Aus: Frédéric Mistral, Erinnerungen und Erzählungen. Leipzig, Berlin, Paris 1908, S. 37–42.

XIII Ein Überlebensfest in Eis und Schnee

KARL AUGUST TAVASTJERNA: FINNISCHE CHRISTNACHT. Deutsche Erstveröffentlichung: Ein Weihnachtsabend zur Zeit des Rindenbrotes in Finnland. In: Der leuchtende Baum. Weihnachtserzählungen. Hrsg. von Hans Marquardt Leipzig 1955, S. 345–356. Aus dem Schwedischen von Friedrich Ege. Mit freundlicher Genehmigung des Reclam-Verlages, Leipzig.

XIV Wie die Tiere dem Jesuskind halfen

WÖLFE ALS FLUCHTHELFER. Sammlung Felix Karlinger. (Erzähler der Diakon Doroteiu in Veria, Makedonien.) Aus dem Aromunischen von Felix Karlinger. Aus: Felix Karlinger, Auf Märchensuche im Balkan. Köln 1987, S. 30–33 (dort unter dem Titel ›Wie die Wölfe dem Jesuskind halfen‹). Mit freundlicher Genehmigung von Felix Karlinger.

DER BEETLE, DER DHARDHEEL UND DER PRUMPOLAUN. Legends of Saints and Sinners. Collected and translated from the Irish by Douglas Hyde. Dublin 1915, S. 277–279. Aus dem Englischen von Ulf Diederichs.

XV Die Unterirdischen hüten den Hort

DER SCHATZ AUF DER LANDESKRONE. Karl Haupt, Sagenbuch der Lausitz. In: Neues Lausitzisches Magazin. 40. Band 1863, Nr. 256.

DER HERR DER UNTERIRDISCHEN. Harry Jannsen, Märchen und Sagen des estnischen Volkes. 2. Lieferung. Riga und Leipzig 1888, Nr. 36.

XVI Ein Weihnachtswunder aus dem Dreißigjährigen Krieg

Alexander Lernet-Holenia: Die Heiligen Drei Könige von Totenleben. Erstdruck: Das Buch der Erzählungen. Hrsg. von Peter Suhrkamp. Berlin 1938, S. 569–578. Zitiert nach: A. Lernet-Holenia, Götter und Menschen. Wien und Hamburg 1964. Mit freundlicher Genehmigung des Paul Zsolnay Verlages, Wien und Hamburg.

XVII Der lange russische Winter anno 1812

Alexander S. Puschkin: Der Schneesturm. Alexander Sergejewitsch Puschkin, Povesti Belkina (Die Geschichte des verstorbenen Iwan Petrowitsch Belkin). Moskau 1831. Aus dem Russischen von Fred Ottow. Aus: Alexander S. Puschkin, Erzählungen. München 1957, S. 72–86. Mit freundlicher Genehmigung des Artemis & Winkler Verlages, München.

August H. Hoffmann von Fallersleben: Napoleons 29. Bulletin. Aus: August H. Hoffmann von Fallersleben, Mein Leben. Aufzeichnung und Erinnerung. 1. Band. Hannover 1868, S. 49–50.

XVIII Seltsame Geschichten aus dem hohen Norden

Das Ulta-Mädchen. Jens Andreas Friis, Lappisk Mythologie, Eventyr og Folkesagn. Christiania 1871. Aus dem Lappischen von Josef Calasanz Poestion. Aus: J. C. Poestion, Lappländische Märchen, Volkssagen, Räthsel und Sprichwörter. Wien 1886, Nr. IX.

Finna, die Vorausschauende. (Sagan af Finnu forvitru.) Nach Jón Árnason, Islenzkar thjodsögur. Band 2. Leipzig 1864, S. 368–371. Aus dem Lappischen von Josef Calasanz Poestion. Aus: J. C. Poestion, Isländische Märchen. Wien 1884, Nr. XXII (dort unter dem Titel ›Finna, die Vorwitzige‹).

Per Gynt. Peter Christen Asbjörnsen, Norske Huldreeventyr og Folkesagn. Zweite Auflage, Band I. Christiania 1859, S. 57ff. (Kap. Rensdyrsjakt ved Rondane – Eine Rentierjagd in Rondane). Aus dem Norwegischen von Pauline Klaiber. Aus: P. Christ. Asbjörnsen und J. Moe, Nordische Volks- und Hausmärchen. Dritte Sammlung. München 1909, S. 78–84.

XIX Schweizer Weihnacht 1839

JEREMIAS GOTTHELF: VON LEIDEN UND FREUDEN EINES SCHULMEISTERS. Erstdruck: Albert Bitzius (d. i. Jeremias Gotthelf), Leiden und Freuden eines Schulmeisters. Band 2. Bern 1839, S. 256ff. Zitiert nach: Jeremias Gotthelf, Sämtliche Werke. Hrsg. von Rudolf Hunziker und Hans Bloesch. Band 3. Erlenbach/Zürich 1921, S. 240–245. Eindeutschung der Dialoge durch Anka Diederichs-Maurer.

XX Weihnachten von unten

CARL FISCHER: EIN EHRLICHES BESÄUFNIS. Aus: Denkwürdigkeiten und Erinnerungen eines Arbeiters (anonym). Hrsg. von Paul Göhre. Band 1. Jena und Leipzig 1903, S. 175–178.

ADELHEID POPP: WIE VATER DEN WEIHNACHTSBAUM ZERSCHLUG. Erstdruck: Adelheid Popp, Jugend einer Arbeiterin. 1915. Zitiert nach: A. Popp, Jugend einer Arbeiterin. Berlin und Bonn-Bad Godesberg 1977, S. 26–27. Mit freundlicher Genehmigung des Dietz-Verlages, Bonn.

GERMANUS THEISS: GLASMACHERS WEIHNACHTEN. Aus: Konrad Theiss (Hrsg.), Lebenserinnerungen des Glasmachers Germanus Theiss (1867–1945). Stuttgart 1978, S. 125–127. Mit freundlicher Genehmigung des Konrad Theiss Verlages, Stuttgart.

XXI Ofengeschichten

DIE ZWEI BRÜDER UND DER FROST. Aus: Harry Jannsen, Märchen und Sagen des estnischen Volkes. 1. Lieferung. Dorpat 1881, Nr. 7.

DER HAUSGEIST. Aus: Harry Jannsen, Märchen und Sagen des estnischen Volkes. 2. Lieferung. Riga und Leipzig 1888, Nr. 37.

XXII Heitere Empfindungen auf dem Lande

HELENE VOIGT-DIEDERICHS: WEIHNACHTEN AUF MARIENHOFF. Aus: Helene Voigt-Diederichs, Auf Marienhoff. Vom Leben und von der Wärme einer Mutter. Jena 1925, S. 56–60, 107. Mit freundlicher Genehmigung von Inge Diederichs, Köln.

WLADYSLAW ST. REYMONT: DAS WEIHNACHTSMAHL IN LIPCE. Wladyslaw Stanislaw Reymont, Chlopi, 2. Teil. In: Tygodnik ilustrowany. Warschau 1903. Aus dem Polnischen von Jean Paul Kaczkowski d'Ardeschah. Aus: W. St. Reymont, Die Bauern, II. Winter. Jena

1912, S. 96–100. Mit freundlicher Genehmigung des Eugen Diederichs Verlages, München.

XXIII Legenden vom erfüllten Leben

Der Stein der Wahrheit oder der Kaufmann mit den sieben Säcken. (The Stone of Truth or the Merchant of the Seven Bags.) Legends of Saints and Sinners. Collected and translated from the Irish by Douglas Hyde. Dublin 1915, S. 34–39. Aus dem Englischen von Ulf Diederichs.

Das Land, wo man niemals stirbt. (Una Leggenda della Morta.) Arrigo Balladoro. In: Lares. Bulletino della Società di Etnografia Italiana. 1. Jahrgang 1912, S. 223 ff. (im Veroneser Dialekt). Italienische Fassung in: Italo Calvino, Fiabe italiane. Torino 1956, Nr. 27. Aus dem Italienischen von Felix Karlinger. Aus: Das Mädchen im Apfel. Italienische Volksmärchen. München 1964 (dtv 245), Nr. 6. Mit freundlicher Genehmigung des Übersetzers.

XXIV Auf ein gutes neues Jahr

Matthias Claudius. Speculations am Neujahrstage. Erstdruck: Asmus omnia sua secum portans, oder Sämtliche Werke des Wandsbecker Bothen. I. und II. Theil. Hamburg 1775. Zitiert nach der Ausgabe Carlsruhe 1784, S. 187–189.